dtv

Zwölf »Belles Étrangères«, zwölf schöne Fremde, brechen auf, um während einer zweiwöchigen Tour Frankreich zu erobern. Das ganze Frankreich? Nein, aber zumindest das literarisch interessierte von Paris bis Aix-en-Provence und von Le Havre bis Bordeaux. Ein Ereignis erwarten sich sowohl die neugierigen »Dutzendschriftsteller« als auch die großzügigen Gastgeber, die ihnen ein höchst ambitioniertes Programm zusammengestellt haben. Mircea Cărtărescu erweist sich als wunderbar (selbst-)ironischer Protokollant dieser skurrilen Reisegesellschaft, der er selbst angehörte. Ebenso unterhaltsam erzählt er von einem vermeintlich mit dem Milzbranderreger Anthrax versetzten Kuvert und seiner ersten Lesung als junger Dichter.

Mircea Cărtărescu, geboren 1956 in Bukarest, studierte an der dortigen Universität Rumänisch und Literaturwissenschaft. Zunächst arbeitete er als Lehrer, bevor er Herausgeber einer Literaturzeitschrift wurde und als wissenschaftlicher Mitarbeiter an der Bukarester Universität tätig war. Seit 1978 veröffentlicht er Gedichte und Prosa und wird in zahlreiche Sprachen übersetzt. Sein Werk wurde vielfach ausgezeichnet, unter anderem 2015 mit dem Leipziger Buchpreis für europäische Verständigung und dem Österreichischen Staatspreis für Literatur. Mircea Cărtărescu lebt mit seiner Familie in Bukarest.

Mircea Cărtărescu

Die
schönen
Fremden

Erzählungen

Aus dem Rumänischen
von Ernest Wichner

dtv

Von Mircea Cărtărescu ist bei <u>dtv</u> außerdem lieferbar:
Die Wissenden (13810)
Die Flügel (14473)

Ausführliche Informationen über
unsere Autoren und Bücher
www.dtv.de

2019 dtv Verlagsgesellschaft mbH & Co. KG, München
Lizenzausgabe mit Genehmigung des Paul Zsolnay Verlags Wien
© Mircea Cărtărescu 2010
Alle Rechte der deutschsprachigen Ausgabe:
© Paul Zsolnay Verlag Wien 2016
Die Originalausgabe erschien erstmals 2010 unter dem Titel
›Frumoasele sträine‹ im Verlag Humanitas, Bukarest.
Umschlaggestaltung: dtv nach einem Entwurf von
Lübbeke Naumann Thoben, Köln
unter Verwendung von Fotos von
plainpicture und gettyimages
Satz: C.H.Beck.Media.Solutions, Nördlingen
Druck und Bindung: Druckerei C.H.Beck, Nördlingen
Gedruckt auf säurefreiem, chlorfrei gebleichtem Papier
Printed in Germany · ISBN 978-3-423-14660-9

Den Lebensfreunden
Delia und Tudor Jebeleanu

ANTHRAX

1

An einem Wintermorgen vor etwa drei Jahren erhielt ich einen Anruf vom Direktor einer bekannten Kulturzeitschrift. »Herr Cărtărescu«, sagte eine förmliche Stimme, wie sie nur alte Leute haben, die eine gewisse Zeit noch zwischen den beiden Kriegen zugebracht haben, »Sie haben aus Dänemark einen Brief an unsere Adresse erhalten. Wir bitten Sie, bei uns in der Bredoianu vorbeizukommen und ihn abzuholen. Kommen Sie, wann es Ihnen passt.« Ich konnte es sogleich tun. Ich war allein zu Hause, und Langeweile hatte mich erfasst. Immer wieder geht es mir so, wenn mir das schmutzige, deprimierende Licht der Bukarester Winter auf den Schreibtisch fällt. Ich zog mich an und ging hinaus in die Nässe.

In der Kogălniceanu nahm ich den Trolleybus, eine Haltestelle weit, kam also nicht einmal dazu, mich allzu oft zu fragen, von wem verdammt nochmal ich diesen Brief aus Dänemark bekommen haben könnte. Außer Hamlet kannte ich keinen weiteren Dänen auf der ganzen Welt. Als ich vor dem McDonald's ausstieg, war ich noch genauso verwundert wie am Anfang. Auf die scheußlichen Ruinen des hässlichsten Boulevards der Welt zu überquerte ich diesen und ging direkt

in Richtung des vor Zeiten als »Informations«-Gebäude*
bekannten Hauses. Ich fürchte mich vor alten Fahrstühlen,
also stieg ich durch das eines Wahrheitsministeriums würdige Treppenhaus bis hinauf ins oberste Stockwerk, wo man,
ebenso wie im Haus der Presse, die Überraschung erlebte,
armselige und schmutzige Büros vorzufinden, erstaunlich bei
solch einem imposanten Gebäude. Eine Sekretärin brachte
mir den Umschlag. Er war groß, zerschlissen und wattiert und
außer meinem Namen sowie der Adresse jener Zeitschrift,
von Hand und mit Kugelschreiber geschrieben, stand noch
einiges darauf, ebenfalls in Handschrift, kreuz und quer, was
dem Umschlag das etwas … bizarre Gepräge einer Umhül-
lung verlieh, die lange auf den verborgenen Wegen der Post
herumgeirrt und dahin zurückgekehrt war, wo sie ihren Ausgang genommen hatte, voller Einträge wie: Adressiant** unbekannt, verstorben, nicht am Wohnort auffindbar, etc. Ich be-
dankte mich und, in meinem schwarzen Mantel, der zu schick
war für ein so gedrungenes Wesen wie mich (er sollte mir im
nächsten Winter auf dem Münchner Flughafen gestohlen
werden, was mich beinahe erleichterte), schloss die Tür hinter
mir, den Umschlag unter dem Arm.

Auf den riesigen Treppen blieb ich stehen, eine schwarze
Silhouette wie in den expressionistischen deutschen Filmen,
um den Brief zu öffnen. Ich tat es jedoch nicht, denn in dem
trüben Licht begann ich das eine oder andere dessen zu lesen,

---

* Redaktionsgebäude der nicht mehr existierenden Nachmittagszeitung
  Informaţia Bucureştiului; es hieß im Volksmund Informations-Gebäude.
  (A.d.Ü.)
** Auch im Rumänischen falsch: statt adresat, adrisant

was da in dieser unzusammenhängenden Kinderschrift mit einigen psychomotorischen Problemen hingeschrieben worden war. Mein Name war völlig phantastisch geschrieben, was mich jedoch nicht verwunderte: Erst wenige Jahre davor hatte ich auf der Leipziger Buchmesse mein Foto auf einem immensen Neonzylinder gesehen, und darunter stand Mircea Scartarecu ... Sehr viel seltsamer kam mir der Schriftzug vor, der diagonal von einer Ecke des Umschlags zur anderen verlief und fragte: »*Why don't you sneeze?*« Da durchfuhr mich ein finsterer Gedanke. Niesen? Warum sollte ich niesen? Erschrocken betastete ich den zerfledderten Umschlag. Er enthielt irgendwelche komplexen Strukturen, die in Weichheit und Festigkeit variierten. Mir schien, als erkenne ich an einer Stelle ein Tütchen mit einer Art Pulver ... Mir war, als brannten meine Finger, und ich ließ den Brief zu Boden fallen ...

Es war zur Zeit der Anthrax-Hysterie. Unbekannte Kriminelle hatten nach der Katastrophe vom 11. September Briefumschläge mit Anthrax ins Weiße Haus geschickt, ins Pentagon und an andere Orte auf der weiten Welt. Ein paar Leute waren gestorben, die meisten von ihnen Postangestellte, und die Terroristen waren noch völlig unbekannt. Im Fernsehen wurde ständig wiederholt, wie groß diese Gefahr sei, wie leicht man sich Anthrax beschaffen und wie man es mit anderen Substanzen vermischen könne, damit es volatiler würde und sich leichter verbreite ... Es reichte, einmal an solch einem Umschlag zu riechen, und ... weg war man. Und so ein Anthrax-Tod war kein Vergnügen: Die Lungen füllten sich mit einer Flüssigkeit, und man starb nach einigen Stunden der Agonie einen langsamen Erstickungstod.

Das war kein Scherz. »Warum niest du nicht?«, kam mir nun als eine deutliche Anspielung vor. Wann niest man? Wenn man Staub oder ein Pulver einatmet … Etwas von der Art war in Bukarest schon einmal geschehen. Auf einer Allee im Cișmigiu-Park war ein weißes Pulver aufgetaucht, und man hatte die Polizei alarmiert. Der Bürgermeister höchstselbst war herbeigeeilt, ein ehemaliger Schiffskapitän, er war in die Knie gegangen, hatte ein bisschen von dem Pulver auf die Fingerspitze genommen, es sich auf die Zunge getan und sich enttäuscht erhoben: »Bloß Mehl, Herrschaften!«

Etwas dümmlich schaute ich auf den Umschlag, der einige Stufen unter mir vor meinen Füßen lag. Meine Finger juckten jetzt richtig: Der Umschlag war auch wirklich sehr porös. Ob da vielleicht ein bisschen von dem Staub an einer der Ecken ausgetreten war? Weil ich den Umschlag nicht dort liegen lassen konnte, packte ich ihn mit einem Papiertaschentuch, das ich (vorausschauend!) in der Tasche hatte, und stieg mit ihm, als trüge ich eine tote Ratte, die Treppen hinab. Die da durchs Treppenhaus hinauf und hinunter eilten, ein paar Angestellte wahrscheinlich, schauten mich argwöhnisch an …

Ich warf den Umschlag in den erstbesten Abfalleimer hinter einem elenden Dacia, der mit den Rädern auf dem Bürgersteig parkte. Jetzt juckten anscheinend auch meine Augen schon. Beunruhigt ging ich zu Fuß durch den Morast beim Cișmigiu-Park nachhause. Mehrmals rieb ich mir die Hände mit Schnee ab, aber umsonst. Das Anthrax war mir zweifellos in die Haut eingedrungen und hatte seine Zersetzungsarbeit begonnen. Bis zum Abend würde ich vielleicht tot und fahl sein, wie hatte jener alte Krimi-Titel damals geklungen, da war doch auch was mit »fahl« ... Auf dem ganzen Heimweg stellte ich mir die Kulturseiten der morgigen Zeitungen mit der Anzeige vor, in der meine Verdienste aufgelistet würden, mit den Artikeln meiner schmerzhaft betroffenen Freunde. Da ich mich in einem Konflikt mit dem Schriftstellerverband befand, würde man mich auch nicht an einem einigermaßen anständigen Ort aufbahren. Sei's drum, ich wollte keinen teuren Sarg, Teppiche und Fackeln, hierin war ich mit Eminescu* einig. Besser, ein paar geflochtene Zweige und ein paar Sterne ...

Aber mir war es nicht bestimmt, so leicht zu enden. Ich hatte, als ich gedankenverloren meine Beine am Angst-Laden** (der auf meine Situation passende Name) vorbeischleppte, keine Ahnung von dem Abenteuer, das noch folgen sollte.

2

Auf der Kogălniceanu hatte sich meine Angst anscheinend etwas gelegt (schließlich hat der Mensch nur ein einziges Leben), und ich fragte mich wieder, wer mir aus Dänemark einen Brief mit Anthrax geschickt haben mochte. Vor dem Kiosk mit Brezelchen und Neapolitanerwaffeln blieb ich stehen: Schließlich war es einfach. Ich hatte völlig vergessen,

* Mihai Eminescu, eigentlich Mihail Eminovici (1850–1889), bedeutendster rumänischer Dichter des 19. Jahrhunderts.
** Angst: Kette von Wurstwarenläden der schweizerischen Unternehmerfamilie Angst, seit 1992 mit einem eigenständigen Unternehmensteil in Rumänien. (A.d.Ü.)

dass vor zwei Monaten in der dänischen Kulturzeitschrift, die mit der rumänischen verschwistert war, bei der ich meinen Umschlag abgeholt hatte, ein Essay von mir erschienen war. Nun war der Hergang klar: Der Verrückte oder Kriminelle hatte meine politischen Ansichten dort gelesen und beschlossen, dass solch ein Wesen nicht am Leben bleiben durfte. Ich gelangte bekümmert und beunruhigt zuhause an. Hier erzählte ich Ioana, die eben vom Einkaufen heimgekehrt war, das ganze Geschehen, und sie zerlegte unser ultra-banales »Married-with-children«-Leben messerscharf. Ich geriet in eine andere Dimension. Atmete die scharfe Luft des Abenteuers.

»Menschenskind, wie konntest du den Umschlag in einen Mülleimer werfen, begreifst du denn nicht? Den kann einer in die Finger kriegen, der den Mülleimer durchwühlt, oder ein neugieriges Kind, da kann ein Unglück geschehen …«, sagte Iona, während ich mir zum fünften Mal mit Seife die Hände wusch. »Und dein Name steht drauf!«

Daran hatte ich nicht gedacht. Bald war uns klar, dass wir unverzüglich zurück in die Bredoianu laufen und den Umschlag holen mussten. Wenn es nicht schon zu spät war. Ich suchte eine Plastiktasche und fand eine von Humanitas, wir schauten sie uns genau an, ob sie auch dicht war, ich griff mir noch eine Rolle Tesafilm, und wir gingen los. Ich hatte ein paar alte Handschuhe angezogen, die nach dem Gebrauch geopfert werden sollten.

Diesmal nahmen wir den Bus, denn wir hatten keine Zeit mehr zu verlieren. Sowohl Ioana als auch ich selbst bewahrten ein düsteres Schweigen. Die Hand, in der ich den Briefumschlag gehalten hatte, begann nun auf ihrer ganzen Fläche zu kribbeln. Zehn Minuten später waren wir beim verrosteten, an den Abfalleimer gequetschten Dacia.

»Schau, hier ist er!« Ich fuhr vorsichtig mit der Hand in den Abfalleimer und packte mit den behandschuhten Fingern den Umschlag, auf den (es war Winter und ziemlich früh) noch niemand etwas geworfen hatte. Von gegenüber, von den Treppenstufen zum »Informations«-Gebäude, schaute uns beharrlich eine Frau zu: Wir schienen nicht so recht zu denen zu gehören, die im Müll herumstocherten, aber das konnte man nicht wissen. Bei den heutigen Verhältnissen ... Sie sah, wie wir den Umschlag vorsichtig in die orange Tasche packten, wie wir diese mit Tesafilm zuklebten, und wie ich dann meine Handschuhe auszog und sie in eine andere Tasche steckte. Ioana schenkte ihr ein breites Lächeln, und wir kehrten ihr beide den Rücken zu.

Wieder waren wir zu Hause und schauten auf die versiegelte Tasche. Die mit den Handschuhen war längst entsorgt. Wir betasteten den glänzenden Kunststoff und stellten Vermutungen an: »Schau, hier scheint es etwas eher Filziges zu geben ... hier anscheinend etliche Blätter Papier ...« Der Unglückselige konnte uns auch etwas Zynisches geschrieben haben, so etwas wie ein Todesurteil: In zwei Stunden werdet ihr steif sein ... Oder: Richte dich auf die Hölle ein! Was war nun weiter zu tun? Sollten wir den Umschlag einfach wegwerfen und alles Weitere vergessen? Wo sollten wir ihn hinwerfen? Letztlich musste er irgendwo geöffnet werden. Und wie hätte ich in dem Wissen weiterleben können, dass man einen Anthrax-Anschlag auf mich verübt hatte? Und dass dies

wieder geschehen könne, wer weiß schon, wie und wann ...
Nein, das alles war schlimm, beschlossen wir, und wir mussten
mit dem Umschlag zur Polizei gehen.

So etwas war mir in meinem ganzen Leben noch nicht passiert. Nun begab ich mich mit der traumwandlerischen Be-
wusstlosigkeit in diese Geschichte, mit der man einen Ope-
rationssaal betritt, wo man Angst hat, aber auch eine seltsame
Neugierde empfindet, die Wollust, etwas Wichtiges, Bedeut-
sames zu erleben. Man hatte mich mit Anthrax angegriffen.
Ich ging mit dem Beweisstück zur Polizei. Das war nun tatsächlich etwas, angesichts unseres gemächlich dahinplät-
schernden bürgerlichen Lebens. Darüber würde wahrscheinlich in der Presse geschrieben, eine Zeit lang sollte sich unsere
Umgebung etwas beleben.

Uns war völlig klar, dass wir nicht in die erstbeste Polizeidienststelle in unserem Viertel gehen durften. Solch ein Fall
hatte ein besseres Schicksal verdient. Wir gingen auf die Calea
Victoriei, wussten, dass sich neben dem Victoriei-Kaufhaus
der Hauptsitz der Polizei befand. Die Straßen waren mit dre-
ckigem Matsch bedeckt, und eben hatte wieder Schneeregen
eingesetzt. Tatsächlich befand sich dort die Zentrale, aber
alles war verschlossen. Keine Stelle, durch die man hätte eintreten können. Das Postenhäuschen davor schien der einzig
belebte Ort zu sein. Es blieb uns nichts anderes übrig, wir gingen zu dessen Verschlag und nannten dem Menschen dort,
einem Polizisten, der seine Mütze abgelegt hatte, unser Be-
gehr. Der Kerl hörte uns mit der abwesenden Miene all jener
Hüter und Bahnvorsteher an, die es gewohnt sind, Menschen
wie einen Gegenstand zu betrachten. Bis dahin hatte er in

einer Zeitschrift, eher Bildersammlung, gelesen, die ich nicht identifizieren konnte. Er sagte nichts. Es war, als habe er sich den ganzen Tag nur Anthrax-Geschichten anhören müssen. Sich in Zeitlupe bewegend, damit ihm auch bloß kein Gran seiner Würde verlustig ginge, griff er sich das Telefon, wählte etwa drei Ziffern und sagte: »Hallo! Tudorică, du bist's? Was treibst'n so? Der Faru hat's uns gezeigt, was?« Und nach einer etwa fünfminütigen Fußballkonversation: »Tja, wenn sie blöd sind … Hör mal, da sind ein paar Leute … Sagen, sie haben so'n Pulver gekriegt … Wo sollen die damit hin?« Der Polizist horchte einen Augenblick lang, dann brach er in ein hyänenhaftes Gelächter aus: »Lass, Mann … jetzt echt ernsthaft, was soll ich denen sagen?« Er lauschte in den Hörer, las dabei etwa zehn Minuten lang in seiner Zeitschrift, ohne Übertreibung. Währenddessen standen Ioana und ich wie angeschmiert im Schneeregen. Wir bedauerten es, dorthin gegangen zu sein. Noch wussten wir nicht, was weiter geschehen würde …

Der Mensch schaute wieder in unsere Richtung, aber er sah uns nicht an. Es war, als spräche er zu einer Wand, dabei unternahm er die größten Anstrengungen, seine Empörung und seinen Abscheu angesichts solch einer absurden Situation zu verbergen: Wieso sollte er zu einer Wand sprechen? »Gehen Sie um die Ecke zur Antiterror-Abteilung, fragen Sie nach dem Maior Ghilduş.« Dann schwieg er wie die Stimme im Supermarkt, die mitteilt, es möge sich jemand an der Kasse zwei einfinden. Und schon einen Augenblick später war klar, dass wir für ihn nicht mehr existierten. Er war ganz und gar in die Kontemplation der Zeitschriftenbilder versunken.

3

Von der Blödigkeit des Kerls im Wachhäuschen gekränkt, bogen wir um die Ecke. Von wegen: Stäube, Bomben, Flugzeuge … Der Schneematsch war mir schon in die Schuhe geschwappt, meine Socken waren nass und vereist, nun fehlte mir gerade noch die Begegnung mit dem Major Ghilduş. Ich hätte alles auf sich beruhen lassen, wäre nicht Ioana bei mir gewesen, hätte den Umschlag schließlich ins nächstbeste Gebüsch geworfen und riskiert, dass irgendein Herr Lăzărescu an dessen offenen Enden herumgeschnüffelt hätte … Aber mich plagte die immer gleiche Geschichte: Ein steifgefrorener Stadtstreicher wird gefunden und hat einen Umschlag, auf dem mein Name steht, auf der Brust liegen. Es ging nicht an, dass ich, *Kaufmann, meine Herren!*, mich öffentlich mit so einem in Verbindung bringen lasse … einem Nacktarsch … *Auf zum Kriminal, Kutscher!*

Und schließlich landeten wir auch beim Kriminal. Ich war, wie bei Kafka, tausend Mal durch diese enge Gasse gegangen, ohne den Eingang zu bemerken, über dem etwas in der Art von »Polizei der Hauptstadt« geschrieben stand, die Namen von etwa zehn Abteilungen folgten, darunter auch »Abteilung Drogen und gefährliche Substanzen«. Wir betraten einen anonymen Saal mit der Anmutung einer Finanzamtsstelle, worin noch ein paar Leute warteten, ältere oder jüngere Rumänen mit dem verlorenen Blick jener, die mit der Polizei zu tun haben. Eine sehr sexy aussehende Braut namens Andreea (würden wir erfahren) kam soeben mit ein paar benutzten Kaffeetassen auf einem Tablett aus einem Büro. »Es wird dir leidtun!«, rief sie über die Schulter hinweg einem unsichtbar bleibenden Mann im Büro zu, dann durchmaß sie triumphierend und die Kundschaft lüstern musternd den Saal in der Diagonalen und verschwand durch eine andere Tür, wo sie eine schmeichlerische Stimme empfing: »Los, Andreea, an die Arbeit! Was hast du so lange bei Ursache getrieben? Doch nicht etwa …« Aber die zufliegende Tür schnitt den Rest der Rede ab. Und wieder war es still. Wir rückten schüchtern näher an eine Art Schalter heran, sagten noch einmal unsere Geschichte auf, zogen wieder einmal die Tasche mit dem Umschlag hervor … Diesmal schien uns der Typ am Schalter etwas ernster zu nehmen, denn er rückte ein bisschen zurück, als wir ihm das Anthrax unter die Nase hielten. »Warten Sie, Major Ghilduş kommt gleich herunter.«

Wir warteten eine Ewigkeit. Damit wir uns nicht langweilten, begannen wir über den Literaturbetrieb zu lästern, dann sprachen wir von Zukunftsprojekten, entwarfen strahlende oder etwas dunklere Zukunftsvisionen die Karrieremöglichkeiten unseres Sohnes betreffend, die sich auf unsere Einschätzung seiner bis zum Alter von mittlerweile drei Jahren gezeigten Fähigkeiten stützten. Doch allmählich hatten wir alle unsere Freunde durchgekaut, hatten unsere eigene Zukunft über die nächsten dreißig Jahre geklärt und das ganze Leben des Kleinen festgelegt (Automechaniker, Computerfachmann oder Fußballer; sollte er unbedingt Lust auf Kunst verspüren, so könnte er dieser in seiner Freizeit nachgehen), und noch immer war niemand gekommen, der uns gefragt hätte, was es mit dem Pulver auf sich habe, mit dem wir uns hier aufspielten. Immer wieder kam der Fahrstuhl an, trat ein Kerl in Jeans und Pullover heraus und nahm zwei bis drei Personen mit, die wie wir auf den Bänken gewartet hatten, aber es kam der Abend, und wir wurden von allen ignoriert. Wir waren schon beinahe eingeschlafen, als ein großgewachsener junger Mann mit blauen Augen mitten im Saal stehen blieb und mit lauter Stimme fragte: »Wer sind die mit dem Anthrax?«

Wir sprangen beide auf und riefen einstimmig wie in dem Witz mit den Siebenbürgerinnen: »Wir!« Dann folgten wir dem jungen Mann in den Fahrstuhl. »Ich bin Major Ghilduş«, empfahl er sich uns mit überraschend freundlichem Blick (vergessen Sie nicht, dass wir nach der Erfahrung mit dem Polizisten im Wachhäuschen hierher gelangt waren). »Ich habe Sie ziemlich lange warten lassen, aber was hätte ich schon tun können? Nur drei Mann in der gesamten Abteilung, können Sie sich das vorstellen … Wissen Sie, wie viele die beim FBI sind? Zig tausend Agenten, mein Herr, für jede Kleinigkeit …«

Er hätte gewiss noch etwas hinzugefügt, aber der Fahrstuhl hielt, und wir traten auf die Etage hinaus in einen langen und düsteren Flur. »Gehen Sie schon mal voran, dann nach links, nach rechts und noch einmal nach rechts, ich komme gleich nach.« Und Major Ghilduş war im Schatten des Flurs verschwunden, als hätte es ihn nicht gegeben. Wir schauten uns entmutigt an. Sollten wir nun stundenlang durch dieses metaphysische Schloss wandern und uns wie der Landvermesser K. an den Major Ghilduş klammern, als wäre er ein neuer Klamm? Dreimal gingen wir geradeaus, dann nach links, nach rechts und wieder nach rechts durch unpersönliche Türen, um stets wieder genau vor dem Fahrstuhl zu landen … Was war zu tun? »Gehen wir oder bleiben wir?«, fragte schließlich

Ioana völlig entnervt, und als ich niedergeschlagen und doch auch etwas erleichtert (wie damals, als ich zum Zahnarzt ging und dieser im Urlaub war) auf den Fahrstuhlknopf drückte, war in den Tiefen des Flurs das Wasserrauschen aus einem Klo zu hören, und gleich darauf materialisierte sich Major Ghilduş aus der Finsternis, der unterhalb der Gürtelschnalle noch an seiner Jeans nestelte. (Ein Major in Jeans? Das ist tatsächlich etwas seltsam … Aber in unserer Lage gaben wir uns mit jeder Art von Major zufrieden …) »Warum sind Sie denn hier geblieben? Hab ich nicht gesagt, Sie mögen im Büro auf mich warten? Heeergott …« Und er wandte uns den Rücken zu, denn so gebührte es uns, ging geradeaus und nach rechts, nicht nach links, wie er es uns gesagt hatte.

Wir folgten ihm im Gänsemarsch, bis der junge Mann weit die Tür zu einem großen und hellen Büro öffnete, in dem ein Kerl mit rotem Tuch um den Hals und einem gestreiften Pullover über dem stattlichen Bierbauch lauthals telefonierte. Was er sagte, war ausufernd, verwirrend und höchst erheiternd. Allein unsere beklagenswerte Lage als Bittsteller, denen der Anthrax-Schrecken in die Glieder gefahren war, die darüber hinaus vom Schneeregen durchnässt und von den Wartestunden erschöpft waren, rettete uns vor dem in einer Polizeidienststelle immerhin ungehörigen Grinsen und Kichern.

»Was soll ich dir noch alles in den Rachen stecken?«, keifte der Kerl und ging, so weit es das Telefonkabel zuließ, auf und ab. »Auch ich bin ein Mensch! Ich kann nicht mehr! Ich bin völlig am Ende! Schau, ich kann mich kaum noch auf den Beinen halten, und dir fällt nichts anderes ein als mein Mund, mein Mund, mein Mund! Du hast mich fertiggemacht!«

»Diese Frau bringt mich tageweise um«, wandte er sich unerwartet auch an uns und machte uns zu Zeugen seiner Sorgen. Dann wieder in den Hörer: »Ich habe dem Kind kein Fahrrad gekauft, weil ich nicht gewusst hatte, womit. Ich habe alles aufgegeben, laufe herum wie der letzte Mensch, schau (und er zeigte uns den Ärmel seines Pullovers, als wären wir die Frau, mit der er sprach), der Pullover, den ich anhabe, hat ein Loch, durch das man den Finger stecken kann. Bis jetzt habe ich fünfmal Geld von der Bank geliehen. Fünfmal, einmal und noch einmal und wieder … Womit soll ich denen bürgen? Mit meiner Haut? Mit meinem Polizistenlohn? Dein Maul ist ein Sack ohne Boden, es bringt mich ins Grab! Sag wenigstens mal, wie viel du noch willst, damit auch ich Bescheid weiß …«

Der Mann mit dem roten Tuch um den Hals horchte noch eine Weile, dann schrie er wieder auf und schaute uns in die Augen: »Nein, nein und nochmals nein! Nein, Herrschaft! … Lass, ich hab zu tun. Wir reden weiter, wenn ich zuhause bin, aber es ist mein letztes …«

»Bitteschön, sie ist diejenige, die auflegt«, sagte er rot vor Beleidigung und knallte den Hörer auf die Gabel.

4

»Der Herr ist mein Kollege, Leutnant Văcărescu«, sagte Major Ghilduş peinlich berührt. »Wissen Sie, wir befinden uns hier in Umorganisation, es ist ein ziemliches Chaos. Wie ich schon sagte, zur Zeit sind wir hier nur zu dritt, in der kommenden Woche sollen noch zwei Kollegen hinzukommen … Der andere Major ist unterwegs ... Nun, sagen Sie mal, wo ist das Problem?«

Ioana ist mutiger als ich und bewahrt mich gewöhnlich vor der Last, mit unbekannten Leuten sprechen zu müssen. Ans Telefon geht nur sie. An allen möglichen Schaltern ist sie diejenige, die den Kopf durch das Fensterchen streckt und erklärt. Selbst wenn ich zum Haareschneiden gehe, sagt sie dem Friseur, wie er mir das Haar schneiden soll, als wäre ich stets mit Mütterchen an der Hand beim Kinderfriseur. Auch diesmal hatte sie den Mund geöffnet, um zum zehnten Mal unsere Situation zu erklären, als der feiste Kerl, der bis dahin aufgebracht zwischen den beiden Fenstern auf und ab gegangen war, sie unerwartet unterbrach.

»Meine Frau, Herrgott nochmal. Da sage noch einer, die hätten nicht recht, die da sagen, die Frau ist kein Mensch, das heißt (dabei schaute er Ioana an), einige von ihnen ... Sie lässt sich die Zähne richten, das hat sie sich jetzt in den Kopf gesetzt. Und will sich alle gleichzeitig machen lassen, das bringt mich um den Verstand. Ich verstehe ja, dass man zum Zahnarzt geht, dass man sich dieses Jahr ein Krönchen machen lässt, im nächsten Jahr eine Brücke, erst die eine Arbeit, dann ... Aber das gesamte Gebiss auf einmal? Und in einer privaten Praxis? Wo sie doch unsere Lage kennt. Seit zwei Jahren leihe ich mir Geld, leihe und leihe. Wissen Sie, wie viel ich bis jetzt schon in ihren Mund investiert habe? Na, schätzungsweise ...?«

»Tja«, sagte Ioana verschreckt, dass nun unvermeidlich Zahlen folgen mussten, »lassen Sie mal, das lohnt sich, schließlich werden Sie eine schöne Frau haben ...«

»Schön! Schön mag sie sein, aber … Wo soll ich mir nun zum sechsten Mal das Geld leihen? Die werfen mich hier raus bei der Polizei, wenn sie so etwas hören … Aber, sei's drum, jeder kennt seins … Sagen Sie, sagen Sie, was ist passiert?«

»Nun, sehen Sie«, erklärten wir nunmehr routiniert, »wir haben einen Brief aus Dänemark bekommen und haben den Verdacht, der Umschlag könnte Anthrax enthalten. Wir wollten ihn wegwerfen, aber dann dachten wir …«

»Wo ist der Umschlag?«, unterbrach Văcărescu, der sich wieder ein bisschen beruhigt hatte.

Ich zog die kreuz und quer mit durchsichtigen Tesafilm-Streifen beklebte Humanitas-Tasche aus der Stofftasche und begann unendlich vorsichtig, die Ecken ein bisschen frei zu machen. Nun bedauerte ich, dass ich unvorsichtigerweise die Handschuhe in den Müll geworfen hatte. Meine Finger brannten jetzt stärker denn je.

»Warten Sie, Mann, denn wenn wir so weitertrödeln, erwischt uns hier die Nacht«, sagte der gleiche unglaubliche Polizist mit dem roten Tuch um den Hals. »Hier ist die Expertenhand gefragt.«

Und plötzlich sehen wir, wie er die Tüte packt, die Tesafilmstreifen herunterreißt und den Arm bis zum Ellbogen in die Tüte steckt. Als er ihn wieder herausnimmt, zeigt sich der große, zerknautschte und bunte Umschlag im schwachen Licht, das von den Fenstern hereinfällt, und – Halluzination oder nicht – ein Staubwölkchen verbreitet sich aus seinem porösen Papier in alle Richtungen. Das Anthrax! Der Schwachkopf hatte es uns nun endgültig eingebrockt! Auch sich selbst hatte er ins Unglück gestürzt, nicht nur wir waren hiermit erledigt. Ich schaute zu Ioana: Sie hielt offenbar den Atem an. Auch ich tat das Gleiche, bis ich merkte, dass ich ärgerlich wurde. Ich würde nicht einmal Nichitas* Alter erreichen, sagte ich mir schmerzerfüllt. Wie viele Meisterwerke werden da ungeschrieben bleiben!

Nun standen wir um dieses Tischchen, wir und die beiden Polizisten, und starrten den mit der Vorderseite nach oben liegenden Umschlag an, der vollgestopft und drunter und drüber mit blauer, schwarzer und roter Kugelschreiberschrift beschmiert war. Văcărescu war drauf und dran, auch dem Umschlag die Behandlung angedeihen zu lassen, die er schon bei der Tasche praktiziert hatte, aber diesmal hielt der klügere Ghilduș ihn zurück: »Halt, Mensch, das ist das Corpus delicti. Lass uns mal sehen. Hm, hier will mir scheinen, sind ein paar Blätter …«

»Und schauen Sie hier, etwas weiter unten, könnte da nicht ein Täschchen sein mit etwas drin?«, sagte ich und wahrte mit meinem Zeigefinger ein paar gute Zentimeter Abstand zum Umschlag.

Văcărescu legte nun auch Hand an. Jetzt tasteten sie beide mit solcher Leidenschaft den großen Umschlag ab, dass dessen Papier unter ihren Fingern sichtlich dünner wurde. Das Wölkchen nahm im Winterdämmer zu und füllte das Büro aus.

»He, weißt, da könnte etwas sein … Is' ja ein Ding! … Das sind mir vielleicht Mistkerle … schau, hier … und hier, schau …«

---

* Nichita Stănescu (1933–1983), bedeutender rumänischer Dichter. (A.d.Ü.)

So musste Aladin in seiner Höhle die Zauberlampe gerieben haben. Was wird da wohl für ein Dschinn aus der Ecke dieses Briefes entweichen und plötzlich vor uns erscheinen?

»Und wenn man bedenkt, was wir für Werkzeuge haben«, sagte der Major verdrießlich, hob den Brief hoch und versuchte durchzuschauen.

»Spitzeninstrumente für solche Fälle, mein Herr, direkt aus Amerika bekommen. Aber wir haben sie noch nicht einmal ausgepackt, ich sagte ja, dass wir uns in der Umorganisation befinden, hier herrscht ein Durcheinander ... Wir haben auch spezielle Plastiksäckchen für Proben, feine Waagen, die einem molekülgenau das Gewicht anzeigen, und diese Dinge für ... wie heißen die, Costică? Diese Strahlungsmesser ... Denn auch die Strahlungen gehören zu unserer Aufgabe. Aber das alles ist noch im Lager ...«

»Erzähl ihnen auch von den Hunden«, fügte Leutnant Constantin Văcărescu hinzu, so lautete sein vollständiger Name, wie wir nunmehr wussten.

»Wir haben auch Hunde, darunter sogar Majore und Oberste (Sie wissen ja, dass auch die Hunde militärische Grade haben, nicht?), Experten für gefährliche Substanzen. Die haben vielleicht eine Nase! Pah, wenn Zidane hier wäre, wüssten Sie sofort, was in dem Umschlag ist, da bräuchten wir kein Laboratorium mehr.«

»Zidane ist geil, was der schon für Prämien geholt hat in seinem Leben ... Voller Oberst. Extraration. Aber das ist's, zum gegenwärtigen Zeitpunkt haben wir keine Hunde, ich darf nicht einmal sagen, wo sie sind.«

Die beiden wechselten schnelle Blicke. Sie bedauerten

offenbar gewaltig, dass sie nicht sagen durften, was sie wussten.

»Das ist geheim, mein Herr, es läuft etwas an der Grenze ...«

»In Nădlac ...«, ergänzte Costică, aber sein Chef blitzte ihn mit den Augen an.

»Jetzt kein Wort mehr!« Dann richtete er sich auf, drückte das Kreuz durch, schlug kräftig mit der Hand auf den Umschlag und sagte entspannt in weltmännischem Ton: »Los, machen wir uns an die Arbeit. Wie, sagten Sie, heißen Sie?«

5

»Cărtărescu«, sagte ich und machte mich klein. Ich hasse es, meinen Namen zu sagen. Es gibt noch Menschen, die mich nicht vom Sehen kennen, ich bin auch nicht so arg populär, aber normalerweise, wenn ich meinen Namen bei der Post nenne, beim Stromzahlen oder Gott weiß wo sonst, gibt es immer jemanden in der Schlange, der mich fragt: der Schriftsteller? Und dann muss ich mein bescheidenstes Lächeln aufsetzen und irgendwie verloren, die Augen niedergeschlagen, antworten: »Tja ...«, denn sonst sieht es so aus, als wollte ich den Eingebildeten geben und diejenigen verachten, die mich anstarren und selber keine Schriftsteller sind. Zwei-, dreimal habe ich auf der Straße mein Herz in die Hand genommen und einem Mädchen, das atemlos auf mich zugekommen war, um ein Autogramm zu bekommen, gesagt: »Tut mir leid, aber Sie verwechseln mich«, oder noch bösartiger: »Wie hatten Sie gesagt? Cărtărescu? Wer ist der?«, aber es hat mir jedes Mal leidgetan. Hier jedoch, bei der Polizei, habe ich bald gemerkt, dass so etwas nicht geschehen konnte: Die Männer waren in Sachen Literatur völlig unschuldig. Hätte ich Cioran gesagt, Noica oder Breban, wären sie ebenso gleichgültig geblieben.

»Cărtărescu, und wie noch?«

»Mircea.«

»Wissen Sie was? Füllen Sie eine Erklärung aus, in die Sie alles eintragen, was ihnen zugestoßen ist. Costică, gib dem Herrn ein Blatt Papier und bring ihm das alte Modell, du weißt schon, damit er weiß, wie er das aufschreiben soll. Ich muss jetzt gehen, Bercea erwartet mich.«

Wir erheben uns vom Tisch, geben Major Ghilduş die Hand, und dieser verschwindet, wie es seine Gewohnheit ist, als hätte ihn der Erdboden verschluckt, also verbleiben wir mit all dem Kram ganz und gar in der Hand von Văcărescu. Es war schon ziemlich dunkel geworden, kaum dass man zum Fenster hin die Oberflächen der Stühle und Tischchen im Büro glänzen sehen konnte. Văcărescu schien dies nicht zu merken. Ihn beschäftigte weiterhin das Problem seiner Frau, was unschwer zu erkennen war. Schließlich bin wieder ich aufgestanden und habe das Licht eingeschaltet.

»Sieh, wie wir das machen«, sagte der Leutnant und zog am Zipfel des Tuches, das er um den Hals hatte. »Sie erzählen, und ich formuliere es. Sie sagen mir so der Reihe nach die Einzelheiten, und ich diktiere Ihnen, wie Sie es aufschreiben sollen. Denn Schreiben setzt Erfahrung voraus, darauf versteht sich nicht alle Welt wie beim Fußball. Der Mensch weiß nicht, was er zuerst sagen soll, wenn man ihn auffordert, schnell mal eine Erklärung abzugeben, da beginnt er mitten im Haufen, wie ein Huhn: Sehen Sie, ich war auf der Straße, und verstehen Sie, da kommt einer auf mich zu, und dies und jenes ... Eine ganze Irrenanstalt, aus der keiner mehr etwas versteht. So nicht, Väterchen. Und diese Dinge erledigt man nach eigenem Brauch, schauen Sie, hier, nach diesem Modell: Unterzeichneter sowieso ... wohnhaft ... ausgewiesen durch den Personalausweis, Nummer ... Los, schreiben Sie. Un-ter-zeich-ne-ter ... (also wie Sie heißen), wohn-haft ... Hier sagen Sie, wo Sie wohnen, die Straße, Hausnummer, den Stadtbezirk ... den Personalausweis, Nummer (die kennen Sie auswendig?) ... Gut! Und nun zur Geschichte. Schreiben Sie. Wann, sagten Sie, haben Sie den Umschlag bekommen?«

»Heute Morgen.«

»Gut. Am Morgen des Tages ... Waren Sie zuhause?«

»Ja.«

»... während ich mich zuhause in meiner Wohnung aufhielt ... Nun, was ist da passiert?«

»Ich erhielt einen Anruf.«

»Wurde ich von der Sekretärin der Zeitschrift ... Welcher Zeitschrift?«

»*Lettre Internationale.*«

»Wie?« Văcărescu schaute uns argwöhnisch an. »Moment, mein Herr, nicht die Einmachgläser verwechseln. Ich frage hier nach unserer Zeitschrift, von wo man Sie angerufen hat, nicht nach der in Dänemark!«

»Die heißt genau so.«

»Wie, genau so?«

»Ja, *Lettre Internationale* ...«

Ob wir uns über ihn lustig machten? Nein, gewiss nicht,

beeilte ich mich zu versichern. Es war einfach. *Lettre Internationale* war eine Zeitschrift, die unter dem gleichen Namen in mehreren europäischen Ländern erschien, darunter auch in Rumänien und Dänemark. Aber warum hatte man dann ihren Namen nicht ins Rumänische übersetzt, damit die Leute das auch verstehen, denn wenn man an den Kiosk geht und sie kaufen will, verheddert sich einem die Zunge im Mund, und die Verkäuferin weiß nicht, was sie einem geben soll. Das ist deren Bier, sagte ich, worauf Văcărescu uns gelangweilt anschaute: Nun mag es auch Wölfe geben, die von Schafen gefressen werden …

»Gut, schreib es so auf, wie du es gesagt hast.« Nun duzten wir uns, ohne dass ich darüber Bescheid bekommen hatte, nach dem Vorstadtmodell: »Sagen Sie, Fräulein, sind Sie alleine hier oder ist deine Mutter dabei?«

Eine geschlagene Stunde schwitzte ich über der Komposition der entsprechenden Erklärung. Das Ergebnis war wahrlich erschütternd. Nicht einmal in den Parteidokumenten hatte es solch eine hölzerne Sprache gegeben, so viele Gerundien und Infinitive, so viele Umschreibungen und Anakoluthe. Man konnte nicht wissen, weshalb der Briefumschlag ständig unter dem Namen »Briefhülle« auftauchte (sollte wohl vornehmer klingen), auch trug er »Inschriften«, statt dass er kreuz und quer, das hieß hier »transversal und longitudinal«, beschrieben gewesen wäre, und zwar mit einem »Füller mit Kugel in diversen Farben« und nicht mit einem schlichten Kugelschreiber. Und so weiter, drei kleingeschriebene Seiten lang, dass mir schließlich das Handgelenk wehtat, denn ich war die ganze Zeit nur der ausführende Arm, während der Leutnant das befehlende Hirn war. Văcărescu war unsagbar zufrieden. Mit den zärtlichen Gesten einer Schwangeren streichelte er sich den runden Bauch.

»Ehe, zu guter Letzt haben wir das Ding zusammen erledigt, wie heißt es so schön: Mutter schiebt, ich ziehe … Nu haben wir nur noch einen kleinen Hops zu überwinden: Der Oberst muss es sehen. Herr Oberst Plopeanu, vielleicht habt ihr schon von ihm gehört, er ist eine Berühmtheit, letzten Monat war er sogar im Fernsehen, auf Tele 7 ABC. Bleiben Sie hier, ich gehe zu ihm ins Büro. Bin augenblicklich wieder da.«

Auf jenen Fluren schien die Zeit allerdings nicht zu vergehen, oder aber sie verging langsamer, als es normal gewesen wäre. Văcărescus Augenblick wurde zur Ewigkeit. Wieder nahmen wir uns die paar Freunde vor, über die wir lästern konnten, wir entwarfen und verwarfen literarische Ranglisten und brachten noch einmal die ersten dreißig Jahre unseres Sohnes auf die Reihe … Draußen war nun stockfinstere Nacht. Wir konnten es nicht glauben: Einen ganzen Tag hatten wir beim Sitz der Polizei zugebracht, wir, die wir bis dahin bloß mal eine Zweigstelle betreten hatten, um unsere Ausweise erneuern zu lassen. Im orangen Licht der Neonlampe jenseits des Fensters hatte es wieder zu schneien begonnen. Nun fragten wir uns sogar, ob unsere Gebeine an jenem öden Ort zurückbleiben würden, als wir schließlich eilige (und anscheinend aus dem Tritt geratene) Schritte auf dem Flur hörten, die Tür flog dramatisch gegen die Wand, und der Leutnant, röter im Gesicht als sein Tuch, verschwitzt und mit ins Gesicht geschriebener Verzweiflung, fuchtelte mit den zu-

sammengerollten Seiten der Erklärung vor unseren Augen
herum:

»Ein Unglück«, sagte er keuchend, »er hat sie mir zurück-
gegeben, wir müssen sie noch einmal machen!«

6

Und wir machten sie noch einmal, nach einem anderen Mus-
ter, keinesfalls besser als das erste, genau so wie beim Militär, wo wir auch jedes Mal, wenn ein anderer Offizier kam,
den Defilierschritt neu und anders lernen mussten. Um sieben Uhr abends waren wir mit der neuen Erklärung fertig, die
Văcărescu (für die Freunde Costică) an sich nahm, damit sie
wiederum vom berühmten Oberst Plopeanu überprüft werde.
»Hoffentlich wird sie angenommen«, flehten auch wir mit all
den schwachen Kräften, die uns noch geblieben waren.

Wir waren erschöpft vor Müdigkeit, hungrig und verstört
wie von einem seltsamen Traum, in dem es so aussah, als wären wir mit Anthrax angegriffen worden und hätten einen
ganzen Tag auf den Fluren und in den Büros der Polizei verbracht, in Gesellschaft etlicher Gespenster von der Art der
sprechenden Maden und der immerzu lächelnden Katzen aus
»Alice im Wunderland«. Diesmal kehrte der Leutnant triumphierend mit dem von der berühmten Hand des berühmten
Obersten von Tele 7 ABC gestempelten Dokument zurück,
und wir waren endlich frei, die Institution zu verlassen und
unsere Wohnung aufzusuchen. Er griff sich den Umschlag
vom Tisch, steckte ihn in einen anderen Umschlag, älter und

zerschlissener noch als dieser, mit einer Unmenge hintereinander weg durch entschiedene Kugelschreiberstriche getilgter Anschriften, und ihn unter den Arm klemmend, reckte er uns die Hand entgegen:

»Wir werden Sie anrufen, wenn das Ergebnis vom Labor eintrifft. Nun müssen Sie uns entschuldigen, wissen Sie, hier finden Umstrukturierungen statt, und es müssen noch ein paar Kollegen hier eintreffen, sodass … Würden wir über die Werkzeuge verfügen und die hermetisch verschließbaren Tüten und jene Hunde, das wäre in zehn Sekunden erledigt, auf mein Wort. Man hat eben auch mal Pech auf der Welt … Ausgerechnet jetzt muss diese streng geheime Sache in Năd …«

»Ist schon gut, ist gut, wir danken vielmals«, fielen wir ihm einstimmig ins Wort, um bloß keine weiteren Dienstgeheimnisse oder solche privater Natur (herrje, das Gebiss der Frau, das geliehene Geld …) von Văcărescu mehr erfahren zu müssen. »Wir warten nun Ihren Anruf ab.«

Wir gingen versöhnt. Hatten das Nötige getan. Niemand sollte wegen unserer Unvorsichtigkeit zu Tode kommen. Interpol würde in Aktion treten und den internationalen Verbrecher ausfindig machen, der (und sei es nur für einen Tag) unser Leben verändert hatte. Trotz unserer Erschöpfung schlitterten wir fröhlich jauchzend übers Eis und bewarfen uns bis nach Hause mit Schneebällen. Zuhause verschlangen wir die Reserven einer Woche aus dem Kühlschrank und legten uns mit den Gedanken an das Anthrax zu Bett, um von Anthrax zu träumen.

Gegen sieben am nächsten Morgen weckte uns ein Telefonanruf:

»Hallo, Meister Cărtărescu?«

Wenn ich diesen Ausdruck höre, drehe ich durch, vor allem, wenn ich zu solch ungehöriger Zeit so angesprochen werde.

»Was wünschen Sie?«

»Meister, ich war Ihr Student an der Universität, ich weiß nicht, ob Ihnen mein Name noch etwas sagt.«

»Was wünscht du, Mensch? Weißt du, wie spät es ist?«

»Ich bitte tausendmal um Entschuldigung, wissen Sie, der Beruf ... Ich arbeite bei der Zeitung *Die Stimme*. Es heißt, Sie hätten einen Umschlag mit Anthrax erhalten ... Bitte erläutern Sie uns das ein bisschen ...«

Großartig! Gestern waren wir den ganzen Tag unterwegs, wir hatten mit niemandem gesprochen. Selbst mein Mobiltelefon hatte ich ausgeschaltet. Nicht einmal unsere engsten Freunde hatten etwas erfahren. Was zum Teufel, übernachteten diese Zeitungsschreiber bei der Polizei? Oder mit der Polizei im Bett? Ich weigerte mich verdrossen, etwas zu »erläutern«, legte auf und ging zurück ins Bett. Den ganzen Tag über stellte ich mir die unterschiedlichsten Handlungsabläufe dieser Geschichte vor, die mich in ihrem monströsen Bauch gefangen hielt. Im glücklichsten Fall identifizierte das Labor das Pulver, die schrecklichen Keime wurden zerstört, und die internationale Untersuchung nahm ihren Lauf. Der dänische Übeltäter wurde gefasst und, bevor er noch einmal zuschlagen konnte, hinter Gitter gebracht. Aber wir befanden uns in Rumänien, das durfte man nicht vergessen. Warum sollten Laboratorien professioneller vorgehen als die Polizisten in Jeans, mit denen wir es zu tun hatten? Was, wenn auch der Laborant ins Gebiss seiner Frau investieren musste? Wenn auch die sich in Umstrukturierung befanden? Wenn auch deren Hunde Schnupfen oder Zecken oder sonstwas hatten? Mit gefährlichen Substanzen musste man aufmerksam und bei guter Belüftung arbeiten. Wenn irgend so ein Idiot den Ventilator falsch einstellte, sodass plötzlich eine Anthraxwolke durch die Lüftungsschächte des Laboratoriums entwich und, groß wie ein Atompilz, die ganze Stadt überzog? Ich stellte mir Millionen Tote vor, von Militari bis Balta Albă, ja selbst in den umliegenden Dörfern ... Und an absolut allem trug ich allein die Schuld. Ich würde an der Seite von Dschingis Khan, Stalin, Hitler und Pol Pot in die Geschichte eingehen. Wenn man auf Rumänien zu sprechen kommt, werden die Fremden nicht mehr sagen »Yes, Hagi, Nadia, Ceauşescu ...«, sondern »Yes, we know Cărtărescu ...« Das Blut gefror mir in den Adern.

Am Abend setzte ich mich hin und begann wie üblich, im Internet die Presse zu lesen, und ich traute meinen Augen nicht. Sie war voll mit Nachrichten, die klangen, als wären sie auf Durchschlagpapier geschrieben worden, nur die Titel unterschieden sich: »Cărtărescu mit Anthrax angegriffen«, »Anthrax für Cărtărescu«, »Bekannter Schriftsteller mit Anthrax bedroht« ... Ein Foto von mir, wer weiß, wann, von wem und in welcher Absicht aufgenommen, auf dem mir das hämische Schielen eines Vlad Ţepeş* in den Augenwinkeln glomm, begleitete sämtliche Artikel und ließ wahrscheinlich viele un-

---

* Rumänischer Fürst Vlad III. Drăculea (1431–1476/77) war 1448, 1456–1462 und 1476 Wojewode der Walachei; den Beinamen Ţepeş (dt. der Pfähler) erhielt er wegen seiner Vorliebe für die Hinrichtung durch Pfählung. Gilt als historisches Vorbild für Bram Stokers Romanfigur Dracula. (A.d.Ü.)

aufmerksame Leser glauben, ich sei derjenige gewesen, der das ganze Viertel mit Anthrax verseucht hatte. Der damalige Vorsitzende des Schriftstellerverbandes hatte eine kurze Erklärung verfasst, der ein gewisses Bedauern zu entnehmen war, bis dahin noch nicht selber darauf gekommen zu sein, mich auf diese Weise zu erledigen. Ihm war jemand zuvorgekommen. Ich selbst hatte, wahrscheinlich im Schlaf, meinem ehemaligen Studenten und ein paar weiteren Zeitungsleuten gegenüber einiges geäußert. Ich schäumte vor hilfloser Wut: »Ich werde sie vor Gericht bringen, werde sie … mitsamt ihrer verdammten Mutter und den Müttern derer, die sie zu Schreiberlingen gemacht haben!«

Am nächsten Tag fielen meine Freunde selbstverständlich über mich her, aber sie kamen nicht vorbei, denn wer weiß … Sie zogen es vor, mit mir zu telefonieren: Es war schließlich, wie auch immer man das sah, gesünder so. Sie deckten mich mit einem Haufen nützlicher Ratschläge ein, vor allem, was ich tun sollte, wenn ich Schnupfensymptome bekäme. Am besten sei es, mich nach Fundeni zu begeben, denn deren Reanimationsabteilung sei die modernste im Land, das hatte sogar in der Zeitung gestanden. An der Fakultät ließ mich ein Kollege mit ausgestreckter Hand stehen. »Tag, Tag«, sagte er und verkrümelte sich mit auf dem Rücken verborgener Hand, denn die Papillen der digitalen Fingerabdrücke fassen eine Tonne Anthrax, wenn man es anständig zu verteilen versteht. Kurz gesagt, ich befand mich nach einer langen Phase literarischer Ruhmlosigkeit (aber was hat Literatur heute denn noch zu bedeuten?) endlich im Zentrum der Aufmerksamkeit.

7

Etwa vier, fünf aufregende Tage waren vergangen, als ich endlich eine wohlbekannte Stimme am Telefon vernahm:

»Hallo, Herr Cărtărescu?«

»Ah, guten Abend, Herr Leutnant, ich habe Ihren Anruf schon erwar…«

»Da war, mein Herr, war kein Anthrax, hast uns umsonst aufgescheucht und Laufereien beschert. Eben ist das Ergebnis aus dem Laboratorium gekommen.«

Ich war konsterniert. Das hatte ich nicht erwartet, es passte nicht in mein Drehbuch. Die Medien waren, wie gesagt, in all dieser Zeit mit ihrem Anthrax komplett durchgedreht. Man hatte nicht nur von Angriffen in Amerika berichtet, sondern aus der ganzen Welt, in Russland beispielsweise, in einigen afrikanischen Ländern … Man sprach über die Unterschlagung von Anthrax in Laboratorien und von Versuchen, die Keime mittels Sprühflugzeugen auszubringen … Das Capitol selbst war aufgrund anonymer Anrufe einige Male geräumt worden … Wieso war kein Anthrax in jenem Umschlag? Wozu hatte man mir dann aus Dänemark geschrieben, wo ich doch keinen einzigen Bekannten dort hatte? Warum stand auf dem Umschlag »Why don't you sneeze«? Und was war von jenem verdächtig erscheinenden Tütchen mit Pulver auf dem Grund des Umschlags zu halten? Ioana stand neben mir und lauschte mit angehaltenem Atem.

»Hören Sie, ich sage Ihnen, was in dem Umschlag ist, denn ich halte ihn geöffnet in Händen. Nu … schauen Sie … was Sie für Anthrax hielten, ist nur eine Serviette! …«

»Wie, eine Serviette?«

»Ja, mein Herr, eine rote Serviette, eine von den dickeren mit mehreren Lagen, wie man sie bei denen so macht. Und die Gioconda ist draufgezeichnet. Aber auch ein paar Flecken sind drauf, ich glaub, die haben ein paar Tropfen von ihren Säuren da im Laboratorium auf den Umschlag fallen lassen … Wart, dass ich sie auffalte, vielleicht ist noch was drin … Nein, nichts, mein Herr, eine Serviette wie andere Servietten auch. Die steckte da so dick und weich, dass wir alle dachten, es sei ein Pulver …«

Wir konnten es nicht glauben. Okay, wir waren Idioten, hatten die Leute umsonst aufgescheucht, aber da spielte sich trotzdem irgendein Irrsinn ab. Was hatte es mit der Serviette auf sich? Der Schädel wollte mir vor Schmerzen schier bersten.

»Und da ist noch etwas im Umschlag. Ein paar Papiere. Ein maschinenschriftlicher Brief (aber man sieht, dass es kein Original ist, er ist fotokopiert) und ein paar Zeitungsausschnitte, ebenfalls Fotokopien, und zwar schon die hundertste Auflage, man kann die Buchstaben und Bilder kaum mehr erkennen. Und dann ist da noch ein blauer Karton, auf dem etwas steht …«

»Was steht da?«

»Das weiß ich nicht, es ist in Englisch … Wie auch der Brief. Die Zeitungsausschnitte sind … mal sehen … zum Teil in Englisch, denn die sind voller tse, wissen Sie, diese Buchstabenfolge wie Tsentrum, Tselt, Tserstreutheit … andere sind in ihrer Sprache, in Dänisch, denn da ist das o durchgestrichen, wie das bei den Schrauben so angegeben wird, damit man weiß, welchen ›fi‹ sie haben. So, das war's jetzt, ich hab alles rausgeholt. Der Umschlag ist leer. Was heißt hier Anthrax und Zauberei … Aber da kann man mal sehen, wir haben unsere Pflicht getan, haben den Fall gelöst, notieren ihn bei den erledigten Fällen. Nun sag auch ich Gute Nacht, und wenn mal wieder was sein sollte, Stäube, Zeugs … Sie wissen jetzt ja, wo Sie uns finden …«

»Warten Sie, legen Sie nicht auf«, rief ich. »Mein Herr, trotzdem … wir möchten schon wissen, was der Unsinn soll. Lassen Sie uns nicht im Nebel stehen. Auch wenn es kein Anthrax war, wir möchten wissen, was …«

»Gehen Sie ruhig schlafen, und danken Sie dem lieben Gott, dass es nichts war. Wer zu viel weiß, stirbt früher, wie man so sagt.«

»Ja, schon, trotzdem … Wir wollen uns bloß mal ein bisschen diese Papiere anschauen, wenn die jetzt nicht auch zu Ihren Dienstgeheimnissen zählen.«

»Zählen sie nicht, mein Sohn, kommen Sie und schauen Sie sich die Papiere an, so lange Sie wollen. Bloß den Umschlag müssen Sie uns dalassen, denn der muss in der Akte bleiben, als Beweis, dass wir den Fall gelöst haben.«

Ich legte auf, und wir schauten uns an. Diese Sache überstieg unsere Vorstellungskraft. Solange von Anthrax die Rede war, hatten die Dinge, wie absurd wir als Opfer auch gewirkt haben mochten, ein paar unbedeutende arme Mäuschen, noch einen Sinn und einen Grund. Jetzt aber … Was für eine Serviette, was für eine Mona Lisa, welche Papiere? Den Abend und einen guten Teil der Nacht verbrachten wir mit dem Versuch, wieder zur Besinnung zu kommen. Wir stellten die absurdesten Hypothesen auf, wie wenn man etwas Wertvolles verliert und es dann verzweifelt dort sucht, wo es auf keinen Fall sein kann. Die Securitate mit ihrem langen Arm hatte jemanden nach Kopenhagen geschickt, der dort den Umschlag für mich zur Post gebracht hatte. Warum? Um mich einzuschüchtern ... Als hätten sie Culianu* nicht so erledigt, ohne ersichtlichen Grund. Sie ließen eben hin und wieder ihre Muskeln spielen. Aber dann hätten sie doch verdammt nochmal dieses Anthrax in den Umschlag gesteckt, wenn sie schon die Briefmarke bezahlt hatten, denn Ioan Petru hatten sie schließlich keine purpurrote Serviette mit einer Mona Lisa darauf geschickt. Es konnte allerdings auch etwas anderes gewesen sein: Ein paar Freunde aus dem Literaturbetrieb werden im Rahmen eines Kulturaustauschs dorthin gelangt sein und sich gesagt haben: »Wart mal, Brüderchen, dir zeigen wir's, Angeberarsch!« Und dann schrieben sie los, wer weiß welchen englischen und dänischen Unsinn, steckten Servietten in ... Nein, nein, das hatte keinen Sinn ... Die hätten keine solche Maskerade gebraucht, um mich aus der Fassung geraten zu lassen. Die hatten ihre Methoden: Eine Besprechung in einer Zeitung kann dich dermaßen zur Schnecke machen, wie du es dir nicht vorstellen kannst. Ein paar ins Ohr der richtigen Person geflüsterte Worte können einen auf zehn Jahre diskreditieren. Das entsprach nicht dem Stil meiner Mitbrüder. Hier musste es sich um etwas viel Bizarreres und Verquereres handeln.

* Ioan Petru Culianu (1952–1991), rumänischer Religionswissenschaftler und Kulturphilosoph, der am 21. Mai 1991 auf einer Herrentoilette der Universität von Chicago von einem Unbekannten erschossen wurde. Dieser Mordfall ist bis heute nicht aufgeklärt. (A.d.Ü.)

Gleich am nächsten Tag rannten wir beide zur Polizei, wieder betraten wir den breiten Vorraum im Erdgeschoß, wo wir beinahe Andreea, die wieder mit den Kaffeetassen aus dem gleichen Büro trat, umgerempelt hätten, wir warteten wieder fast eine halbe Stunde auf Maior Ghilduș … Als wären wir in »Und täglich grüßt das Murmeltier« gewesen, jenem Film von vor etlichen Jahren. Wiederum der Fahrstuhl und die kafkamäßigen Flure, wieder das Büro, in dessen breiten Fenstern es heftig schneite, und auch wieder (das trieb uns einen Schauder über den Rücken) Leutnant Văcărescu, der mit seiner Frau telefonierte. Der Krimi hatte sich in eine SF-Story mit Zeitschlaufen und Paradoxien verwandelt … Aber wir beruhigten uns sogleich, denn der Typ, der nun kein rotes Tuch mehr um den Hals und auch keinen gestreiften Pullover mehr trug (von seinem urmuzartigen* Aufzug war nur der Bierbauch übrig geblieben), legte sofort auf, als er uns sah, und bat uns zeremoniell herein. Dann schloss er ohne ein weiteres Wort einen metallenen Aktenschrank auf und kam mit dem berühmten Umschlag, der nun noch zerknitterter aussah, offenbar hatte man ihn auf seiner ganzen Länge brutal aufgerissen – anscheinend mit dem Finger –, zu unserem Tisch herüber.

Ernsthaft, Stirn an Stirn, schon im Bann der Erkenntnis,

---

* Der avantgardistische Schriftsteller Urmuz, eigentlich Demetru Demetrescu-Buzău (1883–1923) arbeitete zeitweilig als Schreiber am Hohen Kassationsgericht in Bukarest und soll stets tadellos, aber ärmlich gekleidet gewesen sein. Seine literarischen Figuren aber waren Collagewesen, die sich aus menschlichen Anteilen und Alltagsgegenständen zusammensetzten. (A.d.Ü.)

welche die rätselhaften Blätter für uns bereithalten sollten, begannen wir zu lesen. Während wir eine Seite nach der anderen verschlangen, steigerte sich unsere Verwunderung ins Grenzenlose.

8

Mit den Dänisch geschriebenen Blättern war ich bald fertig. Es waren, wie gesagt, sehr schlechte, verwischte Fotokopien einiger Zeitungs- oder Zeitschriftenartikel, die das ebenfalls mehrfach vorhandene Foto eines Kerls begleiteten, der jeder sein konnte, von Bin Laden bis Bill Gates, so abgesoffen und zerkratzt war das Foto. Auf der Rückseite hätten die Blätter weiß sein müssen, aber sie waren auf unverständliche Weise mit dem Kugelschreiber beschmiert: ein paar primitive Männchen, als hätte sie ein dreijähriges Kind gezeichnet, eine Art merkwürdiger Aggregate, vielleicht obszöne Geschlechtsteile, die aber auch Fische in einem Aquarium sein konnten ... Typische Zeichnungen eines Schwachsinnigen oder eines an Alzheimer Erkrankten, folgerte Ioana und rümpfte die Nase ...

Die englischen Seiten begannen mit einem CV in Schreibmaschinenschrift mit von Mäusen angenagter Courier-12-Type geschrieben. Biennalen, Ausstellungen ... Hoppla! Ein Künstler, da schau her! Hier schlugen wir uns mit der Handfläche an die Stirn: Großer Gott, von wegen Anthrax und Geheimnis! Es ist *Mail Art*, wieso hatten wir das nicht schon früher gemerkt? Denn schließlich hatte es auch bei uns zeit-

weilig diese Verrücktheiten gegeben, sogar noch zu Ceaşcăs*
Zeiten. Ich hatte selber von verschiedenen Freunden, die mit
der Kunst kokettierten, absurde Briefe erhalten, die Colla-
gen enthielten, Weizenkörner, Rasierklingen, unentwickelte
Stückchen Film; damals wohnte ich noch in Colentina und
stieg fünf-, sechsmal täglich die acht Stockwerke unseres
Wohnblocks hinunter, um in den Briefkasten zu schauen, wie
ich heute zwanghaft nach den Mails sehe. Wie heute schrieb
mir auch damals schon niemand, aber ich gab die Hoffnung
nicht auf. Ich wurde richtig wütend, wenn ich wieder auf eine
Ladung *Mail Art* stieß, während ich in einer Art feuchter
Phantasterei ein Briefchen von einer unwahrscheinlichen Be-
wunderin erwartete … Als ich von *Mail Art* hörte, war auch
mir danach, den Revolver zu entsichern …

Aber wir sollten nichts überstürzen, lesen wir weiter. Der
Kerl, ein Däne, gewiss, hatte sich an vielen Einzel- und Grup-
penausstellungen beteiligt, vor allem in den nordischen Breiten, in Schweden, Dänemark, Finnland, aber auch in London
und sogar in Israel. Unter den trockenen Angaben des CV, der
1983 endete, stand eine lange Ergänzung, die in kleiner Schrift
anscheinend mit Tusche geschrieben war; sie war von der Art,
dass man sich sehr leicht über die Sorte Kunst, die dieses Indi-
viduum betrieb, erheben konnte.

Hier möchte ich die in Sachen Kunstkenntnisse etwas
minder bemittelten oder beseelten Zeitgenossen bitten, sich
der Kommentare zu enthalten, die letztlich gegen sie verwen-
det werden könnten. Denn von der Mitteilung im CV, der

* Ceaşcă (dt. Tasse) Euphemismus für Ceauşescu (A.d.Ü.)

Künstler habe sich, sagen wir mal, an der Biennale von Turku beteiligt (ich hüte mich vor realen Daten wie vor dem Teufel), führte ein krummer Pfeil zur Erklärung darunter: »Das Projekt, mit dem ich zugelassen worden war, bestand in der Erlaubnis, die Toilette des Museumsgebäudes während der gesamten Dauer der Biennale jeweils dreimal täglich benutzen zu dürfen.« In Helsinki hatte der Künstler das Happening »*Farting in public*« vorgestellt, das auf den Kulturseiten der größten finnischen Zeitungen rezensiert worden war. Leider hatten ein paar reaktionärere Blätter sich geweigert, ein Foto vom Ereignis zu publizieren, das den Bildkünstler mit heruntergelassener Hose inmitten eines von der besten Gesellschaft besuchten Luxusrestaurants zeigte. »Der scheint sich durch den Witz mit *siamo poveri, ma onesti* inspiriert zu haben«, kommentierte Ioana und lachte bis über beide Ohren. Die Triennale von Wer weiß wo hatte ihn ebenfalls als Ehrengast eingeladen. Dort hatte er eine Arbeit vorgestellt, die daraus bestand, dass er das Publikum über das Treppenhaus hinunter in die Toiletten führte, die Besucher in dem ziemlich schäbigen Raum zwischen den Pinkelbecken und den WC-Kabinen versammelte, wo er ganz schnell eine riesige rosa Torte verspeiste, nach einigen Minuten des Spannungsaufbaus die Finger in den Rachen steckte und die Kunstliebhaber mit Schwällen frischer Magensäfte bespritzte. Mehr als zwanzig Liebhaber der Gegenwartskunst waren mit dem unvergesslichen Aroma jenes Experiments in den Kleidern nach Hause zurückgekehrt, lobte sich der Maler.

Der Künstler hatte sich auf Museen spezialisiert. Ein Spritzer da, heimlich über den Marmor einer barocken Skulptur, einen Klumpen Rotzschleim drüben, wenn der Bewacher nicht hinschaute, zwischen die Augen irgendeines in Öl gemalten bayerischen Königs im Ebenholzrahmen, ein Würstchen aus Eigenproduktion, in eine Serviette eingehüllt mitgebracht und vertikal auf die steinerne Stirn einer sumerischen Katze gelegt – etwa in diesem Bereich bewegte sich der Junge. Aber, wie Creangă* schon sagte, auch das ist ein Vermögen, wenn der Mensch gesund ist ...

Äußerst großzügig, erfuhren wir irgendwo gegen Ende des Schreibens, schickte uns der Meister im Vorgriff auf die bescheidene Bitte, die er uns unterbreiten wolle, eine originale Arbeit, für die er sich mit seinem Ehrenwort verbürge (denn er signierte seine Arbeiten prinzipiell nicht): eine purpurrote Serviette mit dem Bild der Gioconda, die sichtlich im Gesicht und auf der Brust mit den eigenen Spermien des Künstlers bespritzt war. Von Duchamp inspiriert, aber sehr viel weiter getrieben als der banalisierte Schnurrbart, war das Werk in tausend Exemplaren produziert und an alle Adressen geschickt worden, die der Autor weltweit hatte auftreiben können. Der technologische Vorgang war komplexer als im Fall der anderen Werke des Malers. Gioconda obenauf, waren je zwanzig Servietten auf einem Zeichentisch angebracht und gleichzeitig in einer rauschhaften Freisetzung von Kreativität à la Jackson Pollock bespritzt worden. Dieser Vorgang war fünfzigmal wiederholt worden, was den Künstler zur völligen Verausgabung gebracht und zu einem Beinkrampf geführt hat, von dem er auch heute noch nicht vollständig genesen ist.

* Ion Creangă (1839–1889), volkstümlicher rumänischer Erzähler. (A.d.Ü.)

Und wir hatten die Serviette eine Weile betastet, sogar versucht, mit den Fingernägeln die weißlichen Flecken über Giocondas Lächeln wegzukratzen ... Wir schoben sie angeekelt zur Seite und fuhren unter Beherrschung manch eines gesunden Reflexes stoisch in unserer Lektüre fort. Das nächste und köstlichste Dokument war ein offenes Protestschreiben, das an die größte dänische Tageszeitung gerichtet (denn der Mensch gab sich nicht mit fünftrangigen Blättchen ab), aber bis auf den heutigen Tag unveröffentlicht geblieben war. Der Text war phantastisch.

9

»Seit dreißig Jahren kämpfe ich mit den Philisterschweinen, mit den Nazis, die sich in dem verdammten *(fucking)* Westen warme Nester geschaffen haben und von unserer stinkenden *(lousy)* Lebensweise profitieren«, begann der Protestbrief, der mit zahlreichen Schreibfehlern durchsetzt war, ein Beweis der blinden Wut, die ihm Authentizität verlieh. Es hat keinen Sinn, ihn vollständig wiederzugeben. Schweine rauf und runter, »*Nazis*«, so viele reinpassten, »*fuck*« und »*fucking*« – etwa fünfundzwanzig Prozent der Tintenmenge war auf Qualifizierungen dieser Art draufgegangen. Aus einem wirren Haufen paralogischer Formulierungen und Anakoluthen rekonstruiert, klang die Geschichte schließlich etwa so:

»Ich, Olaf Jensen (nennen wir ihn so), einer der größten lebenden *Scat*-Künstler, wenn nicht gar der größte, hatte vor kurzem einen unerhörten Affront zu erleiden, lebendiges Beispiel für die Dekadenz der westlichen Zivilisation, für den Zusammenbruch sämtlicher Werte, wie der große Nietzsche ihn schon lange vorhergesagt hat. Heute, da die elenden Nazis, die uns führen, Milliarden in die Propaganda für die Globalisierung stecken, da Coca-Cola und McDonald's die Erde verwüsten wie die Furien der Apokalypse, da das Schwein von einem Bill Gates … (etc., die Tirade erstreckte sich noch über eine ganze Seite, wobei durcheinander Madonna, Maradona, Bush, Wolfowicz, Trump, Soros, Tom Cruise, Andersen, Hitler, Oprah Winfrey, Jack the Ripper, Boy George und weitere hundert Leute, allesamt *pigs* und *Nazis*, gewiss, aufgeführt wurden), ist die wahre Kunst zum bemitleidenswerten Aschenputtel geworden, und die Künstler stehen an der Schwelle zur Bettelei.

Ein Beweis dafür ist die aufschlussreiche Geschichte, die mir letztes Jahr bei der Biennale von Kopenhagen widerfahren ist (ja, meine Herren, ausgerechnet in meiner Geburtsstadt, was die biblischen Worte, und dies sage ich tieftraurig, bestätigt: Der Prophet gilt nichts im eigenen Land). Da die Künstler, die von einer Stadt in die andere reisen, vom transnationalen System, das (etc. eine weitere halbe Seite lang) … auf eine grausame Art zur Armut gezwungen werden, und weil es zur Winterzeit etwas unangenehmer ist, in den Parks zu schlafen, haben es sich die Hotels zur Gewohnheit werden lassen, während der großen staatlichen Ausstellungen einige Tage lang Künstler zu beherbergen, die dann mit einem ihrer

Originalwerke dafür bezahlen. In den Genuss dieses Systems, das nur geschaffen wurde, damit sich die Schweine von Hotelbesitzern bereichern können, bin auch ich im letzten Winter gekommen, als ich im Rahmen der Biennale mein Projekt *Eat it!* vorgestellt habe. Ich blieb zehn Tage im Hotel, einem der luxuriösesten *pieces of shit* der Stadt. Auf den Fluren fanden sich Skulpturen von Bourdelle, in den Hallen Leuchter von Gallé, in den Zimmern Originalzeichnungen der Impressionisten … Schrecklich!

Doch während die Zeit verging, quälte mich der Gedanke immer mehr, dass ich schließlich mit einer eigenen Arbeit bezahlen müsse. Und ich hatte nicht die geringste Inspiration. Zuerst dachte ich, ich sollte mit einem Messer den Bonnard über meinem Bett aufschlitzen, ihm einen künstlerischen *(cut)* Schnitt verpassen in der Art von Fontana. Auch die japanische Vase auf dem runden Stehtischchen schien mir etwas sagen zu wollen. Schließlich, geradezu im allerletzten Moment, blieb mein Blick in einer verzweifelten Imaginationsanstrengung an der in massivem Silber gearbeiteten Teekanne aus dem XVIII. Jahrhundert haften, die auf dem Glastisch neben der Mappe des Hotels und dem Telefon thronte. Ich war eben aus der Stadt zurückgekehrt, wo ich kräftig getrunken hatte, mithin war meine Blase prall gefüllt. Ich stellte die Teekanne auf den Läufer vor dem Bett und bemühte mich, hineinzutreffen, obwohl sich der Strahl aus mir unverständlichen Gründen in drei widerspenstige Rinnsale aufspaltete. Aber auch so geriet die größte Flüssigkeitsmenge in die Teekanne, die ich etwas mehr als zu zwei Dritteln füllte. Ich packte sie stolz, drückte sie an die Brust und fuhr damit im

Fahrstuhl (zusammen mit etwa fünf weiteren Personen, die sich jedoch als Philisterschweine erweisen sollten) hinunter in die Lobby. Dort ging ich zur Rezeption und stellte die Teekanne auf den Tresen, dem Angestellten in seinem tadellosen Anzug direkt unter die Nase.

Darauf folgte eine peinliche Diskussion. Der dreckige Nazi verstand die Arbeit nicht, ja er behauptete sogar, es handele sich überhaupt nicht um eine echte künstlerische Arbeit. Dann bestand er darauf, dass ich den Zimmerpreis bezahle, der zu einem exorbitant hohen Betrag angewachsen war. Sie können sich vorstellen, dass ich Krach geschlagen habe, ich rief die Hotelleitung herbei, versammelte die Gäste, die ringsum in den Sesseln saßen, aber die Dinge entwickelten sich trotzdem immer schlechter. Die Direktorin, eine unglückselige Hündin, hat nicht bloß das Urteil des Rezeptionisten bestätigt (mit welchem Recht, hatten die ein Kunststudium?, waren sie etwa sachverständige Kritiker?), sondern sie bezichtigte mich sogar, die unselige Teekanne beschädigt zu haben und setzte sie mir zum Preis eines Rolls-Royce mit allen Extras auf die Rechnung ... Dann verdüsterte sich mein Geist, und ich weiß nicht mehr, was geschehen ist, aber drei Monate später kam ich aus dem Gefängnis und soll nun fünf Jahre lang zugunsten der Allgemeinheit arbeiten, um damit jene unglückselige Rechnung zu bezahlen, der die Schweine noch irgendwelche Krankenhauskosten für sonstwen zugeschlagen haben. In der Zwischenzeit ist mein Werk auseinandergenommen worden: Die Teekanne wurde zur Reinigung geschickt und die Flüssigkeit wahrscheinlich verantwortungslos in die Kanalisation gekippt. Ein der Dreckszivilisation, an der wir ersticken, würdiger Vandalismus, dieser Welt der Bill Gates und all der anderen dreckigen Nazis, die ich weiter oben genannt habe … Dagegen protestiere ich mit allen meinen Kräften.«

Der Brief endete mit einer weiteren Suada transnationaler Firmen und ordinärer Schweine, die sich einbildeten, man könne alles mit Geld kaufen. Er aber, ein unabhängiger Künstler, der gegen dieses System kämpfe, werde sich niemals in die Knie zwingen lassen. Der letzte Satz war in Versalien geschrieben. Mithin hat er es verdient, auch von mir in eine eigene Zeile geschrieben zu werden:

FUCK THE REST, I'M THE BEST

10

Das letzte Dokument, das ich an jenem denkwürdigen Tag studierte, da Ioana und ich, Schläfe an Schläfe nicht wissen konnten, ob wir wie irre lachen sollten oder doch eher weinen, war das blaue Papierquadrat. Es stammte von einem Post-it-Block, und der Klebestreifen an seinem oberen Rand hatte ein paar purpurrote Flusen aus der Gioconda-Serviette ausgerissen … In der gleichen ungelenken Kugelschreiberschrift, in der der Künstler sein CV ergänzt hatte, enthüllte er uns auf diesem letzten Papierquadrat den eigentlichen und finalen Zweck dieses ganzen Irrsinns. Man verlangte von uns, angesichts des Schicksals eines Menschen, der in seinem titanenhaften Kampf gegen das System vernichtet, jedoch nicht besiegt worden sei, nicht gleichgültig zu bleiben. Für den bescheidenen Betrag von hundert Euro bot der Künstler an, mich nach einem aktuellen Foto, das ich ihm zusammen mit der genannten Banknote schicken sollte, zu porträtieren. Um mir eine Träne zu entlocken, hatte er noch hinzugefügt, wenn nur dreihundert der über tausend Empfänger seiner Umschläge positiv antworteten, könne wenigstens jene unglückselige Teekanne bezahlt werden, und er wäre schon eines der Arbeitsjahre zugunsten der Allgemeinheit los. Auf die Rückseite des Quadrats hatte er geschrieben, dass er es satt habe, die Zäune und Bänke in den Parks von Kopenhagen anzustreichen, eine Tätigkeit, die man ihm unter Berücksichtigung der Tatsache zugewiesen hatte, dass er sich als Künstler bezeichnet hatte. Dann dankte er mir und wünschte mir wie ein Fernsehsprecher »an excellent day«.

Währenddessen hatte es im Büro großes Geraschel gegeben. Der neue Kollege, der eingetroffen war, erwies sich als Kollegin, und zwar eine noch schärfere als Andreea, die der bisherige Star des Polizeidepartements war, in dem wir seit einer Woche unsere Zeit totschlugen. Ghilduș und Văcărescu hatten uns schon gänzlich vergessen und schwirrten nur noch um Teodora herum, der sie von ihren direkt aus Amerika und vom FBI erhaltenen unglaublichen Instrumenten vorschwärmten, die aber leider noch unausgepackt im Kellergeschoß lagerten, von den Fällen, die sie gelöst hatten, von dem Kaffee im Henkeltöpfchen, den sie zubereiten konnten … Văcărescu zog seinen Bauch ein, worüber er vor Anstrengung blau anlief, während Ghilduș (begünstigt von der Tatsache, dass er noch unverheiratet war und sich nicht um das Gebiss seiner Frau zu kümmern hatte) sich beschützend über die Schulter der neuen Kollegin beugte und ihr irgendwelche Dienstvorschriften zeigte.

Wir erhoben uns, schüttelten die steif gewordenen Glieder und steckten alles Material zurück in den Umschlag, wobei wir darauf achteten, die Serviette nicht mehr direkt zu berühren: Wir packten sie am äußersten Rand mit einer improvisierten Pinzette, die wir aus einem in der Mitte abgeknickten Streichholz angefertigt hatten. Auf Giocondas Gesicht mit dem rätselhaften Lächeln konnte man kleine perlmuttfarbene Flecken erkennen … Wir sagten den überbeschäftigten *threesome* auf Wiedersehen und wurden kaum mehr beachtet (»Auf Wiedersehen, Herr Cărtănescu! Küssdiehand, Madame! Wenn noch mal was mit Stäuben oder sonstigem Zeugs sein sollte, jetzt kennen Sie ja den Weg …«), also traten wir wieder hinaus in den blendenden Winter.

Den ganzen Weg bis nach Hause tollten und kicherten wir, glitten ausgelassen über die mit frischem Schnee gepuderten Eisbahnen auf dem Boulevard, in Höhe des Flamingo-Geschäfts und vor dem Rathaus. Wir überquerten die Straße und gingen durch den schneebeladenen Cişmigiu-Park. Es war ein ruhmreicher Tag, eine Bukarester Winterlandschaft, für die man unserer elenden Hauptstadt vieles nachsehen durfte. Wir wandten die Geschichte mit dem Umschlag, die unser Leben auf den Kopf gestellt hatte, um und um. Und schließlich gelangten wir zur Schlussfolgerung, dass sie noch unglaublicher war, als wenn Anthrax im Umschlag gewesen wäre. Je weiter wir uns von der Serviette entfernten, desto sympathischer wurde uns der *Scat*-Künstler. Das war ein Ding, dieser Energieaufwand, die Kopien und das Geschmiere mit dem Kugelschreiber, um dann endlich auf das zu kommen, was ihn wirklich drückte ...

»Nun, in gewisser Weise hätte er das Geld verdient«, sagte Ioana, griff im Vorbeigehen nach dem Zweig eines Baumes und bedeckte mich mit Schnee. »Wie stehen wir mit unseren Mitteln?«

»Meinst du es ernst? Hast die Spreu dieses Gauners angefasst und willst ihm dafür jetzt auch noch Geld geben? Ich wusste nicht, dass du vor Geld keinen Platz mehr im Haus findest ...«

»Das nicht, aber die Unterhaltung, die er uns geboten hat, ist doch ihre hundert Euro wert ...«

Stimmt, wir hatten uns unterhalten: Ich hatte aus Angst vor Anthrax einen Ausschlag an den Händen bekommen, die Zeitungen hatten mich vollends lächerlich gemacht, die Paranoia lauerte hinter der nächsten Ecke. Schweigend gingen wir ein paar Minuten nebeneinander her. Ich weiß nicht, wie es geschah, aber die durchgeknallte Vorstellung, dem falschen Olaf Jensen die Ware und das Geld (recte: das Foto und den Hunderterschein) zu schicken, begann mich zu beschäftigen. Zum Teufel, warum nicht? Und sei es allein aus Neugierde, es lohnte sich zu sehen, wie dieser Kerl reagierte. Was machten wir mit hundert Euro? Hm, ich musste nicht allzu lange darüber nachdenken. Es gab genug, was wir damit hätten tun können, aber ...

»Und wenn ich dann einen übelriechenden Umschlag in Händen halte? Wer weiß, mit welchen Substanzen er mein Porträt malt ...«

»Ach, da gibt es nicht so viele Möglichkeiten ...« Ioana begann zu lachen. »Komm, los, schicken wir's ihm!«

Nun gut, warum nicht. Kogălniceanu* auf seinem Sockel,
eine Schneemütze auf dem Schädel, blähte seine Brust und
schaute den vereisten Boulevard hinab: Wo blieb bloß Vodă
Cuza?** Wir tauschten das Geld beim Araber neben dem Blu-
menladen um. Nun waren wir im Besitz einer beinahe funkel-
nagelneuen Hundert-Euro-Note, mit der ich mir schnell über
den Bart strich, um sie dann in die Tasche zu stecken.

Zu Hause begannen wir sogleich, ein aktuelles Foto von
mir zu suchen. Wir fanden eines von einer Buchpremiere
während der Buchmesse: zwei schwarze Augen unter einem
Wust langer Haare. Wir steckten alles in einen Umschlag,
schrieben die Adresse von der Anthrax-»Hülle« drauf und
rannten aufgekratzt wieder hinaus und bis zur Post. Ich ließ
den Umschlag in den gelben Kasten neben der Tür gleiten.

Was wir in den nächsten drei Wochen getan haben, weiß ich
nicht mehr. Ab und zu fragten wir uns, ob der Umschlag den
Bänkemaler in Kopenhagen wohl erreicht habe. Selbstver-

---

* Mihail Kogălniceanu (1817–1891), rumänischer Politiker, Historiker und
  Publizist, war nach der Vereinigung der Fürstentümer Moldau und
  Walachei (1859) vom Oktober 1863 bis 1865 der erste Ministerpräsident von
  Rumänien unter der Herrschaft des Fürsten Alexandru Ioan Cuza.
  (A.d.Ü.)
** Vodă Cuza (dt.: Fürst Cuza), Alexandru Ioan Cuza (1820–1873) vereinigte
  die beiden rumänischen Fürstentümer und rief am 24. Dezember 1861 den
  Staat Rumänien aus mit der Hauptstadt Bukarest. Wurde im Februar 1866
  zum Rücktritt gezwungen und nach Heidelberg ins Exil geschickt, wo er
  1873 starb. (A.d.Ü.)

ständlich tat es uns mehrmals leid um das Geld, und wir fragten uns, was uns da wohl geritten hatte. Aber bei Festen hatten wir so viel Erfolg mit der Anthrax-Geschichte, dass wir uns schließlich damit trösteten.

Um es nicht weiter in die Länge zu ziehen: Eines Morgens, wir waren hinuntergegangen, um zur Zweigstelle des Finanzamts zu fahren, fand ich im Briefkasten unter einer Literaturzeitschrift mit Banderole, die ich nie bestellt hatte und trotzdem jede Woche zugeschickt bekam, den lange erwarteten Umschlag aus Dänemark! In höchstem Maße aufgeregt, öffneten wir ihn schon im Auto. Darin befand sich bloß ein Stückchen Papier, etwa so groß wie jenes blaue Post-it-Blatt, aber diesmal war es weiß, und darauf war das versprochene Porträt gezeichnet. Es wies kaum eine Ähnlichkeit auf mit meinem Gesichtsausdruck in diesem Augenblick, aber nach und nach begann es mir zu ähneln. Sieh, lieber Leser, das besagte Porträt, mit dem ich meine Erzählung beende:

DIE SCHÖNEN FREMDEN

(oder Wie ich ein Dutzendautor war)

1

Gleich zu Beginn möchte ich meine literarischen Gegner bitten, sich nicht zu früh zu freuen: Es folgen nun keine nennenswerten masochistischen Bekenntnisse darüber, was für ein schlechter Schriftsteller ich bin (oder zumindest gewesen war) oder wie ich über ein Vierteljahrhundert die Welt mit meinen beklagenswerten literarischen Hervorbringungen hinters Licht geführt habe. Es ist nicht meine Art, im Gegenteil. Von meinem Großvater Badislav Dumitru habe ich (so heißt es) zwei charakteristische Eigenschaften geerbt, den Geiz und die Prahlerei. Was Ersteren angeht, so verfügte er darüber ausgiebig – so oft er auch bei uns vorbeikam, groß und verschwitzt eben aus seinem fabelhaften Tântava eingetroffen, niemals hat er uns Kindern etwas mitgebracht, nicht einmal eine getrocknete Pflaume. Und an seine Prahlereien erinnere ich mich noch besser. Wenn wir zu ihm nach Tântava kamen und uns um das runde Tischchen setzten, auf dessen nackter Holzplatte wie im Roman »Morometii«* die

---

* Zweibändiger rumänischer Bauernroman von Marin Preda, erschienen 1955 (1. Band) und 1967 (2. Band). (A.d.Ü.)

Mămăliga* dampfte, holte er die Tonbecherchen hervor, goß jenen dünnen angeräucherten Schnaps ein, der im gesamten Süden literweise getrunken wird, und während sein Blick über die bunt bestickten Tücher und Ikonen an der Wand glitt, legte er los mit der hanebüchensten Rede, die ich je gehört habe.

Wenn man ihm zuhörte, hätte man meinen können, alles, was sich in seinem Dorf unweit von Ciorogârla und Domneşti zutrug, sei allein sein persönliches Werk: Er war der Fleißigste von allen, der Gescheiteste, auf ihn hörten alle, er war der Mutigste und – wären da nicht auch seine Töchter, darunter auch Mutter, in der Nähe gewesen – vielleicht hätte er sich auch damit gebrüstet, im gesamten Dorf der beste Besamer zu sein. »Mich, he? Der will mich verfluchen? Herrje, wie ich ihm eine aufs Maul gegeben hab ... Ich, he? Tja, wenn ich nicht zur Mühle gegangen wär ... All die Dummköpfe haben mal dies und mal das gesagt, was nicht zusammenpassen wollte, aber als ich ihnen Bescheid gab, ist es dabei geblieben! ...« Vor so viel »Ich« und »Mich, he« blieb uns der Fusel im Rachen stecken. Seine Stimme klingt mir seit meinem vierten Lebensjahr in den Ohren, und ich habe im Lauf der Zeit große Anstrengungen unternommen, sie loszuwerden (»Levantul«** ist eine davon). Dass er mal eine Schwäche zugegeben hätte, einen Fehler, einen Mangel? Man hätte gesagt, das Jahr seines Todes sei angebrochen. Ich nun, der ich hinsichtlich des Selbstlobs neben ihm ein Zwerg bin, habe

* Maisbrei, Armeleuteessen in Rumänien. (A.d.Ü.)
** Versepos von Mircea Cărtărescu, erschienen 1990. (A.d.Ü.)

immerhin genug davon geerbt, um mir nicht in der Öffentlichkeit Asche aufs Haupt zu streuen.

Wenn ich im November 2004, als ich mich der Gruppe für Belles Étrangères beigesellte, ein Dutzendschriftsteller war, so war dies nichts Außergewöhnliches. Alle waren wir Dutzendschriftsteller, denn wir waren zwölf … Zwölf grimmige Leute, die darauf aus waren, in einer dreiwöchigen Tour Frankreich zu erobern, das literarische Frankreich, aber nicht nur dieses. Auf den nun folgenden Seiten will ich einen Teil dieser Epopöe der rumänischen Schriftstellerschaft durch jenes hexagonale Gefilde beschreiben, das heißt, den Teil, dessen Zeuge und Hauptperson ich in besagtem rotem November gewesen bin.

Gewiss, außer bei dieser Gelegenheit habe ich mich noch einmal als Dutzendschriftsteller gefühlt, als ich wiederum unter zwölf andere Schriftsteller gemengt wurde, und zwar bei der Finalrunde – wie soll ich das bloß nennen? – der letztjährigen Wichtigtuerei »Zehn für Rumänien«. Hier, es herrschte ein ebenso düsterer Dezember, hatten sich die zehn Autoren nolens volens wiederum in ein Dutzend verwandelt, damit die Titanen D. R. Popescu und Horia Gârbea nicht etwa, Gott bewahre, leer ausgingen. Damals habe ich die Trophäe bekommen, ein glänzendes Stück Metall, das mir in jener regnerischen Nacht noch gute Dienste erwies. Denn vom Athenäumsgebäude bin ich mit meiner Frau wiederum zu Fuß nach Hause gegangen, wie wir auch gekommen waren; vor den Weihnachtstagen herrschte ein höllischer Verkehr, und Taxis konnte man unmöglich auftreiben. Also habe ich den Regenschirm Ioana überlassen und mir mit dem Diplom den Kopf bedeckt, während meine Rechte zuversichtlich die Statuette umklammerte. In der Finsternis hinter dem Palastplatz kamen die Straßenhunde auf uns zu, ich habe mich tapfer mit der stumpfen Trophäe verteidigt, die sie ganz vorzüglich auf Distanz hielt … Mitunter ist es sehr nützlich, einen Preis zu bekommen, auch wenn er undotiert ist.

Ich befand mich in Bukarest, als mir angekündigt wurde, ich würde im Herbst zur Delegation der Zwölf gehören. Also würde ich aus Wien nach Paris aufbrechen, denn im September sollten wir mit Mann und Maus und Knabe nach Wien ziehen, ja wir würden sogar die Kinderfrau des Jungen in die weitläufige und wohnliche Mansarde unseres Freundes Horia mitnehmen. Ich sollte ein Jahr lang an der Wiener Universität ein paar Studenten, die ebenso gut Rumänisch sprachen wie ich, in dieser Sprache unterrichten; sie hatten sie von ihren in den siebziger und achtziger Jahren aus dem Land der Sojasalami ins Land der echten Butter geflohenen Eltern gelernt. Die Ausgewählten für Frankreich waren recht gut, nun ja, weder der Schriftstellerverband noch das damalige Kulturinstitut oder gar eine Kritikerjury hatte die Auswahl getroffen, sondern sie, die Franzosen, die es besser verstanden. Wie ein unbestechlicher Rumäne hatten sie nach einer sorgfältigen Dokumentation ihre Auswahl getroffen und zwölf Schriftsteller eingeladen, ohne einen Blick auf die schönen Augen der vormals auf solche Ereignisse abonnierten Krokodile zu werfen. Denn es war tatsächlich ein kleines Großereignis.

Jedes Jahr schließen die Franzosen die Augen (ich kümmere mich hier nicht um Institutionen oder Namen: Die Franzosen werden in meiner Geschichte von drei, vier sympathischen Damen vertreten, die eben taten, was sie konnten) und lassen die Erdkugel kreisen, wobei sie aufs Geratewohl mit einer Nadel auf einen Punkt zielen und hoffen, auf Land zu treffen. Auf diese Weise wählen sie jedes Jahr ein Land aus und laden ein Dutzend Leute daraus ein, eher Dichter oder eher Prosaschriftsteller, die sie durch ganz Frankreich schicken und einem Publikum vorführen, dem der Sinn nach heftigeren Eindrücken steht. Dieser Brauch trägt den Namen Belles Étrangères, schöne Fremde. Seit ich erfahren hatte, dass ich ein solch schönes Wesen sein sollte, war ich neugierig, wer die anderen sein würden, und ich erfuhr, dass dieser Harem alle meine alten Bekannten umfasste, oder wie Țoiu gesagt hätte: »Die Mannschaft, mit der ich durch die Welt gezogen bin.«* Alle gehörten sie zu den armen Schluckern, die, wie schon gesagt, ebenso wie ich Sojasalami gegessen hatten und trotz der Freiheit nach 1989 noch in den alten Gefilden lebten. Somit war es eine Nationalmannschaft ohne einen einzigen Fremden. Nicht du, Virgil Tănase, nicht du, Norman Manea, nicht du, Matei Vișniec, nicht einmal du, Țepeneag, wiewohl du schon vor längerer Zeit zurückgekehrt warst zu den Ursprüngen. Noch eine drakonische Entscheidung der Frankreich repräsentierenden Damen. Von den elf Namen war mir nur einer unbekannt, der von Letiția Ilea. Ansonsten *la crème de la crème* aus jeder Generation: Blandiana und Agopian, Adameșteanu und Zografi, Crăciun und Mureșan,

---

* Anspielung auf eine Äußerung des rumänischen Schriftstellers Constantin Țoiu (1923–2012).

Marta Petreu und Simona Popescu, Cecilia Ştefănescu und Dan Lungu. Habe ich etwa bei einem dieser Namen die Nase gerümpft? Hier werde ich es nicht zugeben und mir unsinnigerweise das Heu selber zwischen die Hörner packen. Ich werde sagen, im großen Ganzen sei die Truppe okay gewesen. Etwa acht von ihnen hätte ich auch selber ausgewählt. Da blieben noch die Fragen der Verträglichkeit: Gab es darunter jemanden, dem ich beim Essen den Rücken zukehren hätte müssen? Seltsam, mit fast allen stand ich in guten Verhältnissen, zwischen Freundschaft und konventionellem Lächeln. Bei vielleicht einer kleinen Ausnahme, einer sehr kleinen, die ich besser übergehe.

Also habe ich es hingenommen, komme, was da kommen mag, ein Dutzendschriftsteller zu werden. Und wo? In jenem für sein Interesse an der Kultur anderer berühmten Frankreich. Sofort nachdem ich zugesagt hatte, stellte sich bei mir zu Hause ein Filmemacher ein.

2

Vor Interviews und Filmkameras fliehe ich wie der Teufel vor dem Weihwasser. Gewöhnlich beginnt alles mit einem Anruf vom Mobiltelefon; die sinnliche, unwiderstehliche Stimme einer schmachtenden Frau, die schon seit ihrer Kindheit von mir träumt: »Hallo, Herr Mircea Cărtărescu?« »Ja …«, antworte ich mit dem Gefühl, mit Marilyn Monroe zu sprechen. Nun folgt ein Sturzbach verliebter Worte. Man schlägt mir ein *tête-à-tête* in anregend-entspannter Atmosphäre vor,

»wo und wann Sie wünschen«. Die Stimme klingt so, als ob das Interview für die Kulturseite irgendeiner Zeitung nichts als der Vorwand für einen entzückenden Nachmittag wäre. »Gut«, sage ich, wieder einmal hereingefallen, »dann morgen bei mir zuhause.« In dem Augenblick, da ich zusage, weiß ich, was am nächsten Tag geschehen wird, denn so geschieht es immer: Statt einer aufregenden jungen Frau steht ein haariger Kerl an der Tür, sein Hemd ist bis auf den Bauchnabel hinunter aufgeknöpft, er ist tödlich gelangweilt und bleibt nur so lange, bis er alles gefragt hat, was ihn an meinem gesamten literarischen Wesen interessiert: Was man mir für die Erzählsammlung »Warum wir die Frauen lieben« gezahlt hat, was für ein Auto ich besitze, ob ich mich vor der 13 fürchte und ob ich die italienische Küche der griechischen vorziehe. Dann verschwindet er und bleibt für immer verschwunden: Ich werde nicht mehr verständigt, wann das Interview erscheint, man schickt mir den gewünschten Beleg nicht, und wenn ich schließlich die Seite sehe, drehe ich endgültig durch. Eine Balkenüberschrift: »Cărtărescu mag gefüllte Paprika«, »Cărtărescu hat Rumänien satt«, »Den Nobelpreis für Cărtărescu«, und darunter die von mir geäußerten Dummheiten, die um das Zehnfache dümmer geworden sind … Immer wieder sage ich mir, das geschieht mir recht, wenn ich solch ein Idiot bin, aber immer wieder mache ich das Gleiche, denn schier endlos sind die Verführungen in unserem Jammertal.

Wenn ein Team von einer Fernsehanstalt kommt, ist es unendlich viel schlimmer. Fünf bis sechs bärtige Kerle in Jeans, Pullovern und Westen stürzen in dein winziges Arbeitszimmer und schleppen zigtausend Metallkoffer hinein, die ihrer Form nach nichts als Maschinengewehre enthalten können, aber sie entnehmen ihnen immerhin etwas friedlichere Gegenstände: Ständer, Kabel, Scheinwerfer, Mikrofone und andere Teile, die ich nicht identifizieren kann. Deren Montage dauert so lange, wie man benötigt, um Deutsch zu lernen. Immerzu steht man ihnen im Weg herum, und sie schubsen einen still von da nach dort, deinen armen Teppich bedecken bald die verschiedensten Schlammproben von der Straße, Fett und vor allem ein unglaublicher Kabelsalat. Die Techniker scheinen sich von einem Augenblick auf den nächsten zu vermehren, vorsintflutliche Betacams tauchen auf, ein Wasserglas wird umgekippt, ein Bild fällt von der Wand ... Was soll man sagen, in meinem armseligen Arbeitszimmer richtet sich das Tohuwabohu ein, von dem der Talmud spricht. Einer der Bärtigen steckt einen Stecker in die Steckdose, die lose in der Wand wackelt, worauf sich gewöhnlich eines von zwei elektrischen Phänomenen ereignet: Entweder explodiert die Birne im Scheinwerfer, oder mein Sicherungskasten kollabiert. Wenn nichts von beidem geschieht, wird mir anschließend eine horrend hohe Stromrechnung zugestellt. Letztlich verkompliziert noch eine Dame mit ausladenden Formen die Situation in meinem Arbeitszimmer, das sich in eine Art Fahrstuhlkabine verwandelt. Man weist mir den Platz, an den ich mich setzen soll; den hätte ich auch alleine gefunden, er ist schließlich der einzig frei gebliebene Platz im Raum. Die Erfahrung eines Fernsehinterviews ist nichts für Klaustrophobiker. Ein (anderer) Bärtiger befingert mich obszön unter dem Shirt und gibt vor, das Mikrofonkabel durchzustecken. Dann hält man mich an, so zu tun, als schriebe ich etwas auf dem Laptop, ich muss ein Buch aus dem Regal nehmen und mit großem Interesse darin lesen, dann soll ich aus dem Fenster starren, als hätte mich eben eine unverhoffte poetische Inspiration gepackt ...

Das Interview dauert Jahrhunderte, obwohl man dir ursprünglich gesagt hatte, es werde weniger als eine halbe Stunde dauern. Fortwährend ist etwas mit den Kassetten nicht in Ordnung, stimmt das Licht nicht, ist etwas an der Schminke auf der Oberlippe der Dame zu machen, ständig werde ich mitten in meinem subtilsten Satz unterbrochen (schließlich strenge ich mich verzweifelt an, klug zu wirken, während siebzehn angewiderte Visagen mir in den Mund schauen) und veranlasst, ihn noch einmal zu sagen ... Selbstverständlich sind die Fragen immer gleich: Warum ich die Frauen liebe, wie viel ich mit der Literatur verdiene, was ich für ein Auto fahre. Dann stehe ich ihnen wieder im Weg, und es dauert ebenso lange, all diese Apparaturen abzubauen, wie der Aufbau gedauert hatte. Dann wird noch ein Glas Wasser umgekippt und noch ein Bild von der Wand geworfen: Es ist wie in einem rückwärts laufenden Film. Ich hatte sogar den Eindruck, sie entfernten sich alle rückwärts und brabbelten dabei irgendwelche rückläufigen Worte. Bis zum Abend unterhielt ich mich nun mit der Erschaffung der Welt, der Wiedererschaffung nach dem ursprünglichen Chaos. Selbstverständlich erhalte ich auch jetzt keinen noch so ungefähren Hinweis auf den Sendetermin. Ich sehe ohnehin nicht fern, erst recht nicht, um mich selbst zu sehen (wenn ich mich nach meiner Visage sehne, schaue ich in den Spiegel), aber meine Eltern, die Armen, freuen sich jedes Mal.

Mit den Franzosen hat es nicht so wehgetan, das gebe ich gerne zu. Aber die Produktionskette war verdammt kompliziert: Eine französische Dame stellte mir ihre Fragen in Molières Sprache, ich antwortete in der Caragiales* (denn die einzige Alternative wäre gewesen, in der Gulițăs,** oder so, zu antworten), dann übersetzte eine weitere französische Dame mit Rumänischkenntnissen das von mir Gesagte, während ein französischer Herr alles auf seinen Film bannte. Letzterer war ein Regisseur, dem man die interessante Aufgabe übertragen hatte, einen Film über Rumänien im Allgemeinen und ein Dutzend rumänische Schriftsteller im Besonderen zu drehen, wofür ihm drei Besuchstage in diesem Land, über das er nichts wusste, sowie ein Produktionsbudget gewährt worden war, das zehn Grad Kelvin ziemlich nahe kam.

Eingeschüchtert von der offenkundigen französischen Vorherrschaft in meinem Arbeitszimmer, habe ich von mir gegeben, was mir so durch den Kopf ging. Eine seltsame Regel schränkt die Freiheit des Schriftstellers bei Interviews stark ein. Sie begreifen schnell, dass der ehrliche und spontane Impuls, sich zum größten lebenden rumänischen Schriftsteller zu erklären (vielleicht sogar die Toten mit eingeschlossen, was

---

* Ion Luca Caragiale (1852–1912), rumänischer Dramatiker und Erzähler. (A.d.Ü.)
** Figur aus den Komödien von Vasile Alecsandri (1821–1890); der Sohn von Madame Chirița, einer Herbergsmutter in der Provinz, die ungebildet die mondäne Dame von Welt spielen will und ebenso wie ihr Sohn Gulița so tut, als könne sie Französisch, indem sie den rumänischen Wörtern französische Endungen anhängt. (A.d.Ü.)

immerhin für die Franzosen ziemlich egal ist), gewöhnlich nicht gern gesehen wird. Infolgedessen senken sie scheu den Blick, wenn sie nach dem Wert ihres Werkes gefragt werden, und schwadronieren im gekünstelten Tonfall schlechter Schauspieler, dass »manche Kritiker der Meinung seien, dass …«, sodass jemand, der dies von außen betrachtet, meinen könnte, der rumänische Schriftsteller denke niemals an Ruhm, Geld oder Anerkennung, sondern allein an die hohe Dame Poesie, als deren Minnesänger er allzeit zu dienen bereit sei. Auch ich war nicht die Ausnahme von der Regel, ich war zurückhaltend, zivilisiert, politisch korrekt, großzügig gegenüber meinen Brüdern im Geiste, streng mit mir selbst, mithin scheußlich doppelzüngig.

Sei's drum, ich sollte es merken, als ich den daraus entstandenen Film sah. Was ich in den zwei Stunden gesagt hatte, war schier belanglos: Es blieben etwa sieben Minuten, in denen ich in einer Einstellung scheinbar zu den Wänden sprach. Hier und da wird meine Rede von schrecklichen Bildern des geliebten Bukarest unterbrochen: Pferdewagen, Straßenhunde und düstere Ruinen. Was hatte es schon zu bedeuten, dass ich über Intellektualität und Metaphysik gesprochen hatte? Das französische Publikum musste sehen, was seiner Kenntnis nach am Ufer der Dâmbovița gedieh.

3

Der Film, den der sympathische Franzose als eine Art Vorankündigung unserer Reise nach Frankreich gedreht hatte, begann selbstverständlich mit dem ersten und bedeutendsten rumänischen Schriftsteller, mit Nicolae Ceaușescu höchstselbst. Und mit seiner persönlichen Sekretärin, der Genossin Elena Ceaușescu. Etwa zehn Minuten lang konnte man den Bildern folgen, die den Chef auf der Tribüne zeigten, die Beifallklatschenden, die Aufmärsche zum 23. August,* das Haus des Volkes. Es folgte die Revolution, die schildbewehrten Polizisten, die Barrikaden, Panzer, Terroristen, schließlich das Foto von Ceașcă, wie er vor der verlassenen unvollendeten Mauer in Târgoviște liegt, ein Loch in der Stirn.

Was zum Teufel hatte all dies mit der rumänischen Gegenwartsliteratur zu tun? Stellen Sie sich vor, eine Gruppe von zwölf französischen Schriftstellern, *la crème de la crème*, kommt nach Rumänien, und wir machen einen Film über sie. Was würden die Franzosen sagen, wenn wir diesen Film mit ich weiß nicht welchem Thermidor begännen, mit dem Fall der Bastille, mit Gavroche und jenem Weib mit nackten Titten, das die Massen anführt, mit dem guillotinierten Ludwig XVI., mit Robespierre, der sich die Backe hält? Wahrscheinlich würden sie glauben, wir hätten den Verstand verloren. Warum, so frage ich mich, haben die einen ein Recht auf Normalität und Modernität und andere nur auf eine pitto-

---

* 23. August (1944); während des Kommunismus der höchste nationale Feiertag: »Tag der Befreiung vom faschistischen Joch« (A. d. Ü.)

reske Geschichte? Warum bindet man uns immer wieder Ceaușescu an den Hals und ertränkt uns damit in der Seine, in der Themse und im Potomac? Nun ja, der Mann musste eben seinen Film mit irgendetwas auffüllen, sagte ich mir, als ich den Film zum ersten Mal sah, und schaute weiter.

Im Folgenden sah das Schema so aus: Eine charakteristische rumänische Landschaft mit eher indianischer Anmutung; stark gebräunte Menschen, kleine, aber kräftige Pferde, Pferdewagen der neuesten Generation, neben den Wohnblocks heimisch gewordene Straßenköter, Kinder in »Trailings« beim »Fulballspielen« auf öden Vorstadtbrachen, und zwischendrin mal einer der Dutzendschriftsteller, der bei sich zuhause einem unsichtbaren Zuhörer irgendetwas sagt. Und so, von einer autistischen Rede zur nächsten, von einem Planwagen zum nächsten, geht allmählich der Film zu Ende. Ich weiß nicht, wie die Innenräume gefilmt worden waren, denn alle rumänischen Schriftstellerinnen sahen etwas aufgedunsen aus, als wären sie durch eine Fischaugenlinse aufgenommen worden, wahrscheinlich gehörte auch dies zu irgendeiner ideologischen Vorgabe; wozu hätten sie auch wie irgendwelche Französinnen aussehen sollen? So aber waren sie orientalischen ästhetischen Vorstellungen angepasst: rundliche Arme, volle Schnäuzchen, Gesten wie in der »Entführung aus dem Serail«. Lediglich Marta Petreu war auf diese Weise nicht beizukommen: Indem sie sie beträchtlich aufbliesen, verliehen sie ihr normale Proportionen ... Dafür sahen die männlichen Schriftsteller abgerissen und unrasiert aus (nun ja, der eine oder andere hatte sich eben genauso filmen lassen). Worüber sie sprachen? Über verschiedene, auch angenehme Dinge, die gesamte Bandbreite menschlicher Gefühle, von Dan Lungus Phlegma bis zum Kater der Ana Blandiana. Ich befand mich irgendwo in der Mitte und stach aufgrund meines gestreiften roten Hemdes hervor, eines italienischen Hemdes, das ich soeben von Ioana geschenkt bekommen hatte, und auf das ich ebenso stolz war wie Liiceanu auf seinen Siegfried.*

Hinsichtlich der Fragmente aus den etwa zweistündigen Gesprächen, die mit jedem einzelnen Autor vor der Kamera geführt worden waren und in denen sie sogar von der Milch gesprochen hatten, die sie einst an der Mutterbrust getrunken hatten, haben mir später alle das gleiche gesagt: »Tja, die haben die Stücke genommen, in denen ich mich am idiotischsten verhalten und am flusigsten gesprochen habe, wo ich mich am Ohr gekratzt und in der Nase gebohrt habe … Keine Ahnung, was sie damit beweisen wollten …« Ach, es war nicht wirklich so, die meisten, darunter auch ich, redeten so, um die Fadheit der sieben im Film verbliebenen Minuten zu rechtfertigen.

Wir zogen einen Strich darunter und reisten alle ins mythische Frankreich, wo uns ein eilig zusammengeschusterter Film vorausgegangen war, in dem Rumänien eine schlechte Figur machte und die rumänischen Schriftsteller überhaupt keine. Aber wir wollen gerecht sein: Wenn Sie, die Sie jetzt bei einer Tasse Kaffee diesen Text lesen, in die Situation gerieten, einen Film über die Schriftsteller der Republik Tadschikistan drehen zu müssen, und man Ihnen nur für drei Tage Geld und

* Gabriel Liiceanu, Philosoph und (auch Mircea Cărtărescus) Verleger; er besitzt einen großen BMW, den er Siegfried nennt. (A.d.Ü.)

Kleidung zum Wechseln gäbe, Sie also in der Zeit dorthin reisen und zwölf unbekannte Männer und Frauen treffen müssten, von denen sie nicht einmal wüssten, ob sie beim Essen die Gabel benutzten, was würden Sie dann tun? Wie würden Sie sich aus der Affäre ziehen? Würden Sie nicht auch hinter pittoresken Bildern her sein, Kumâs, auf den Straßen herumlaufenden Ziegen, Stalin-Bewunderern und was die dort sonst noch so haben? Schriftstellerinnen mit Oberlippenbart und 125 Jahre alte Schriftsteller irgendwo in den Bergen der schönen Republik? Denn schließlich werden Sie keine Gebäude aus Beton und Glas zeigen, Citroëns oder Leute, die Camus gelesen haben. All dies haben die Franzosen satt.

Ich habe das schon mal irgendwo erzählt: In den neunziger Jahren war ich mit einem Programm für Schriftsteller aus der ganzen Welt in Amerika. Und dort hielten wir der Reihe nach Lesungen aus unseren Werken, wir reisten von Stadt zu Stadt. Doch welch ein Wahnsinn (damals schockierte es mich, mittlerweile habe ich mich daran gewöhnt): Die normalen Autoren, die wie in unseren Literaturzirkeln brav ihre Texte lasen, hatten überhaupt keinen Erfolg. Sie mochten genial sein, die verwegensten textualistischen Salti schlagen: Das Publikum hörte sich das alles mit höflichem Entgegenkommen an. Vermutlich dachte jedermann im Saal an seine eigenen Dinge, wie bei Konzerten mit klassischer Musik. Aber dann war ein sympathischer Kollege aus Simbabwe mit einem unvergesslichen Namen dran, seine Gedichte zu lesen, Chirikure-Chirikure. Und es folgte etwas Phantastisches. Dieser Kerl sprang wie von der Tarantel gestochen von seinem Stuhl auf und begann, vor dem versteinerten Publikum hin und her zu rennen.

Er sang, tanzte, zappelte, schäumte, wälzte sich auf dem Boden. Schließlich packte er eine recht adrette alte Dame aus dem Publikum, eine Art Königin von England, und zerrte sie hinter sich her, brüllte ihr ins Ohr, drehte sie um und um und ließ sie völlig erschöpft wieder auf ihrem Stuhl Platz nehmen. Es war etwas Unbeschreibliches. Das eigentliche Gedicht Chirikures hätte im Druck nur sehr wenig typographischen Raum eingenommen, denn es beschränkte sich auf eine Aussage: »*Fucking dragon-fly!*« (ich würde das mit »verdammte Libelle« übersetzen, aber ich bin kein sonderlich guter Übersetzer), was er während seiner »Lesung« hundertmal brüllte, grunzte, stammelte, keuchte und herauspresste.

Die Folge war, dass der große Schriftsteller aus Simbabwe vom Publikum bejubelt wurde, während die beiden anderen Schriftsteller, die das Unglück hatten, an diesem Abend mit ihm zu lesen (ein kanadischer Post-Lacanist und ein tschechischer Romanschriftsteller in Kafkas Manier), sehr verhaltenen Beifall erhielten, Klatschen mit den Fingerspitzen. Am nächsten Tag würdigten die Lokalzeitungen den Dichter Chirikure in umfangreichen Artikeln und vergaßen bedauerlicherweise die beiden anderen. Ich bin dem simbabwischen Dichter danach noch an verschiedenen Stellen auf dem Erdenrund begegnet, und stets war es die gleiche Gedichtlesung. Überall hatte er den gleichen Erfolg, überall zerrte er die gleiche alte Dame auf die Bühne (gab es keine, so suchte er sich einen alten Herrn), und überall war es das gleiche »*Fucking*«, dem er mal einen Käfer hinzufügte und mal ein Glühwürmchen, manchmal auch die nunmehr berühmte Libelle. Der Junge zog von Stipendium zu Stipendium.

4

Den Film aber sollte ich erst sehr viel später sehen. Vorerst kümmerte ich mich um meine Dinge. Es verging ein halbes Jahr, wir zogen nach Wien in eine riesige Mansarde, die weiß war wie Milch und in der es der Kleine schon am ersten Abend fertigbrachte, den Fernseher umzuwerfen. Ein wohlerzogener Knabe. Übrigens, nicht dass ich ihn loben wollte, aber Gabriel hat ein verblüffend frühreifes Gespür für Werte. Als Zweijähriger raufte er mit den Büchern im Regal und wählte sich dabei seine Opfer mit solch einem Urteilsvermögen, dass ich mir sagte: Den lasse ich Literaturkritiker werden! Dies, nachdem er in der gleichen halben Stunde »Moraste« von Paul Anghel und »Der Stuhl der Einsamkeit« von Fănuș Neagu in einer Weise auseinandergenommen hatte, wie kein Literaturkritiker je ein Buch auseinandernehmen könnte. Wütend zerfetzte Blätter flatterten durch die ganze Wohnung …

Was für eine tolle Stadt Wien ist! Wir verbrachten dort ein Jahr und wären am liebsten niemals mehr weggezogen. Im 17. Bezirk, wo wir wohnten, roch es abends betörend nach Kakao, denn zwei Schritt weiter befanden sich die uralten Gebäude der Süßwarenfabrik Manner, die seit mehr als hundert Jahren die berühmtesten, flockigsten und krokantesten Schokoladenwaffeln herstellt, die man sich denken kann; sie waren in rosa Stanniol verpackt – wie die Wiener Dämmerungen. Und keine Spur eines Österreichers ringsum, so weit das Auge reichte. Zerschredderte Baumrinde lag auf den Spielplätzen, die überfüllt waren von kopftuchtragenden Araberinnen, fülligen Türkinnen, Bulgarinnen und Serbinnen, Montenegrinerinnen und Albanerinnen, die den ganzen Tag nach ihren Sprösslingen riefen, während die Väter und Großväter sich mit ihren Wasserpfeifen und Tavla-Schachteln auf die Bänke quetschten und ringsum haufenweise Samenschalen zurückließen. Unter unseren Augen bahnte sich eine keusche Idylle zwischen Gabriels Kinderfrau und einem alten Serben an, der verschämt war wie eine Jungfer. Herrgott, was könnte ich nicht alles erzählen! An den Sonntagen nahmen wir die Straßenbahn Nummer 43 bis zur Votivkirche und wandten uns, den Kleinen im Kinderwagen, dem vom gewaltigen Stephansdom beherrschten Zentrum zu, wo Gaukler, Luftballonverkäufer und menschliche Statuen eine karnevaleske Atmosphäre schufen … Oft trieb es uns bis in den Prater, wo der Knabe sich den Hals verdrehte nach den Rädern und Geisterbahnen, den Karussellpferdchen und wie Neoninnereien verknoteten Achterbahnen … Und weil ohnehin jemand verraten hat, dass ich Rumänien satt habe und mein Bier lieber mit den Emigranten trinken möchte, bekenne ich hier, dass ich mich sehr gerne in Wien niederlassen würde, zumal mir mein Freund Horia immerzu erzählt, was für wunderbare Häuser auf den Hügeln außerhalb der Stadt gebaut werden, mit einem phantastischen Panoramablick über die Stadt und sogar billiger als die Villen in Rumänien. Hat es unter diesen Umständen einen Sinn, stets in Smog und Staub zu leben, mit der Hysterie der Mitbürger, der Angst vor einem verheerenden Erdbeben, in einer hässlichen und ruinierten Stadt, wenn man sein Leben im wunderbaren Wien zubringen kann? Wenn du fünfundfünfzig Jahre alt bist und weißt, dass du höchstens noch auf ein Vierteljahrhundert hoffen kannst?

Aber lassen wir uns nicht von Wien und auch von den Traurigkeiten nicht niederdrücken, sondern munter voranschreiten und fortfahren mit dieser Geschichte eines Dutzendschriftstellers. Nicht aber vor einem weiteren Zwischenspiel, das vielleicht etwas animierter und erheiternder ist. Denn weder Schwermut noch metaphysische Beunruhigungen oder Berechnungen der Zeit, die mir noch zu leben verblieben ist, erwartest du, liebe Leserin, von mir. Als könnte ich dich an deinem Kaffeehaustisch sitzen sehen, wie du deinen Espresso trinkst und auf einen Freund wartest. Das Mobiltelefon, auf das du sehr stolz bist, funkelt auf dem Tisch (ein Nokia N96? Wie ich dich beneide … Sparte ich nicht auf ein iPhone, so würde ich mir umgehend so eines kaufen). Zerstreut nimmst du das Büchlein aus der Handtasche und beginnst, gelangweilt zu lesen, dabei streichst du dir eine rotgefärbte Haarsträhne aus dem Gesicht. Du nippst hin und wieder an der Tasse, liest, und die Zeit vergeht. Als du bei der interessantesten Passage anlangst, kommt der Freund, er setzt sich neben dich und legt deine Hand in seine. Das Buch lässt du auf dem Tisch liegen. Du wirst nie wieder zu der Geschichte zurückkehren.

Etwa zur gleichen Zeit habe ich also erfahren, dass ich vor der Frankreich-Reise noch eine andere machen würde, nach Italien, in das bei Mantua gelegene Städtchen Castel Goffredo, wo alljährlich der Giuseppe-Acerbi-Preis für Literatur verliehen wird. Also sollte ich dorthin fahren, drei Tage später wieder nach Wien zurückkehren und schon am nächsten Tag das Flugzeug nach Paris besteigen. Verdammt kompliziert für einen Menschen, der niemals so recht weiß, wo er sich eben befindet und was er noch tun muss. Folglich bin ich von Wien erst einmal nach Norditalien aufgebrochen, wo ich an einem nebligen Tag auf dem Flugplatz mit dem schönstmöglichen Namen gelandet bin, dem Aeroporto internazionale Bergamo di Orio al Serio. Hier holte mich ein Auto mit einem Chauffeur in blauer Uniform ab, und nach etwa zwei Stunden kam ich in Castel Goffredo, der Welthauptstadt der Damenstrümpfe, an.

Genau so! Während meiner langen Reise durch Italien und Frankreich habe ich im November 2005 drei große Welthauptstädte besichtigt: Castel Goffredo, Paris und Castelnaudary, die Welthauptstadt der Schweinshaxen mit Bohnen. Paris hat mich nicht sonderlich beeindruckt, aber die beiden anderen fand ich großartig. Vor etwa zwei Jahrhunderten hat in Castel Goffredo – eines jener fünfhundert italienischen Städtchen, die ein Schloß mit Turm besitzen, eine herrschaftliche Familie und eine von einem großen Renaissancekünstler ausgemalte Kirche – eine Familie, da sie nichts mehr zum Leben hatte, beschlossen, Seidenraupen zu züchten. Aus der Seide begannen sie Damenstrümpfe herzustellen. Der Erfolg war fulminant. Bald hat die ganze Stadt nur noch das gemacht. Heute gibt es in Castel Goffredo mehr als achtzig Fabriken für Damenstrümpfe. Es hatte sogar noch mehr gegeben, aber sie wurden dorthin verlagert, wo die Arbeitskraft billiger war, beispielsweise nach Rumänien. Am Ende meines dreitägigen Aufenthaltes hier kam auch ich noch in den Genuss eines Geschenks: drei Paar Herrensocken – sie stellen auch so etwas her, aber nicht so viel – der Größe 45, in die ich quasi ganz hineinpassen könnte. Sie werden sich gedacht haben: Solch ein großer Schriftsteller muss auch auf großem Fuße leben … Aber dem geschenkten Gaul schaut man nicht ins Maul.

Dort haben sie mir den Acerbi-Preis verliehen. Das war ein Adliger, der durch Lappland gezogen ist, bis ihm ein anderer seinen Elan vergällt hat. Der Preis bestand aus einem Silbertablett, mit dem ich auch heute noch nichts anzufangen weiß, und einer Summe Geldes, aber der Betrag war zu bescheiden, als dass er genannt zu werden verdient. Die Zeremonien indes waren phantastisch. Man brachte uns in ein paar Schlösser, die einem die Sprache verschlugen: Palazzo Te, den Pferdesaal (diese Pferde mit Menschengesichtern, etwa zehn, hatte es tatsächlich gegeben, sie waren die Favoriten des Herzogs von Savoyen, wenn ich mich nicht irre, der sie in natürlicher Größe an die Wände hatte malen lassen, wobei das Grün sorgsam vermieden wurde), wo vor den versammelten Notabeln barocke Reden gehalten wurden, bombastisches Gerede, wie man es nur in Italien zu hören bekommt … Sie schleiften uns durch Schulen und Gymnasien mit derart unruhigen Kindern, dass man hätte meinen können, es seien unsere. Aber der Schock meines Lebens ereilte mich, als ich mich im strengstens gesicherten Gefängnis-Hospiz der Gegend wiederfand.

5

Die Stadtverwaltung dieser Welthauptstadt der Damenstrümpfe, Castel Goffredo, hatte es für angebracht gehalten, jedes Jahr einen internationalen Literaturpreis an Autoren eines Landes zu vergeben, die ins Italienische übersetzt sind. Es ist einer jener kleinen Preise, die zwei ganz bestimmte Funktionen zu erfüllen haben: dem Ehrgeiz einer Gemeinschaft zu schmeicheln, die zeigen will, dass sie auch etwas anderes zu bieten hat als die ewigen Kleidungsstücke, welche die Pobacken anheben und die Hüftlinien betonen, etwas, das bitteschön im Lebenslauf des Autors als internationaler Preis einzutragen ist. Es gibt bei dieser Unternehmung auch etwas Geld, aber selbstverständlich werden neun Zehntel davon durch das Protokoll aufgebraucht – und die Italiener verstehen sich vorzüglich auf alles Protokollarische –, sodass sich in den Taschen des Autors von diesem Geld so gut wie nichts wiederfindet. Gewiss, der glückliche Gewinner bekommt noch ein schönes Silbertablett, in das sein Name eingraviert ist, und wird sich noch jahrelang fragen, was er damit anfangen soll, während das Ding in einer Schublade unter Manuskripten und Zeitschriftenstapeln liegt. Aber was soll's, dem geschenkten Gaul ...

Interessant ist die Art und Weise, wie der Wettbewerb abläuft. Die Stadtverwaltung kauft je zweitausend Exemplare jedes einzelnen Buches, das an der Entscheidung teilnimmt, und verteilt diese an die kleine und brave castelgoffredische Gemeinde. Jeder Bürger hat das Recht, für ein Buch zu stimmen, das ihm gefallen hat. Parallel dazu gibt es auch eine

Expertenjury, die ebenfalls urteilt. Da sage einer, die Dinge würden nicht in der bestmöglichen demokratischen Weise entschieden.

Diese Jurys »aus dem Volk« sind mir besonders sympathisch, vor allem bei unseren lateinischen Stammesbrüdern, den Italienern. Drei Jahre zuvor hatte ich in Rom an einem sogenannten *Poetry Slam* teilgenommen, einem Wettbewerb mit einer bestimmten Art von Gedichten, der spätnachts in einem aufgelassenen Schlachthaus stattfand, das man in eine Mehrzweckhalle umgewandelt hatte. Die Haken, an denen man vordem die Rinderhälften aufgehängt hatte, waren nach wie vor an den Wänden. Es gab freien Eintritt, und zu meiner Verwunderung hörten etwa vierhundert Leute dem *Slam* bis zum Schluss zu, was nicht zu verachten ist, bedenkt man den überwältigenden Popularitätsschwund der Poesie in der heutigen Welt. Wir waren etwa zwanzig »Dichter«, die wir uns für diesen Wettbewerb eingeschrieben haben, die überwiegende Mehrheit Spezialisten in dieser Art Veranstaltung, solche nämlich, die noch niemals in ihrem Leben ein Gedicht auf Papier veröffentlicht hatten. Alle bekamen zu Beginn zweihundert Euro, die Finalisten noch einmal zweihundert, und der Sieger bloß fünfhundert. Wir versammelten uns alle hinter dem Vorhang.

Welch ein Anblick! Sie wärmten sich wie Athleten vor dem Start auf. Rannten entspannt auf und ab, machten Atemübungen, überprüften den Sitz der Träger an ihren wie bei Eisschnellläufern eng über den Leib gezogenen Kleidern. Sie murmelten, brummelten, haderten mit sich selbst. Eine Schwarze übte Vokalisen, die sie auf barbarische Weise hervorstieß, Mahalia-Jackson-Style. Eine Frau mit Oberlippen-bart, die, wie Arghezi* sagte, »südlich der Hüften alles hatte / was als Menschenmaß empfohlen, / aber jenseits dessen zwei Pistolen«, greinte und wackelte mit ihren Pobacken in einem Ballerinenkostümchen ... Alle aber nippten sie bravourös an ihren Plastikbechern mit Chianti. Eine Frau mit venezianischer Maske und in den Klamotten einer Straßennutte kam auf mich zu und sagte, sie empfange negative Schwingungen seitens meiner bescheidenen Person! »Nun ja, ich komme aus dem Land Draculas«, sagte ich, was sie anscheinend zufriedenstellte, denn sie hat mich nichts mehr gefragt. Außerdem war der Vorhang aufgegangen, und die Vorstellung hatte begonnen.

Zuerst wurden die Mitglieder der Jury bestimmt, und zwar mittels der Sitzplatznummern, die verlost wurden. So betraten nach und nach acht Zuschauer die Bühne, junge Frauen und Männer, die von ihrer Bedeutung durchdrungen schienen. Sogleich legten sie sich feierliche Mienen zu, wie die Juroren beim Kunstturnen oder beim Festival in Mamaia. Offenbar juckten ihre Finger vor Ausdrucksdrang. Die höchste und die niedrigste Note wurden nicht berücksichtigt. Dann wurden auch wir mit weit ausholenden pompösen Gesten vorgestellt, wie Zirkuskämpfer. Einer ihrer Popstars stellte uns vor, eine Art Elvis-Imitation voller Schuppen und Pailletten, mit hellblauen Ringen unter den Augen und der morbiden Gestalt des mit Drogen Zugedröhnten.

---

* Tudor Arghezi (1880–1967), rumänischer Dichter und Schriftsteller. (A.d.Ü.)

Nun folgte die erste Runde der Show. Ein *Slam* müsste eigentlich aus frei vorgetragenen Gedichten bestehen, aber es war eine Art Happening, bei dem jede Darbietungsform erlaubt war. Man schreit die Gedichte, singt sie, lacht sie, enthüllt sie, wälzt sie auf dem Boden, schweigt sie, etwa in der Art des unvergessenen Chirikure Chirikure, des afrikanischen Dichters. Sie können sich vorstellen, was für eine jämmerliche Figur ich unter den Komödianten und Tragöden der Poesie abgegeben habe. Selbstverständlich habe auch ich mich bemüht, so gut es irgendwie ging, dabei mitzuhalten, ich sprach ein Gedicht etwas aggressiver und stellte mir dabei vor, mich quäle ein plötzlich aufgetretener schrecklicher Schmerz im Nacken. Ich schied als Erster aus und verlor damit die weiteren zwei Hunderter, aber ich hatte meine Sache anständig beendet. Unter einigen obskuren Gestalten qualifizierten sich der Transvestit und die Schwarze mit den Vokalisen, worauf letztlich die Schwarze die Entscheidung durch eine Art *Negro Spiritual* in einem einzigen Vers erzwang: »Oh Lord, gib mir Geist und mach mich schön und lass mich früh nach Hause gehn«, oder so ähnlich; jedenfalls sang sie das aus den Tiefen der Lungen heraus, während der Saal wie bei einem evangelikalen Gottesdienst in Louisiana bebte. Später habe ich erfahren, dass diese Frau durch die ganze Welt zog und bei allen *Slams* mit dem gleichen bescheuert-bekehrten Operettentrick den Dichtern die Preise unter der Nase wegschnappte. Wie auch immer es gewesen sein mochte, ich habe infolge meines dichterischen Strebens meine Bahnfahrt bis Mailand bezahlen können. Da sage noch einer, man könne heutzutage mit Poesie kein Geld verdienen …

Doch kehren wir zurück zu den Damenstrümpfen; 2005 war beim Premio Giuseppe Acerbi Rumänien an der Reihe. Gut und schön, aber das Problem war, dass es nur drei zeitgenössische rumänische Prosaautoren gab, die ins Italienische übersetzt waren: Norman Manea, Marin Mincu und Ihr ergebener Diener. Und Norman Manea hat sich natürlich nicht bemüht, den Ozean nach Castel Goffredo zu überqueren. Folglich hätte der Preis zwischen mir und Marin Mincu, der im Italienischen ein Dracula-Tagebuch veröffentlicht hatte, entschieden werden müssen …

Aber die Bestimmungen der Jury sehen vor, dass sich mindestens drei Autoren am Rennen beteiligen, sodass sich ganz akut die Frage stellte, wo man den dritten ins Italienische übersetzten Autor herkriegen könnte. Vielleicht wäre dies bei anderen, geistig schwerfälligeren Völkern zum Problem geworden, aber von den Rumänen weiß man ja: weder Birne noch Apfel. Ein Zeitungsschreiber und Drehbuchautor erinnerte sich, dass auch er ein Manuskript hatte, das ins Italienische übersetzt worden war, leider war es bis dahin unveröffentlicht geblieben. Also wurde das Manuskript ganz schnell bei einem Bukarester Verlag in der Auflagenhöhe publiziert, die in Castel Goffredo benötigt wurde. Und so waren alle Probleme beseitigt. *The Romanian way* triumphierte wieder einmal …

6

Ich hatte keine Ahnung, worauf ich mich einließ, denn sonst wäre ich nicht hingefahren. Auch die Notabeln – vertreten durch eine fellinimäßige Frau, hoch aufgeschossen wie ein Turm und rauchend wie eine Schlange – waren nicht so unvorsichtig, dem unglücklichen Schriftsteller zu sagen, was ihn an dem fatalen Tag, nach ich weiß nicht wie vielen nichtssagenden Besuchen in Schulen und Gymnasien, erwartete. Ich wurde einfach abgeholt und neben der genannten Dame in ein Auto verfrachtet – Frau Volumnia, wenn Sie wissen wollen, wie sie hieß –, worauf eine lange kurvenreiche Fahrt außerhalb der Stadt folgte. Kilometerweise italienische Landschaft, als rollte man auf einer Theke eine Leinwand mit Drucken ab. Am Zielort erwartete uns ein Schwenktor, wie ich es nur in Filmen gesehen hatte, es gab mir zu denken. Alle stiegen wir eingeschüchtert davor aus.

Es war aus massivem Metall, etwa drei Meter hoch und darüber mehrere Reihen Stacheldraht. Der Wächter in seinem mit Elektronik vollgestopften Häuschen drückte auf ein paar Knöpfe, und das Tor begann sich langsam, mit beinahe Richard Wagnerscher Würde zu bewegen. »Was gibt es hier?«, wagte ich zu fragen, worauf die Dame mir ein betörendes Lächeln zukommen ließ, aus himmlischer Gnade offenbar, als lächelte Schneewittchen einen Zwerg an, und mir schien, als hätte sie mir sogar zugezwinkert. »Wirst schon sehen …« Wie eine Mutter, die ihr Söhnchen so lange zum Essen auffordert, bis sie selbst sich vor Appetit auf das Folgende zu verzehren scheint: miam-miam-miam …

Das Gebäude, das sich hinter dem Tor verbarg, war jedoch überhaupt nicht appetitanregend. Im Gegenteil, es war der finsterste Bau, den ich jemals gesehen hatte: ein massiver und grauer Kubus aus Beton mit vergitterten Fenstern, ein regelrechtes Gefängnis. Über dem Haupteingang stand freilich nicht »Lasciate ogni speranza«, sondern ein modernes Äquivalent des Danteschen Ausspruchs: Hochsicherheitsstrafanstalt von Castel Goffredo. Herrgott, ich fühlte mich wie in einem Horrorfilm: Das gewaltige Tor hatte sich still und endgültig hinter mir geschlossen, und ich stand vor einem Albtraum. Da mir weder tatsächlich noch symbolisch die Möglichkeit der Umkehr verblieben war, schickte ich mich drein und schritt über die Treppenstufen dieses Gebäudes, folgte der sich die Lippen leckenden Donna Volumnia. Auf der Schwelle oben empfing uns der Direktor in Begleitung zweier Assistentinnen. Er war klein, kahl, hatte ein Bäuchlein, einen Arztkittel an und – so schien mir – ein sadistisches Funkeln in den Äuglein. Ein aus der Zeit gefallener *Shrink*-Typ mit einem italienischen Tenorbärtchen. Die beiden Stationsschwestern, die ihn um zwei Kopflängen überragten und somit auf Augenhöhe mit meiner Begleiterin sprechen konnten, waren großartig. Ich konnte meine Augen nicht von ihnen abwenden. Die eine hatte ein dermaßen faltiges Gesicht, dass man sie für ein Mütterchen aus unserem Motzenland hätte halten können, aber dieses Gesicht schwebte über einem Frauenkörper aus Hentai-Zeichnungen: Unter dem Rock, der kaum ihre Pobacken zu verdecken vermochte, kamen Beine in Netzstrümpfen hervor, die in derart hochhackigen Schuhen steckten, wie man sie nur an der Umgehungsstraße zu sehen bekommt. Ihre Brüste wirkten silikongestützt und wölbten sich schier unglaublich auf einer Brust, die fünfzig Jahre jünger als das Gesicht war. Das Dekolleté, es reichte beinahe bis zum Nabel hinab, ließ sie praktisch ganz sehen. Die Kurven des stark gebräunten Körpers strahlten im Kontrast mit dem wie Baumrinde zerfurchten Gesicht und Hals eine paradoxe und zügellose erotische Energie aus. Die andere Assistentin hingegen war streng und muskulös, sie hatte eine würdige Stimme und Härchen, die ihr aus den Nasenlöchern lugten. Auch ihre Ohren säumten raue und graue Fädchen. Sie mochte eine angesichts von zu viel Meldekraut und Sauerampfer vergrämte Nonne gewesen sein, steif geworden auf dem Lattenrost ihres Bettes. Der Direktor lud uns jovial auf einen Kaffee in sein Büro ein. An meiner Seite kreuzte die Frau aus den Hentais die Beine und schaute in Gedanken zum Fenster hinaus.

In seiner langen Rede zeigte sich der Direktor entzückt darüber, dass die Kandidaten des Acerbi-Preises auch in diesem Jahr seine Institution nicht mieden. Seit sechs Jahren schon kamen seine Patienten in den Genuss von Literatur der allerhöchsten Qualität, und trotz des unangenehmen Zwischenfalls im vergangenen Jahr konnte man sagen, alles sei exzellent verlaufen. Die Herren und Damen Pensionäre erhielten die Bücher von der Gemeindeverwaltung, lasen sie, bildeten sich ein Urteil und gaben daraufhin ihr Votum ab, genauso wie alle anderen Bürger der Stadt. Der Herr Schriftsteller aus Rumänien werde nicht enttäuscht werden: Er werde es mit einem kundigen und für das Neue aufgeschlossenen Publikum zu tun haben. Außerdem habe man von den über zweihundert Patienten des Hospizes nur dreißig ausgewählt, die es am meisten nach der Literatur dürstete. Wir möchten uns keine Sorgen machen, demjenigen, der den kleinen Zwischenfall mit dem mexikanischen Schriftsteller verursacht habe, dem Acerbi-Preisträger von 2004, habe man den Zugang zum Saal verboten. Und nun könnten wir, wenn wir bitte folgen wollten, in den Saal gehen, denn das Publikum werde schon ungeduldig.

Auf dem Flur erzählte mir Madame Volumnia, was sich im vergangenen Jahr ereignet hatte (aber ich möge mir keine Sorgen machen, es war eine Ausnahme): Während er aus seinen Gedichten vorlas, wurde der mexikanische Schriftsteller überraschend von einem Zuschauer aus der ersten Reihe angegriffen, wodurch er Bisswunden am Hals und an der Brust davontrug. Immerhin, das Wachpersonal hatte rechtzeitig interveniert. Anschließend hatte der betreffende Zuschauer seine Reaktion mit seiner ästhetischen Enttäuschung aufgrund der »zweifelhaften Qualität« der Texte des Mexikaners begründet. Meine Erzählungen, versicherte mir meine Begleiterin, seien sehr viel besser.

Der Direktor öffnete die Tür zu einem Salon, und wir betraten den Vortragssaal. Vor uns, auf Stühlen lümmelnd, befanden sich unbeschreibliche Musterexemplare der menschlichen Spezies. Selbst wenn ich kein Dutzendschriftsteller wäre, hätte ich keine Chance, Ihnen den gewaltsamen Eindruck zu vermitteln, den diese Menschen vom ersten Augenblick an auf mich machten. Bestimmt standen die meisten von ihnen unter Drogen. Sie hingen mit Ochsengesichtern auf ihren Stühlen, die Augen verdreht, und zwischen den dicken

Lippen waren ihre Zungen zu sehen. Zwei Drittel waren Frauen, die an monströsen Missbildungen litten, ihre Haare waren aufs Geratewohl mit der Schere abgeschnipselt. Eine passte nicht auf den Stuhl, sie war breiter als hoch und schaute mit blödem Gesicht vom Fußboden herauf. Die Männer waren Galgenvögel, wie ein Freund sagen würde: Der eine schaute an die Decke und schien in Gedanken sehr schnell das Einmaleins aufzusagen. Ein anderer ähnelte einem Gladiator von einst, er war von Kopf bis Fuß tätowiert und hatte einen grimmigen Blick, den auch die Tranquilizer nicht zu besänftigen vermochten. Alle, erklärte mir Madame Volumnia, hatten mindestens einen Menschen umgebracht und würden ihre Tage in dieser Einrichtung beschließen.

Ich habe schon viele öffentliche Lesungen abgehalten, aber niemals mit einem solchen Knoten im Hals wie vor diesem vorzüglichen Publikum, das von zwei massigen Wachposten aufmerksam bewacht wurde. Als ich schloss, applaudierte etwa die Hälfte der Patienten begeistert, während die anderen weggetreten mit dem Kopf auf den Knien herumlungerten. Ein Mikrozephaler kam, um sich ein Autogramm geben zu lassen. Ein etwa vierzehnjähriges Mädchen mit rosa Haaren und einem Ring in der Nasenwand fragte mich, von einem Stückchen Papier ablesend, nach meinem künstlerischen Credo …

7

Als die Lesung glücklich beendet war und ich erleichtert aufatmete, wurden wir eingeladen, uns zu einer kleinen Bewirtung mit Säften und Chips den Zuschauern anzuschließen, wobei wir dann ungezwungen miteinander ins Gespräch kommen und uns besser kennenlernen könnten. Madame Volumnia befand sich in ihrem Element; ununterbrochen lächelnd, unterhielt sie sich in einem dialektalen Italienisch reinsten Wassers mit dem Doktor, der ihr bis zur Taille reichte. Sogar die Wachmänner hatten sich entspannt, sie hatten sich ebenfalls etwas Saft in die Plastikbecher gegossen und überwachten die schräge Versammlung nur noch aus den Augenwinkeln. Die schlafwandlerischen Fetten bewegten sich zwischen uns wie träge Ballonfische, die auch an den Zungen noch Tätowierten setzten ein unverkennbar sadistisches Grinsen auf – wie schlechte Schauspieler, die Serienmörder spielen müssen –, und »die leidenschaftlichen Literaturfreunde« kamen aus ihren Sesseln nicht mehr hoch, wo sie über meinem Buch kauerten, das mit dem Deckel nach oben ostentativ in ihrem Schoß lag und von den Speichelfäden aufgeweicht wurde, die ihnen aus den Mündern troffen. In diesem improvisierten Literaturkreis war das Turner-Syndrom zuhause.

Wie ich so linkisch in einer Ecke stand, fremd der Sprache und Gebärden, erregte ich wohl das Mitleid einer eleganten Assistentin, der einzigen normalen Erscheinung in jenem Irrenhaus, und sie kam zu mir, um mich zu unterhalten. Es war eine vornehme, etwa fünfzigjährige Dame, die eine schöne Lapislazulikette um den Hals trug. In flüssigem Englisch fragte sie nach den Verhältnissen in Rumänien, nach den Bedingungen, unter denen Schriftsteller im Osten Europas leben, nun ja, die normalen Fragen, die mir in normalen Zeiten an normalen Orten gestellt werden, und auf die ich meine vorab zurechtgelegten Antworten habe. Wo käme ich denn sonst hin? Ständig zur Arbeit angehalten, verflacht einem der Verstand nolens volens. Es stünde mir zwar gut an, jedes Mal auch zu denken, wenn ich ein Interview gebe. Aber nein, Väterchen, ich bewahre mir meinen Verstand für bessere Dinge.

Interviews sind die unangenehmsten Begleiterscheinungen der Popularität. Vor allem ist es unbezahlte Arbeit. Die sie mit dir führen, meinen, sie erweisen dir eine Gunst, du könntest es kaum erwarten, dass dir jemand das Mikrofon unter die Nase hält. Aber es verhält sich genau umgekehrt! An einem Interview arbeitet man wie an einer Erzählung, zuerst ein paar Stunden, damit man darin etwas zu sagen hat, das einen nicht der Lächerlichkeit preisgibt, was Zeit und Aufwand bedeutet, und danach, um das Typoskript zu korrigieren, das einem in den günstigeren Fällen zugeschickt wird und gewöhnlich nur so wimmelt von Abschreibfehlern, falsch geschriebenen Eigennamen – selbst den einfachsten: wie oft habe ich den Namen Baudelaire, Rilke und sogar Cervantes korrigiert, die von irgendeiner ungebildeten Zeitungsschreiberin in abenteuerlicher Weise verballhornt worden waren! – und ärgerlichen Wahrheiten, zu denen man sich in der Euphorie des Gesprächs hatte hinreißen lassen, wobei man riskiert, es sich mit drei Vierteln der literarischen Welt gründlich zu verderben ... In der Presse wimmelt es von entspannten Mädchen und Jungs mit poetischen Neigungen, allesamt bei den Kulturseiten beschäftigt und mitunter unglaublich, ja beinahe auf geniale Weise unbeleckt in Dingen des geistigen Lebens. Vor ein paar Jahren ging ich zu einer Tagung, die im New Europe College stattfand. Ein Gast aus Frankreich hatte gesprochen, und die anschließende Diskussion wurde selbstverständlich auf Französisch geführt. Neben mir saß ein Mädelchen, Inhaberin eines Notizbuchs und Bleistifts, die mich bei jedem Satz fragte: »Was hat er gesagt?« Und ich, karitativer Geist, übersetzte ihr hin und wieder etwas. »Aber wer ist der Typ dort neben dem Franzosen?«, fragte sie plötzlich. Ich schaue hin, an der einen Seite des Vortragenden befand sich Pleșu, auf der anderen Seite ein Soziologe, dessen Namen ich dem Mädchen sagte. »Nein, den kenne ich vom Fernsehen. Der andere, der wie einer der Zwerge aus Schneewittchen aussieht ...« Ich war verblüfft, dann packte mich ein spontaner und so heftiger Lachanfall, dass man mich beinahe aus dem Saal hinausgeworfen hätte ... Ich fragte das Mädchen, womit es sich beschäftigte: »Ich habe Literaturwissenschaft absolviert und bin Kulturredakteurin der Zeitung XY«, sagte sie mit großer Würde.

Sodass ich, wenn ich Interviews gebe oder »intellektuelle« Gespräche führe, normalerweise meinen Verstand auf Autopilot stelle und brav Dinge aufsage, die ich irgendwann, lange her, gedacht und anschließend für schwere Zeiten konserviert habe. Dadurch wundern sich viele darüber, wie wenig intellektuell, wie wenig poetisch ich in den alltäglichen Gesprächen bin. »Mensch, Mircea, ich hab noch nie gehört, dass auch du mal was Gescheites am Tisch gesagt hättest, dass du mit einer Metapher herausgerückt wärst oder einem einigermaßen tollen Gedanken, dass du Nietzsche oder wenigstens Dostojewski zitiert hättest, wie es die gewichtigen Schriftsteller tun. Was zum Henker bist du für ein Schriftsteller?«, sagt hin und wieder der eine oder andere Freund und hat recht damit. Ich werde mir Mühe geben, antworte ich dann, ich trage schon Zitate aus Platon Pardău und Aristotel Pârvulescu zusammen, um sie gelegentlich mal rauszuhauen.

Ebenso, abgelenkt und doch auch erleichtert, eine Oase der Normalität in dem »Gefangenenhospiz mit höchster Sicherheitsstufe« von Castel Goffredo gefunden zu haben, zerstreute ich auch die Unklarheiten der Dame hinsichtlich unseres bescheidenen Ländchens, indem ich ihr klar machte, dass wir ein lateinisches Volk seien wie die Italiener, mit einer verwandten Sprache, auch schnitt ich die etwas obskure Problematik der Ethnogenese südlich (oder nördlich?) der Donau an, ging zum Mittelalter über, dann – etwas plötzlich – zum Ceaușismus und der Revolution, schließlich entfaltete ich ihr ein Panorama *ad usum delphini* der ethnisch-ethisch-ästhetischen Problematik, durch die wir uns als Volk definieren. Die vornehm wirkende Dame, sehr aufrecht und mit intelligentem Blick, folgte mir aufmerksam, auch streute sie mitunter ein *»indeed?«* oder ein *»certo«* ein, die mir die Gewissheit gaben, es mit einer aktiven Gesprächspartnerin zu tun zu haben.

Unsere angenehme Konversation wurde durch den durchdringenden Ton einer Trillerpfeife unterbrochen, bei dem sich selbst die am tiefsten zusammengesackten Literaturliebhaber aus den Sesseln erhoben und schwankend wie an der Kette geführte Bären, verwildert um sich blickend, zur Tür wandten, wo sie von den massigen Wärtern zurück in ihre Zimmer geleitet wurden. Druckfrische Exemplare meines armen Buches lagen verstreut unter den Stühlen, ihre Seiten waren ein erstes Mal aufgeschlagen worden.

Auch wir fanden uns in der ursprünglichen Gruppierung im Büro des Direktors wieder, die Hentai-Assistentin setzte sich mit dem Hintern aufs Fensterbrett, wobei sie ihre Schenkel weiter als jemals zuvor enthüllte, die andere erstarrte züchtiger noch als Mutter Teresa neben dem Direktor, während ich gebeten wurde, meine Eindrücke nach der Lesung mitzuteilen. Selbstverständlich lobte ich alles, die Aufmerksamkeit und Kompetenz des Publikums, die Qualität der Fragen, die warme und feierliche Atmosphäre, in der ich empfangen worden war; ich dankte dem Direktor, der bescheiden den Kopf neigte, und hielt es für angebracht, nun auch noch das Feingefühl und die Freundlichkeit der Assistentin, mit der ich mich gut eine halbe Stunde lang während der Bewirtung unterhalten hatte, besonders hervorzuheben. »Welche Assistentin?«, fragte der Direktor. Ich beschrieb sie ihm, so gut ich konnte, doch erst das Lapislazuli-Kollier klärte schließlich alle auf. »Signor Cărtărescu«, sagte der winzig kleine Direktor, »die betreffende Dame ist keine Assistentin, sondern eine unserer ältesten Patientinnen. Sie hat ihre beiden Kinder umgebracht. Und doch wartet sie jeden Tag darauf, dass diese sie besuchen kommen. Deshalb zieht sie sich so schön an«.

Dann wurde mir schwarz vor Augen, und man musste mein Gesicht mit ein bisschen Fanta bespritzen.

8

Nach diesem etwas *spooky* verlaufenen Abenteuer nahmen die Dinge allmählich einen normalen Verlauf, was heißt, dass ich vor der Verleihung des Giuseppe-Acerbi-Preises die angenehme Überraschung erlebte, zu erfahren, dass die Italiener jenseits des eigentlichen Preises noch einen weiteren, nämlich für Poesie, verleihen würden. In diesem Fall ohne Wettbewerb, ohne innere Kämpfe, ohne weiteres Getue. Sodass ich sofort, nachdem man mich zum Gewinner erklärt hatte, mich an der Seite einer bekannten rumänischen Dichterin wiederfand, einer überschwänglichen und gewinnenden Dame, die nicht wie ich in Pixel gekleidet war, sondern in allerlei Schals, Saris und andere Kleidungsstücke, deren Namen ich niemals erfahren werde. Die Dame hat allen Rahm abgeschöpft. Kaum war sie aufgetaucht, hatte man mich auch schon in einer Ecke abgestellt, und alle Offizialitäten, alle Damenstrumpffabrikanten, alle Übersetzer aus dem Rumänischen ins Italienische, alle Botschafter und alle unsere Kulturverantwortlichen rannten zu ihr hin, um sich in ihrem Lächeln zu sonnen, das breiter war als das Leben selbst. Mir war solches mit der betreffenden Dame auch schon in anderen ausländischen Gefilden widerfahren. Sie hatte mir schon öfter die Show gestohlen, und nicht nur mir, stets tauchte sie im letzten Augenblick auf und schnappte einem den Preis weg, das war ihre Spezialität von Jugend auf: Ein sonorer Name, zu dem sich ein großartiges Lächeln gesellte, hatte ihr ein halbes Jahrhundert lang die beständigste Popularität gesichert. Seit einigen Jahren hatte sie ihre Fama mit großer Beharrlichkeit auch *abroad* exportiert, und siehe, auch hier kriegte ich es mit ihr zu tun, wie ich es nicht im Traum für möglich gehalten hätte.

Bei der Abschlussfeier war ganz Castel Goffredo anwesend. Ein heutiger Edgar Bostandaki* hätte die Kostüme der Damen verzeichnet, die Auszeichnungen der Herren, die traumhaften Dekors dieses gewiss glamourösesten Ortes der Stadt. Es war das wichtigste Ereignis des Städtchens, sein höchster Abend, den alle herbeigesehnt hatten. Ich aber, neben einem Ficus und einem Tischchen mit Prospekten allein in meinem Winkel, genierte mich wie stets, dass ich nicht die richtige Kleidung für eine Zeremonie besaß, und schaute sie mir an, wie sich ein armes Kind die Schokoladentrüffeln in den Schaufenstern anschaut. (Wo zum Teufel nahmen die Cineasten der neuen Welle, die Mungiu & Co, die Smokings und Fliegen her, mit denen sie die Bühne betraten? Ich bin überall in Jeans und meinem ewigen grauen Sakko hingegangen, sodass ich in Castel Goffredo eher wie der Hausmeister des Restaurants und nicht wie ein ruhmreicher *Winner* wirkte.) Meine »Nostalgia« hatte den Hauptpreis gewonnen – was, unter uns gesagt, auch nicht schwer war, betrachtete man die Konkurrenz –, aber Madame Volumnia, deren Kopf, die Zigarette zwischen den Lippen, irgendwo in Höhe des mit Tausenden in allen Regenbogenfarben glitzernden Glasprismen bestückten Kronleuchters schwebte, befand sich schon bei der Tür; sie bebte vor Aufregung. Denn einem Audi mit funkelnden Ringen entstieg vor dem Restaurant soeben die

<hr />

* Figur aus der satirischen Geschichte »High Life« des rumänischen Erzählers Ion Luca Caragiale (1852–1922). (A.d.Ü.)

Diva der mioritischen Dichtung, um sogleich stürmisch wie eine Schiläuferin, die eine diaphane Schneeverwirbelung hinter sich her zieht, in den Saal zu stürmen. Sie, die Einzigartige, die Unvergessliche, die Unersetzliche, Fatale! Sie setzte sich in die erste Reihe neben den Bürgermeister, den Polizeichef, den Pater und die drei, vier Abkömmlinge der Acerbi-Familie. Seide und Moschus, Moschus und Seide entströmten ihrem par excellence metaphorischen Wesen.

Dann folgten die Ansprachen, die vom angebrachten Applaus und meinem unangebrachten Husten unterbrochen wurden, ich habe nämlich vergessen zu erwähnen, dass ich schrecklich erkältet war. Ich hustete wie Seymours Bruder bei der Trauung, wenn ihr wisst, was ich meine. Ringsum glänzten die Diamanten an den Ohren der Damen und den Prothesen der alten Herren, ebenso wie damals, als ich noch klein war und im Zirkus die Pailletten an den Reiterinnen und die Tuben im Orchester wie im Feenreich funkeln sah. Ich war das verbitterte Kind aus einer ihm selbst gewidmeten Vorstellung, in der es jedoch selbst abwesend war. Auch ich kam an die Reihe, eine Rede zu halten, doch aufgrund der Wärme und des Qualms im Saal packte mich ein Hustenanfall, sodass es mir natürlich kaum gelang, ein paar Worte zu sagen. Sie drückten mir das Silbertablett und den Umschlag, in dem fünfmal weniger Geld war, als ich erwartet hatte, in die Hände und schubsten mich mit einem Tritt in den Hintern zurück zu meinem Platz im Saal. Mit meinem Habitus eines Bettelstudenten hatte ich ihnen die Inszenierung verdorben. Dann wurde der Dichterin das Wort erteilt, die den höchstdotierten Preis gewonnen hatte. Was sie drauf hat, hat sie drauf, das muss ich anerkennen. Sie war subtil und amüsant, bezaubernd und verschwenderisch, bescheiden wie Mutter Teresa und weise wie der Dalai Lama. Sie eroberte – als wäre dies noch nötig gewesen – die Herzen aller. Sie überreichten ihr – welch ein Ding – ein viel schöneres Tablett als meines. Mit einer Art Rosen darauf, die eines Cellini würdig gewesen wären, während meines schlicht und rechteckig war. An der Stelle überwältigte mich tatsächlich der Neid. Hol's der Henker, nachdem sie mir den geringen Moment meines italienischen Ruhms verschattet hatte, entwertete sie auch noch mein Tablett, das ich seitdem nicht mehr anschauen konnte. Unter dem Vorwand, es sei zu schwer, um es im Flugzeug mitzunehmen, überließ ich es meinem Übersetzer, dem bezaubernden Professor Mazzoni, den der Auftritt der autochthonen Poetin dermaßen in seinen Bann geschlagen hatte, dass er das Tablett wortlos unter den Arm nahm und den ganzen Abend nicht mehr ablegte.

Während der gesamten Zeremonie fand ein rumänisch-italienisches Programm statt. Der italienische Beitrag war normal: Jazz, wenn ich mich richtig erinnere. Unserer – eben wie bei Romanica. Es konnte schließlich nicht sein, dass wir eine Gelegenheit, uns lächerlich zu machen, versäumten. Sollten wir etwa das rumänische Daseinsgefühl verfehlen? Zur Tonbandmusik von entmagnetisierten Bändern tauchte im ultravornehmen Ballsaal ein … Gespenst auf, ein Wesen wie die Banditen in »Star Wars«, jene, die C3PO zum alten Eisen hatten werfen wollen, bucklig und krumm, ein gewaltiges Kopftuch über den Augen, mit einer Art Quersack auf dem Rücken und ein paar Bundschuhen an den Füßen, für die das

Wort »riesig« unzureichend ist: Kähne wäre eher zutreffend. Die Volkstracht war eine der authentischen, von schwerlich zu überbietender Scheußlichkeit: schwer wie eine Rüstung und mit ranzigem Geruch, die Hemdsärmel verschimmelt. Die Gestalt hüpfte und zappelte irgendwie galvanisiert zur Musik, als hätte sie einen inneren Mechanismus gehabt, und als sie zu singen begann, erkannte ich die tiefe Schaf-hirten-Stimme einer archaischen Volksmusiksängerin. Das Publikum erstarrte wie versteinert auf seinen Secessions-stühlen. Und die, an denen die Gestalt vorbeikam, zogen sich verängstigt zurück. Eine Waldmuhme, die in einem manto-vanischen Salon gelandet war und Verwünschungen in ei-nem dialektalen Kauderwelsch ausstieß. Vor unseren Augen spielte sich der Gipfelpunkt einer jahrzehntelangen Kultur-politik ab, die nichts kennt außer Krautwickel und Mais-brei, Jauchzer und Ringelreihen, Dorfliteratur, Bauernmale-rei, Bauernmusik, Bauernmetaphysik, Bauernzahnheilkunde, Bauerngynäkologie und weiß der Teufel was noch. Unsere, die nationale Eigenheit der Primitiven Europas. Im Orches-ter der Völker haben wir uns schlechterdings mit der Okarina der Vorfahren präsentiert. Und nun blicken unsere Offiziellen, darunter sogar der Herr Botschafter, peinlich berührt zu Bo-den. Hol mich der Henker, aber wenn es um Monster ging, so hätte ich Adi de Vito vorgezogen, der hat sich wenigstens ei-nen italienischen Namen zugelegt. Und sei's drum, er kommt mir in seiner blödsinnigen Vitalität authentischer vor als der gesamte »Volkstumsschatz« von sonntagvormittags zehn Uhr, mögen meine Feinde verrecken …

9

Kaum bin ich nachhause, das heißt, nach Wien zurückgekehrt, kaum hatte ich Zeit zu sehen, wie mein Freund Horia
vor dem gewaltigen Mansardenfenster vorbeischneite, hopp,
ein anderes Flugzeug. Zum großen Verdruß der Meinen.
Weil ich praktisch fortwährend zuhause bin, ist es für Ioana
und Gabriel recht seltsam, mit anzusehen, wie ich hin und
wieder im Nebel verschwinde, und sie ertragen es nur sehr
schwer, selbst wenn ich dann mit einem Parfüm oder einem
Spielzeugzug wieder hinter den Nebelbänken hervorkomme.
Diesmal musste ich extrem lange wegbleiben, zwei geschlagene Wochen, und wenn man noch die in Castel Goffredo
zugebrachte Woche dazurechnete, eine Ewigkeit. Am Abend
habe ich ausgepackt und wieder eingepackt, mehr und kräf-
tiger gestaucht, und in der Zwischenzeit hatte ich begonnen,
Ioana von meinen Abenteuern in der Hauptstadt der Damenstrümpfe zu erzählen. Selbstverständlich hatte ich den größten Erfolg mit der Geschichte der verrückten und kriminel-
len Literaturliebhaber. Damals konnte ich noch nicht wissen,
dass ich zwei Jahre später an ganz und gar anderem Ort, sodass ich beinahe schreiben könnte, »auf einem anderen Plane-
ten«, etwas Ähnliches erleben sollte.

Es geschah in Sângeorzi-Băi, Ioanas Geburtsort, wo wir
jedes Jahr hinfahren, um nach dem Irrsinn des Bukarester
Lebens unsere Batterien wieder aufzuladen. Der Ort, auf einem Berg oberhalb des Kurortes, ist paradiesisch: eine Wiese
mit Apfelbäumen, die derart von Früchten überladen sind,
dass man die Äste abstützen muss, damit sie nicht brechen,

Heutristen, bewaldete Gipfel, der Nachthimmel voller Sterne, Grillengezirpe und all das. Gewiss ein relatives Paradies mit dem Plumpsklo hinten im Garten und dem Bad im Lavoir, aber wenn man nicht überempfindlich ist, nennt man es ein Paradies. Wir gingen jeden Tag in die Stadt hinunter, wegen des Internets und um die Freunde beim Museum von Maxim Dumitraş zu treffen. Und so bekamen wir mit, dass in ein paar Tagen zu diesem Museum eine Amateurtruppe aus dem ... Hochsicherheitsgefängnis von Bistriţa kommen würde! Der Dichter Marin Mălaicu, der die Begegnung organisiert hatte, lud uns dazu ein.

Hätte ich nicht die italienische Erfahrung gehabt, so wäre ich vermutlich nicht hingegangen. Ich bin zwar nicht feige, aber es gibt Situationen, die ich vermeide, um mich nicht unsinnigen Gefahren auszusetzen. Ab einer gewissen Popularität trifft man auf alle Verrückten, oder aber sie erwischen einen. Ich kenne eine deutsche Schriftstellerin, deren Ehemann alle Journalisten, die ein Interview mit der Autorin machen, einer Leibesvisitation unterzieht, damit sie keine Waffen dabei haben (Noch bin ich nicht so weit, aber meine Frau verdächtigt die Reporterinnen mit einem etwas tieferen Dekolleté ohnehin: Ob sie da vielleicht am Busen etwas verstecken?). Seit einigen Jahren schon habe ich eine Einladung nach Israel, aber ich traue mich noch nicht, hinzufahren: Da betrete ich irgend ein Café und werde zu Hackfleisch verarbeitet, Kollateralopfer eines Krieges, der nicht einmal der meine ist ... Nun, da es um die Schauspieler aus dem Gefängnis ging, zogen ein paar Horrorszenen an meinem inneren Auge vorbei, bevor ich einen Entschluss fasste: Inmitten ihres Spiels werfen sich die »Schauspieler« wie ein Mann mit improvisierten Waffen auf uns, sie nehmen uns als Geiseln, verhandeln, die Verhandlungen scheitern, und so bleibt von Stunde zu Stunde weniger von uns übrig, man verliert ein Ohr, einen Finger, dann – wie im Lied – das ganze Leben ... Mehr noch, auch wenn ich nicht an die Gefahren gedacht hätte, wäre ich nicht erfreut gewesen, hinzugehen. Aus lauter Mitleid diese Unglücksraben mit Beifall bedenken? Diese Gelegenheit hatte ich schon mal, und ihr könnt mir glauben, es ist alles andere als angenehm. Als ich beim Militär war, hatte man uns als Beifallspender zu den Vorstellungen einer Blindentruppe geführt, damit die »Optimisten« die Illusion hätten, es gäbe ein Publikum im Saal. Es war ein Jammer. Sie duellierten sich Rücken an Rücken, küssten sich auf den Hinterkopf, süß ...

Unser Entschluss, doch hinzugehen, ergab sich aufgrund einer unerwarteten Begegnung in der örtlichen Pizzeria (»La Van Damme«) mit einer ehemaligen Mitschülerin Ioanas aus dem Gymnasium, bei deren erstem Satz ich erfuhr, dass sie Übungsleiterin in dem benannten Gefängnis sei und damit die Schuld an der Inszenierung der künftigen Vorstellung trage. Alle, die mit am Tisch saßen, fragten, ob sie denn keine Angst habe, unter Mördern und Räubern zu leben, worauf sie, ein sympathisches und mutiges Mädchen, erwiderte: »Angst? Das soll einen noch kümmern, wenn man so viel Leid sieht?« Wegen dieses Satzes und für dieses Mädchen haben wir uns entschlossen, hinzugehen.

Die Jungs entstiegen in Begleitung dreier uniformierter Polizisten einem Kastenwagen. Es waren sechs, einer gepflegter als der andere, mit gegelten Haaren, in fetzigen Trikots und Jeans, alle relativ jung, so zwischen fünfundzwanzig und beinahe vierzig Jahren – der Älteste saß schon seit fünfzehn Jahren und hatte noch etwa acht wegen besonders brutalen Mordes vor sich –, alle fieberten sie diesem Freigang entgegen, es war das erste Mal seit Jahren, dass sie die Tore ihrer tristen Gemeinschaftswohnung hinter sich gelassen hatten. Sie hatten gefragt, so die Übungsleiterin, ob es auch Mädchen im Publikum geben werde, und dann hatten sie sich entsprechend gekleidet. Sie waren mir von Anfang an sympathisch, und bei ihrem Anblick war all meine Beunruhigung verflogen: ein paar Jüngelchen, die im Suff gemordet (zwei von ihnen) oder in Deutschland und Österreich Diebstähle begangen hatten. Leute wie du und ich, hatten sie lediglich ein klein bisschen Pech gehabt. Behüte dich Gott vor jenen Umständen, in denen du schließlich erfährst, was in dir schlummert.

Die Jungs schlossen sich in einem Büro ein und tauchten dann phantastisch und grotesk gekleidet wieder auf; zur Hälfte in Männerkleidern, die jedoch aus einer anderen Welt stammten – viel zu weite Fräcke, improvisierte Zylinder, getupfte Schärpen, Kittel von Tuberkulösen, pelzgefütterte Galoschen – und zur Hälfte travestiert: Frauen, kräftig wie Heiducken, das Gesicht und die behaarte Brust weiß gepudert, in violetten Satinkleidern und mit Operettenhütchen … Und dann legten sie los mit ihrer Vorstellung, zwei kurze Stücke von Tschechow, die zur Verwunderung und Belustigung aller in dem kleinen Saal himmlisch gespielt wurden. Ich bin zwar kein großer Theatergänger, aber ich kann ganz ehrlich sagen, dass ich schon lange nicht mehr so herzhaft gelacht habe wie in den zwei Stunden, in denen die Schauspieler ihre

Seele hingaben auf der Bühne, die sie mit ihrer Leidenschaft für die Kunst bespielten, welche ihnen in den letzten Probemonaten die Zellen erleuchtet hatte; professionelle Schauspieler besitzen diese Leidenschaft nicht, sie können sie nicht besitzen. Der ungehobelte Offizier aus dem ersten Stück war derjenige, der vor fünfzehn Jahren in einem Wirtshaus jemanden mit einer Sichel umgebracht hatte. Nun legte er all seine Aggressivität in den Dienst seiner Rolle, er brüllte wie ein Löwe und raste auf der Bühne, mächtig und herrschsüchtig drohte er dem Publikum, aber er konnte sich auch vollends in den amourösen Szenen verlieren. Der tatsächliche Eierdieb war nun eine zartfühlende Gutsbesitzerin, völlig überzeugt von »ihrer« Rolle, verdrehte er die Augen und identifizierte sich schließlich ganz und gar mit dieser Frau. Der an Straßenecken Drogen verkauft hatte, war nun ein alter Diener geworden und der kleine Betrüger ein großartiger Brautwerber, in dessen Spiel ich eine Spur von Caramitru* wiederfand. Wer auch immer glaubt, ein Mörder, ein Dieb oder Betrüger sei eine Bestie in Menschengestalt oder ein Monster, das durch einen Irrtum der Natur in die Welt geraten sei, müsste solch eine entfesselte artistische Freude zu sehen bekommen. Er würde sofort begreifen, dass jeder von ihnen ein Mensch ist, nicht mehr und nicht weniger. Auch heute noch bin ich jenen sechs Schauspielern dankbar, dass sie mir diese Lektion erteilt haben, ebenso wie der Übungsleiterin, die ihnen das Theaterspielen beigebracht hat.

---

* Ion Caramitru (geb. 1942), bedeutender rum. Schauspieler und Regisseur. (A.d.Ü.)

10

Okay. Ich werde dieses aus Sympathie für die Knackis aus Bistriţa geschriebene Zwischenspiel beenden und zum Hauptfaden der Geschichte zurückkehren, zur Reise der zwölf rumänischen Schriftsteller nach Frankreich, nicht weniger und auch nicht mehr, als es Apostel gegeben hatte. Denn an Aposteln hatte es uns Gott sei Dank nie gefehlt, uns fehlte stets nur der aus ihrer Mitte, der ihnen Sinn und Zusammenhalt verliehen hätte. Also schnappte ich meinen Koffer und brach an einem nebligen Wiener Morgen auf zum Flughafen.

Ich bin in den letzten fünfzehn Jahren schon auf so vielen Flughäfen gewesen, die sich alle dermaßen glichen, dass ich heute nicht sagen könnte, welcher Schiphol, welcher Heathrow, welcher Malpensa und welcher Otopeni ist. Eigentlich gibt es nur einen Flughafen, der über Hunderte und Tausende Orte weltweit verstreut ist, ein universaler Limbus, in dem man in der immer gleichen Umgebung das gleiche Übergangsritual vollzieht, mit den gleichen Etappen, dann spaziert man durch die gleichen Ladengeschäfte, sieht die gleichen wartenden Menschen, die lesen, an Laptops arbeiten, essen oder irgendwelche Wägelchen durch die graue Atmosphäre eines dystopischen Romans schieben. Die gleichen Reklamen, die gleichen Monitore, die gleichen langen Flure, die einen in die Warteräume führen. Ich bin überzeugt, dass man im Augenblick des Todes nicht direkt in die andere Welt gelangt, sondern in solch einen Flughafen, worin man seine Nationalität und Identität ablegt und auf das lange, leichte und schmale Flugzeug wartet, das einen ins Jenseits verfrachten wird. Das

Tibetanische Totenbuch spricht von den Bardo-Zuständen, zwischen Wachen und Schlaf, Leben und Tod, Realität und Halluzination. In unserer Wirklichkeit sind die Flughäfen die vollkommene Verkörperung dieses Bardo zwischen den Kulturen, Mentalitäten und Geisteszuständen zweier Menschheiten. Du reist aus Wien ab und gelangst nach Paris: zwei runde Welten, kulturell bestens definiert, wie zwei verschiedenfarbige Glasperlen, die auf der großen Parabel des Flugs eingefädelt sind. Dort, in Orly, durchmisst du die gleichen Etappen wie auf dem Wiener Flughafen, allerdings in umgekehrter Reihenfolge, dann wirst du in die Freiheit unter einen von Schneewolken verhangenen Himmel und in die Pariser Welt entlassen.

Die Theorie ist halt leider nur Theorie, aber die Praxis bringt uns um, sagte mein ehemaliger Schlosserei-Lehrer. Die Sache begann schon in Wien schlecht zu laufen, als ich am Flughafen aus den Augenwinkeln heraus einen rumänischen Auctore wahrnahm, der nicht zur Clique der »Schönen Fremden« gehörte. Ein unangenehmer Schauder durchfuhr mich: Der Kerl war nun überhaupt nicht nach meinem Geschmack. Er gehörte zu einer rivalisierenden Gruppe, und ich hatte schon ein paar unschöne Auseinandersetzungen mit ihm gehabt. Selbstverständlich in der Presse, denn wenn sich die Schriftsteller begegnen, umarmen und küssen sie sich, dass man meinen könnte, sie seien gay, aber hinterrücks können sie sich heftig bekriegen, wenn sie sich bedroht, als Konkurrenten oder missachtet fühlen. Ich kann mich damit brüsten, in einem Vierteljahrhundert seitens meiner Mitbrüder mehr eingesteckt zu haben als jeder andere rumänische Autor, gerade deshalb verfüge ich über eine gegerbte Haut und kann noch ein weiteres Vierteljahrhundert – so lange hoffe ich noch durchzuhalten – mit der gleichen Heiterkeit allerhand wegstecken. Dieser Typ hatte mal gesagt: »Der Unterschied zwischen der erotischen Dichtung von Cărtărescu und meiner ist, dass er seine Geliebte am Zügel führt, während ich meine ungesattelt reite.« *Funny, isn't it?* Ich hab mir keine Sorgen gemacht, schließlich wusste ich, dass er in Wien lebt, aber als ich sah, dass er in das gleiche Flugzeug einstieg wie ich, wurde die Sache ernster. Eine Weile bemühten wir uns beide, so zu tun, als sähen wir einander nicht, aber als wir uns schließlich beim Check-in zusammendrängelten, mussten wir die Überraschung unseres Zusammentreffens mimen und uns mit sozial angebrachtem Lächeln die Hände schütteln. Worauf ein längeres Schweigen folgte, das sich auch im Flugzeug fortsetzte. Die Ironie des Schicksals hatte es so eingerichtet, dass wir nebeneinander saßen, er am Fenster und ich auf dem Platz am Gang. Es gab schlicht und ergreifend nichts, worüber wir hätten reden können. Hinzu kam, dass wir uns mit tief empfundener Aufrichtigkeit nicht mochten, auf enthusiastische Weise, könnte ich sagen. Jeder war überzeugt, der andere sei ein Hochstapler; hinzu kam, dass ich mich berechtigt fühlte, ihn für einen Epigonen zu halten, er war schließlich jünger als ich. Aus dem gleichen Grund, symmetrisch, hielt er mich wahrscheinlich für überholt ... Also nahmen wir jeder ein Buch heraus und verlegten uns aufs Lesen. Und schielten aus den Augenwinkeln nach dem Buch des anderen; so habe ich (der ich ein banales Tagebuch von Kafka las) verwundert festgestellt, dass der Freund kein Buch las, sondern fotokopierte Blätter, Fotokopien von anderen kopierten Blättern, wie jene alten Mathematik-Vorlesungen voller Tabellen mit Logarithmen, welche die Studenten voneinander abschrieben. Der Text war mit der Schreibmaschine geschrieben und überladen mit komplizierten Schaubildern sowie technischen Zeichnungen voller Pfeile und Buchstaben. »Was liest du denn?«, fragte ich ihn schließlich, und er drehte mir gelangweilt das Buch zu, damit ich den Titel auf dem Umschlag sehen konnte. Wo ebenfalls in Schreibmaschinenschrift, wie auf Diplomarbeiten, »Handbuch des Einbrechers« stand. »Ich dokumentiere mich für einen Roman«, warf er mir beiläufig hin und kehrte zurück zu der Seite, bei der er angelangt war und deren Illustration anzeigte, das konnte ich jetzt sehen, wie man eine Wolfsmaulzange benutzt, um das Blech einer Geldkassette aufzukriegen. »Mag sein«, sagte ich wie der Pope im Witz mit der Katze. »Sieh an, ein seriöser Schriftsteller, der recherchiert, nicht wie wir andere, die wir den Safe nach Gehör knacken …« Als ich vor fünfzehn Jahren über die »Orbitor«-Trilogie nachzudenken begann, habe ich mir auch einen Karteikasten in einer Schuhschachtel angelegt, auf die ich den Titel des Romans geschrieben habe. Ich hatte mir überlegt, gezielte Lektüren vorzunehmen und mir Notizen zu machen, wie ich gelesen hatte, dass Thomas Mann es tat. Muss ich noch sagen, dass meine arme Schachtel für alle Zeiten leer geblieben ist? Nicht nur war ich stets zu faul, etwas aus einem anderen Grund zu lesen als der Lektüre an sich, ja nicht einmal als ich an dem Buch schrieb, habe ich jemals ein Lexikon oder eine andere Informationsquelle aufgeschlagen. Dieser Kerl hatte mich geschafft, das muss ich anerkennen.

Also stieg ich verdrießlich in Charles de Gaulle aus, ließ den Typen in Gottesnamen neuerlich einem wohlwollenden Händedruck entgegenstreben und wandte mich eilig dem *Baggage Claim* zu. Als ich dort ankam, kreiste das Band schon lange, die Koffer zogen zerschrammt oder unversehrt, vollgestopft oder labbrig vorbei, aber weit und breit keine Spur von meinem. Jeder der nahebei Wartenden sah sein Goldfischchen brav ankommen und lupfte es als erfahrener Angler zufrieden vom Band, bis der Strom leergefischt war. Da zog nur noch ein unglücklicher Koffer seine Runden, den niemand haben wollte. Aber leider war auch dieser nicht meiner …

Ich stand etwas dümmlich bei dem leeren Band herum, als ich ein paar Lautsprecherworte der Art vernahm, wie ich sie stets missachtete, weil sie mir alle wie jenes ewige *»Watch your step!«* der Rolltreppen klangen. Es war etwas in der Art von: »Mister Kahrtahresku, bitte kommen Sie zum Informationsschalter.« Ich war beinahe stolz: Mein Name erklang jetzt im gesamten Flughafen! Ich ging zur Information, wo mir eine kleine Inderin, bis über beide Ohren lächelnd, als hätte sie mir einen guten Witz erzählt, sagte, dass mein Koffer leider auf einen anderen Flughafen geleitet worden sei, sodass er bestenfalls irgendwann gegen Abend hier ankommen werde. Ich war ziemlich verärgert, vor allem da ich damals noch nicht wusste, dass mir genau das Gleiche auch bei meiner Rückkehr aus Frankreich zwei Wochen später passieren würde. Schließlich hatte der Dämon der Symmetrie sich nicht eben umsonst in meinem bisherigen Leben aufgehalten.

11

Der Chauffeur, der auf mich wartete, wunderte sich gewiss, dass ich so ohne jedes Gepäck eingetroffen war, er mag sich gedacht haben, die Rumänen seien besondere Wesen, die es nicht nötig hätten, in zwei Wochen ihre Wäsche und Kleidung zu wechseln. Schließlich ist ja bekannt, dass zu viel Körperpflege im gesamten Westen zu Allergien und anderen unangenehmen Dingen geführt hat, während die Dritte Welt, arm, fröhlich und vor sich hin stinkend, kerngesund ist und darüber hinaus »das Erbe der Welt antreten wird«. Ich war schon mal mitten im Winter und in finsterer Nacht nur mit dem Sakko bekleidet aus München zurückgekehrt, während mein funkelnagelneuer Mantel, im Flughafen von meinem Koffer verschwunden, mittlerweile wahrscheinlich von jemand anderem getragen wurde … Da war nichts zu machen. Wenn meine Kleider nicht bis sechs Uhr abends ankamen, würde ich mich auf dem Botschaftsempfang eben in Jeans und Pullover einfinden, verschwitzt und abgeranzt wie ein Dutzendschriftsteller, der ich ja tatsächlich auch war.

Paris ist Paris. Sommers riecht es nach Pipi. Winters ist es düster und neblig. Die berühmte Metro ist die effizienteste und zugänglichste der Welt, aber sie ist sehr hässlich. Na und? Wir Rumänen tragen Paris tief in die Gehirnrinde eingeschrieben mit uns, ebenso wie die Sonnenbahn in die Blütenblätter und Kerne der Sonnenblumen eingekerbt ist. Früher wurden Konservenbüchsen mit »Air de Paris« verkauft. Ganz Paris ist eine solche Konserve. Es ist wie der gigantische Bauch eines Schmetterlingsweibchens, das seine Pheromone über die Welt verstreut. Ich bin ihnen begegnet, abgekapselt, aber noch lebendig, zwischen Buchseiten gepresst, wo ich sie lüstern eingeatmet habe. Seit der Revolution war ich vielleicht zwanzigmal in dieser Stadt, und jedes Mal erfasste mich eine Art Amok, eine besondere Exaltation, wie ich sie noch nirgendwo sonst erlebt habe. Es ist, als gelangte ich wieder in ein vergessenes Stadtviertel, in dem ich mal gelebt oder das ich nur geträumt habe und wo mich jede Mauer und jeder Straßenname zutiefst aufwühlen, wie eine Offenbarung: Ja, ich erinnere mich, ich bin hier schon mal vorbeigegangen, in einem anderen Leben. Ich glaube tatsächlich, dass alle rumänischen Künstler in einem früheren Leben in Paris gelebt haben, anders ist die Macht, die diese Stadt über uns ausübt, nicht zu erklären.

Doch lassen wir die »Elukubrationen«, wie die Kritiker die Seiten meiner Texte nennen, die nicht nach ihrem Geschmack sind. Ich war im Zentrum untergebracht, auf dem Boulevard Raspail, in einem »koketten« Hotel – schließlich befinden wir uns in Paris, was zum Henker! Da alle meine Kollegen aus Bukarest anreisten, gab es in der ganzen Lobby vorerst noch keine Spur eines rumänischen Schriftstellers.

Wer häufig in allerlei Ausländern unterwegs ist, weiß, wie schrecklich traurig die Hotels sind. Ich ging hinauf in mein Zimmer und fand dort eine Kombination von Draperien, Bettwäsche und Tapeten vor, die von einem Rot bestimmt war, das mich noch mehr deprimierte. Durch eines der Fenster sah ich den von gewaltigen Platanen bestandenen Boulevard und jenseits des Boulevards eine lange Reihe jener Gebäude, die allesamt beim fünften Stockwerk gekappt worden waren. Das Wetter war eisig und windig, ein bisschen Schnee wurde angeweht. Was sollte ich bis zum Abend tun? Ich konnte nicht einmal auszupacken beginnen. Also blieb ich am Fenster stehen, bis es ernsthaft zu schneien begann, dann fing ich an, das einzige Buch durchzublättern, das ich bei mir hatte, die Anthologie, die Belles Étrangères mit unseren Texten zusammengestellt hatte. Da bemerkte ich – denn nie kommt ein Unglück alleine –, dass meine armen Geschichten, insgesamt drei, und alle aus »Warum wir die Frauen lieben«, nicht bloß so ausgewählt worden waren, dass sie nichts miteinander zu tun hatten, sondern darüber hinaus auch noch falsch paginiert waren: Der Titel der ersten Geschichte stand über allen drei Texten, und die anderen beiden Titel waren in kleinerer Schrift gesetzt, als handelte es sich um die Untertitel einer einzigen Geschichte. Auf diese Weise war eine neue, moderne, fragmentierte Geschichte entstanden, das Ergebnis der Liebe zwischen mir und den Redakteuren der Anthologie.

Es ist mir schon oft geschehen, dass die Verleger, Korrektoren etc. »ihren Beitrag« (anders kann ich das nicht nennen) zur Verbesserung meiner Texte geleistet und die armen und braven Schriften in Wunderwerke textueller Ingenieurskunst von eklatantem Postmodernismus verwandelt haben. Ich erinnere mich noch gut, wie ich mich mit einem unbekannten Korrektor bekriegt habe, als ich in einem Roman inmitten einer poetischen »Elukubration« das Wort »vitelus« benutzt hatte (lieber Korrektor dieses Buches, lass bitte das Wort so stehen, wie ich es geschrieben habe!). Bei der ersten Korrektur wurde aus meinem vornehmen und in psychoanalytischer

Intention verwendeten Wort »vițeluș«*. Amüsiert strich ich, was zu streichen war, und schrieb darüber »vitelus«, doch bei der zweiten Korrektur hatte die gleiche unbekannte Person wieder »vițeluș« eingefügt. Diesmal strich ich es wütend durch und unterstrich »vitelus« kräftig, ja ich habe sogar die Erklärung des Wortes am Rande vermerkt: »vitelus = die Substanz, mit der sich der Embryo im Ei ernährt«, und trotzdem, wäre ich nicht in den Verlag geeilt, um von eigener Hand die Korrektur in der Blaupause einzutragen, hätte ich es inmitten meiner dunklen existentiellen Metapher mit einem ausgewachsenen Kälbchen erster Güte zu tun bekommen. Ein andermal, ich hatte mich blödsinnigerweise verleiten lassen, ein etwa sechs Minuten langes Theaterstückchen für ein italienisches Festival zu schreiben, wurde dieses in einer Anthologie von der Art des Belles-Étrangères-Bandes gedruckt, nur hatten sie meinen Text mit dem eines serbischen Dramatikers vermengt, eine Replik von mir, die andere von ihm, sodass der Text eine Wendung à la Ionesco bekommen hatte, die weder seiner noch meiner Absicht entsprach. Und, Gipfel der Unverschämtheit, er wurde in dieser Form auch vor einem Publikum gespielt, das schließlich begeistert applaudiert hat ... Wir bilden uns ein, die Unbekümmertheit um das, was wir anfertigen, eine oberflächliche Sache, die man halt so macht, sei bloß eine rumänische Geschichte. Mitnichten. Allein dort, wo es reale Interessen und Geld gibt, kommen gute Sachen zustande. Nicht aber, wo man sich freiwillig beteiligt, um eine Aktion abzuhaken. Dies gilt überall auf der Welt.

* Vițeluș, rum. Kälbchen (A.d.Ü.)

Nun schneite es wüst, wie bei Bacovia.* Ich nahm den Fotoapparat aus meiner Umhängetasche, öffnete das Fenster und machte ein paar Fotos vom schneebedeckten Boulevard. Von der frischen eiskalten Luft bekam ich Lust, hinaus zu gehen. Ich ging hinunter und machte mich die Straße hinab auf durch den Schnee, vorbei an den Restaurants, die eines neben dem anderen aufgereiht waren. Ich war in Paris und konnte es, wie immer, kaum glauben. Allein war ich in Paris, und ich schritt voran gegen den Wind, die Hände in den Taschen meiner schwarzen Jacke vergraben, den Kragen nun von Schnee bedeckt. Ich ging so mindestens eine Stunde lang und empfand mich wieder als Adoleszenten, betrat zufällig ein leeres Restaurant, aß etwas, und während ich aß, spürte ich plötzlich eine schreckliche Einsamkeit, wie in jenem Traum, in dem ich mich nicht erinnerte, dass ich verheiratet bin und mich fragte, ob ich jemals eine Frau finden werde, dann ging ich wieder hinaus in den wütenden Schnee, während die Nacht herabsank und ich mich wiederum auf den Rückweg ins Hotel begab. Immer ist es so in den fremden Städten, in denen man ganz alleine landet.

Mein Koffer war noch nicht angekommen, und es war an der Zeit, zum Abendempfang aufzubrechen. Ich fügte mich in mein Schicksal. Ich sagte mir, schließlich trage ich nicht Adam Michniks Jeans, in denen er in Bukarest vor ein paar Jahren bei einer Feier zu seinen Ehren aufgetreten war. Auch

* George Bacovia (1881–1957), rumänischer symbolistischer Dichter; in seinen Gedichten stehen Regen und Schneefall verstärkend für Einsamkeit und Untergangsstimmung. (A.d.Ü.)

nicht das Sakko von Esterházy, mit dem er ins Restaurant ging, als wir Nachbarn in der Auguststraße waren. Schließlich war ich kein Politiker: Bei solchen Gelegenheiten gibt der Künstler die Kleiderordnung vor. Und doch, es ist ganz schön blöd, wenn man bei einem Empfang, zu dem alle in Schwarz erscheinen, der Einzige ist, der einen braunen Cordanzug trägt. Der Bourgeois in mir war ziemlich in der Klemme.

12

Die literarische Welt war immer so und wird immer so bleiben. Gewöhnlich geben die Theater das klassische Beispiel des »Vipernnests«, aber die Schauspieler, so sehr sie auch übereinander lästern und sich beneiden mögen, können dies nicht vor Publikum tun. Den Schriftstellern stehen jedoch Zeitungen und Zeitschriften zur Verfügung, die ihre Kämpfe stets auf groteske Weise verstärken. Die Hauptregel, die all diesen aufgestauten Hass, die Gegnerschaften, bezahlten und unbezahlten Policen sowie die Verachtung bestimmt, könnte etwa so lauten: In der literarischen Welt wird dir letztlich alles verziehen, Talentlosigkeit, Gemeinheit, Verlogenheit und Feigheit. Sie werden für menschliche Schwächen gehalten und mit Nachsicht betrachtet. Was dir jedoch niemals verziehen wird, unter keinen Umständen, ist der Erfolg.

Nun mögen wir zwar Dutzendschriftsteller gewesen sein, aber die Tatsache, dass wir jetzt in Paris waren, wurde uns als eine Art Erfolg angerechnet und uns von vielen anderen, die nicht ausgewählt worden waren, nicht verziehen. Die allermeisten stellen sich vor, wenn man ins Ausland reisen kann, wenn man übersetzt wird und die Bücher verkauft werden, erlebe man so etwas wie Glückseligkeit, es steige einem zu Kopfe, und man schaue verächtlich auf andere hinab. Und wenn es dir mal unterläuft, nicht sofort auf eine Mail zu antworten, kriegst du unverzüglich ein fettes Schreiben voller Beschimpfungen. Jede Nuance deiner Stimme und jede deiner Grimassen werden abgewogen, um und um gedeutet: Sieh an, der genügt sich nun selbst, wir sind ihm nicht mehr gut genug … Keiner glaubt dir mehr, dass du derselbe bist, dass du immer noch dein Leben mit deinen eigenen Problemen führst und dass es dich wie alle anderen schmerzt, wenn dir ein Unrecht geschieht. Dass dich vor allem die allgemeine Ranküne schmerzt, die du, der du es hasst, Feinde zu haben, nicht verstehen kannst. Jeder von uns, die wir nun beim Botschaftsempfang von der Menge eingezwängt herumstanden, Teller und Glas in den Händen, spürte diese Ambiguität: die Genugtuung, sich unter den Auserwählten zu befinden, und das Schuldgefühl gegenüber jenen, die zu Hause geblieben waren. Denn nicht Glückseligkeit, Triumph oder Missachtung, wie allgemein angenommen wird, sind die ständigen Begleiter des Erfolgs, sondern ein tiefes Schuldgefühl, weil du gegen deinen Willen und allein aufgrund deiner schlichten Existenz den Stolz vieler anderer verletzt.

Ich glaube, der Erste meiner Kollegen, auf den ich traf, war George Crăciun, Gott hab ihn selig. Sein Gesicht hatte einen schier tragischen Ausdruck, er war von der Krankheit, die ihn beinahe niedergerungen hatte, stark in Mitleidenschaft gezogen. Wir hatten uns in letzter Zeit häufig getroffen. Hatten stets Respekt voreinander. Vor kurzem hatte mich beeindruckt, dass er, von einem Interviewer angestiftet, etwas gegen mich zu sagen (»Wie erklärst du dir, dass sich ›Warum wir die Frauen lieben‹ in Zehntausenden Exemplaren verkauft, während ›Die russische Puppe‹* ...«), diesem geantwortet hatte: »Mircea ist mein Freund. Erfolg setzt Disziplin voraus und ein geregeltes Leben ...« Der für erfolgreich gehaltene Schriftsteller, der eigentlich für eine Versteinerungsform der Kulturwelt gehalten wird, ist für einen solchen Freundschaftsbeweis unglaublich dankbar.

Später dann, in der Solitude, sollte mir mit Crăciun etwas Verblüffendes geschehen. Ich hatte einige Tage zuvor erfahren, dass er gestorben war, dann hatte Ioana von ihm geträumt. Er lag auf einer Rasenfläche und litt an einer Krankheit, die es ihm nicht erlaubte, sich zu erheben. Ich stand aufrecht neben ihm. Ioana hatte mir etwas zu essen gebracht, woraufhin Crăciun unter enormen Anstrengungen seinen Kopf erhob, ihr flehend in die Augen schaute und sagte: »Auch ich habe Hunger!« Ioana war auch am nächsten Morgen noch ziemlich verstört von dem Traum. Beim Kaffee redeten wir lange darüber, doch wiewohl keiner von uns zur Frömmigkeit neigt, meinten wir, es mag eine gewisse Wahrheit in den alten Glaubensgrundsätzen liegen, die uns veranlassen, bei Tisch einen Tropfen Wein für den von dieser Welt Gegangenen zu vergießen. Wir, die »gegenwärtigen Menschen«, sind nicht die Gescheitesten auf der Welt. Also beschlossen wir, etwas für Georges Seele zu opfern. Wir luden einen sanft-

* »Die russische Puppe«, Roman von George Crăciun (A.d.Ü.)

mütigen rumänischen Dichter, der sich schon lange in Stuttgart niedergelassen hatte, zu uns ein und überreichten ihm eine Tasche mit einigen Speisen und etwas Wein. Er verstand und nahm es dezent und pietätvoll entgegen. Und eine Woche darauf hatte ich einen meiner klarsten und zutiefst magischen Träume.

Ich befand mich in meinem Arbeitszimmer im Erdgeschoß. Es war etwa fünf Uhr früh, der Tag brach allmählich an. Den Rasen vor der Tür mit verglasten Fenstern bedeckte Raureif. In der dunkleren Ferne konnte man den vom Gelb des Sonnenaufgangs gesäumten Wald sehen. Die Luft draußen war aschfahl, die Kälte war deutlich zu spüren. Im Zimmer war es dunkler als draußen, sodass die Fensterscheiben in der Tür stark zu funkeln schienen. Darin konnte ich sehr weit weg eine Silhouette erkennen, die vom Wald her kam. Es war ein Mensch, der auf der leeren Allee voranschritt und ganz langsam während des Näherkommens größer wurde. Ich hatte nicht den geringsten Zweifel, dass dies alles wirklich war, dass ich mich genau dort befand, an meinem hölzernen Schreibtisch, und dass ich nach links zur Tür hin schaute. Jeder Gegenstand in meinem Arbeitszimmer befand sich an seinem Platz, ebenso jeder Baum auf der Rasenfläche vor dem Haus. Dunkel und gebeugt näherte sich die Silhouette und langte schließlich auf dem Kiesplatz vor der Tür an. Sie stieg die beiden Stufen herauf und stand nun aufrecht da. Es war George Crǎciun, und zwar so, wie ich ihn zum letzten Mal gesehen hatte, in seinen gewohnten Kleidern, mit den grauen Haaren, die Wangen von der Krankheit eingefallen. Da merkte ich, dass ich träumte, obwohl in dem ganzen Bild allein die

Tatsache phantastisch war, dass George, der vor beinahe einem Monat gestorben war, sich dort vor meiner Tür befand. Da erhob auch ich mich vom Tisch, die Härchen auf meinen Armen hatten sich gesträubt. Nun neigte er sich zum Fensterchen in der Tür, hatte die Handflächen seitlich an die Augen gelegt und schaute durch eine der Glasscheiben. Er verharrte einige Augenblicke in dieser Haltung, währenddessen es mir mühsam gelang, aufzuwachen. Ich schlug die Augen auf, und im Schlafzimmer herrschte das gleiche trübe Licht des anbrechenden Tages.

Dann sah ich Simona Popescu (sehr elegant, das Gesicht ernst und traurig), mit der ich während der gesamten Tournee kaum ein Wort wechseln sollte, und unmittelbar darauf Agopian. Dabei fiel mir ein, wie sehr mich der Titel seines Buches »Tache de catifea«* frappiert hatte, als ich es 1981 in einem Schaufenster der Sadoveanu-Buchhandlung liegen sah. Ja selbst sein Name: Ștefan Agopian, er klang für mich – keine Ahnung, warum – wie der Name eines lange schon durchgesetzten Schriftstellers, eines, der längst in die Literaturgeschichte eingegangen ist. Aber diesen seltsamen Mann, klein und zänkisch, Kenner allerlei alter Dinge, mit allen Eigenschaften eines Schriftstellers aus der »Nichita-Epoche«** ausgestattet, habe ich erst sehr viel später getroffen. Wie auch im Falle anderer Autoren hat die Tatsache, dass er in unserer heimischen literarischen Welt aufgeht, während ich nicht darin

* Tache de catifea = Tache aus Samt (Tache ist ein rumänischer Vorname). (A.d.Ü.)
** Nichita Stănescu (1933–1983), rumänischer Dichter. (A.d.Ü.)

lebe und mich eigentlich auch nicht für einen Schriftsteller halte, es nicht ermöglicht, über den aufrichtigen gegenseitigen Respekt hinauszugelangen. Agop trug sein ewiges braun gepunktetes Sakko. Sein Schnurbart verlieh ihm eine unverwechselbar levantinische Note, die mir stets eine Seite aus »Alle Segel gebläht!« ins Gedächtnis ruft: jene, in der Anton Lupan an einem Donauhafen einen Händler trifft: »Ich bin Agop, Agop aus dem Bazar!«, stellt sich der Armenier vor, der dann sogleich, wenn ich mich nicht täusche, von Jeremia in Empfang genommen und um sein Geld erleichtert wird.

13

In diesem Meer von Menschen war es nicht leicht, auch die anderen zu identifizieren – zu diesem Empfang waren mehr als vierhundert Gäste gekommen! *Di granda*, wie man so sagt. Durch allerlei Unbekannte mich von einer Gruppe zur anderen begebend, schnappte ich hin und wieder eine bekannte Grimasse auf, ein bekanntes Winken mit der Hand. Ich erkannte die Leute eher anhand ihres Gehabes, an ihrer Gestikulationsweise, am Glanz ihrer Augen in der Menge als an den tatsächlichen Gesichtern. Sieh an, da ist Vişniec*, sagte ich mir, als ich aus den Augenwinkeln heraus ein bärtiges Profil aufschnappte. Und ich erinnerte mich plötzlich daran, wie ich ihn vor fünfundzwanzig Jahren mal besuchte, um mir von ihm Musik zu überspielen. Er wohnte in einem Kämmerchen

---

* Matei Vişniec, geb. 1956, rumänischer Schriftsteller, lebt in Paris. (A.d.Ü.)

im Kellergeschoß eines alten Wohnblocks im Zentrum von Bukarest. Um in sein Zimmer zu gelangen, musste man durch einen finsteren Gang mit gewaltigen Rohren an den Wänden, mit Kesselräumen, Kohlehaufen, Schaufeln und Rattengift in den Ecken ... Wir saßen auf dem Bett, und während John Lennon aus Leibeskräften sang »I don't believe in Jesus, / I don't believe in Hitler, / I don't believe in Beatles« (denn wir überspielten die Musik direkt, ohne Verbindungskabel, hatten lediglich die Kassettenrecorder nebeneinander gestellt), redeten wir stundenlang über Poesie, die damals nicht bloß unser gesamtes Leben ausmachte, sondern alles war, was jemals von der Inspiration eines Dichtergottes geschaffen worden war. Matei schrieb nur Gedichte und dachte damals schon daran, aus Rumänien wegzugehen, ihm war bewusst, dass sich noch niemals ein rumänischer Schriftsteller durchsetzen konnte, der in seinem Land geblieben war. Er hatte recht. Auch aus meiner Generation sind die Intelligentesten und Mutigsten weggegangen. Wir anderen sind geblieben, um gegen die nationale Misere zu kämpfen, bis über beide Ohren haben wir uns in diesen Morast begeben, manch einer hat sich umgebracht, andere haben die Literatur aufgegeben. Ich ging auf Matei zu, wir umarmten uns und wechselten ein paar Worte. Stattlich und elegant, mit kupferbraunem Bart und der Ruhe dessen, der in seinem Leben etwas geleistet hat. Matei sah wahrhaftig wie ein französischer Dramatiker aus, wie jemand, der diese Jahrzehnte, in denen wir uns von einem Missstand zum anderen geschleppt haben, in Würde zugebracht hat.

Ich traf auch meinen Freund Tudor Banuş, der meinen Band »Enzyklopädie der Drachen« illustriert hat, und sogleich auch Gabriela Adameșteanu. Wir küssten uns freundschaftlich, denn seit wir uns 1990 zusammen in Amerika aufgehalten hatten, in Iowa City, waren wir befreundet. Ich besitze Fotos von uns beiden auf der Brücke des Dampfschiffes *Mississippi Queen* (damals trank ich Margherita-Cocktails, nämlich Bier mit Tequila, und dann sah ich, dass sich auf dem Boden der Tequila-Flasche ein großer und blasser Kaktus-Wurm befand, der, wie es hieß, dem Getränk seinen Geschmack verlieh); wir beide beim Halloween-Umzug, bei dem die Banker der Stadt in Bären- und Feuerwehrkostümen mitzogen und Gabriela eine groteske Maske getragen hatte: Brille, eine riesige Nase und einen Schnurrbart à la Groucho Marx; wir auf einer Terrasse des Sears Towers in Chicago, damals das höchste Gebäude der Welt; wir auf dem Empire State Building ... In Iowa City waren wir nur eine kleine rumänische Gruppe, wir beide und dann noch Mircea M. Tomuș sowie Dănuț Cristea, ab und zu schloss sich noch der Adoptivrumäne Stavros Deligioris an, und zusammen verbrachten wir ganze Nachmittage in der Red-Fox-Kneipe, aßen Popcorn und tranken eine Flasche *Pitchers*-Bier nach der anderen. Ich war exaltiert, verrückt vor Glück, war meinem unglückseligen Gefängnis entkommen, war nach Amerika gelangt, das ich in den drei Indian-Summer-Monaten, die man mir geschenkt hatte, der Länge und der Breite nach durchqueren sollte. Aber all dies gehört zu einer anderen Geschichte. Bevor ich jedoch auf das Pariser Fest zurückkomme, will ich nur noch eine kleine verrückte Geschichte erzählen: Eines Abends, während Gabi im Red Fox den *Restroom* aufsuchte, überlegten wir, ihr einen Streich zu spielen, zugegeben, er war ziemlich blöd, aber nach so vielen Bieren meinten wir, das sei in Ordnung. Wir riefen die Kellnerin herbei, zahlten, und als Gabriela zurückkam, begannen wir untereinander herumzureden: »Wie wär's, wenn wir jetzt die Zeche prellten, so, auf die rumänische Art, als Andenken an uns?« »Ernsthaft, das merkt kein Mensch. Wir sitzen ganz nahe bei der Tür, die Kellnerin hat grade ihre Runde absolviert – was zum Henker, die stecken ohnehin voller Geld, da können wir keinen nennenswerten Schaden anrichten …« Gabriela starrte uns verwundert an: »He, ich hoffe, ihr meint es nicht ernst …« »Wieso sollten wir es nicht ernst meinen?«, mischte sich Dănuț ein. »Kommt, Leute, zeigen wir's ihnen. Nur ein klein bisschen Mut … Nu los, Gabi, was zum Teufel, hast du denn in Bukarest noch nie die Zeche geprellt?« »Ihr seid verrückt, merkt ihr denn nicht … Wenn die uns erwischen, sind wir erledigt …« Konsterniert musste sich die arme Gabriela der Überredung dreier Kerle stellen. Die Macht der Gruppe – die berühmte *Entourage*, die die braven Knaben korrumpiert – erwies sich auch diesmal als unwiderstehlich. Nach etwa zehn Minuten des Für und Wider, hatten wir Gabriela so weit, dass sie sich mit uns von ihrem Stuhl erhob und – das Herz flohklein – durch die Kneipentür schritt. Draußen, unter den Sternen und den kreuz und quer durch den Himmel strebenden Flugzeugen – ich habe nirgendwo sonst derart hohe Himmel und mehr Lichter sich zwischen den Sternen bewegen gesehen wie in Amerika –, sagten wir ihr, dass wir alles bezahlt hatten, dabei wälzten wir uns schier vor Lachen, dass unsere Zechprellerei bloß ein Scherz gewesen sei … Hätte sie es vermocht, dann hätte Gabriela uns damals erwürgt. Ein paar Tage lang wollte sie keinen von uns mehr sehen. Nachdem wir uns für diese bescheuerte Episode entschuldigt hatten, zogen wir einträchtig weiter durch jenes berückende, faszinierende Land, das nicht einmal *Forrest Gump* in all seinen Schönheiten zu zeigen vermochte.

Das traurigste und überraschendste Ereignis, das uns kurz vor unserer Rückkehr widerfuhr, hatte mit Ioan Petru Culianu zu tun, den wir beide in Chicago besuchen wollten. Wir waren schon einmal zusammen mit Matei Călinescu dort, Mircea Eliades Witwe hatte uns in dem Haus empfangen, in dem alles noch an ihn erinnerte, wir hatten eine phantastische Impressionisten-Ausstellung gesehen, waren auf den Sears Tower gestiegen, aber Culianu hatten wir nicht treffen können, er war nicht in der Stadt. Nun wollte Gabriela ein Interview mit ihm machen. Ich stand vor der Wahl, mit ihr nach Chicago zu fahren oder New Orleans zu besuchen, wo eines meiner poetischen Idole lebte, Andrei Codrescu. Es gelang mir, mit Petru Culianu – das einzige Mal in meinem Leben – am Telefon zu sprechen, aber ich entschied mich für New Orleans. Gabriela jedoch reiste mit der gleichen Beharrlichkeit, die sie in aller Herrgottsfrühe aufstehen und zu den Englischkursen eilen ließ, ja mit der sie alles betrieb, was sie sich vorgenommen hatte (jenseits des verwirrten Eindrucks, den Gabriela mitunter erweckt, hat sie eine Kraft, die man nicht unterschätzen sollte), und machte mit Culianu das letzte Interview, das er in seinem Leben geben sollte. Wenige Tage danach war der junge Spezialist für die Geschichte der Religionen tot, und zwar erschossen in der Toilette der Universität, an der er lehrte. Bis heute gibt es keinen plausiblen Grund für diesen Mord. Einen Tag nach seinem Tod erreichten mich mit der Post zwei seiner Bücher, die er noch signiert hatte: »La collezione di smeraldi« und »Les gnoses dualistes d'Occident«.

14

Das Fest ging immer noch weiter; Gläserklingen und der Lärm der dazugehörenden Gespräche, der Abend schritt voran, die Gestalten gerieten durcheinander, verwechselten sich, die kleine rumänische Welt aus Paris war vollzählig erschienen, scharf auf *nouvelles* aus dem fernen Ländchen … Verlegen ging ich von einer Gruppe zur anderen, ohne dass ich in der Lage gewesen wäre, mir ein Bild zu machen, war in meinen Augen wie in denen der anderen ein Niemand, wie stets, ein Mann ohne Gesicht, ohne Eigenschaften, der nichts besaß, das er jemandem hätte zeigen können. Ohne eine Person, die ich hätte spielen können. Hin und wieder erkannten mich die Leute, kamen auf mich zu, wir wechselten ein paar Worte, aber war ich in ihren Augen etwas anderes als der Autor von zwei, drei Büchern, die ich schon vergessen hatte? Wanda Mihuleac umarmte mich, wir waren alte Freunde, hatten mal zusammen eine Art Happening veranstaltet. Damals, in den Tiefen der Zeit, als ich mich, wie Urmuz* gesagt hätte, aus fünfundzwanzig Jahren, neunundvierzig Kilo und einem Schnauzbart zusammensetzte, waren wir mit einer

* Urmuz (1883–1923), eigentlich Demetru Demetrescu Buzău, avantgardistischer rumänischer Prosaschriftsteller. (A.d.Ü.)

großen verspiegelten Kugel durch die Stadt spaziert, wie eine überdimensionierte Quecksilberkugel, in der sich je ein Stück Stadtlandschaft mit ineinandergepferchten Formen und Farben zusammenfügte: der dreieckige Galați-Platz, die abgestellten und auf den Gleisen zusammengebrochenen Dampflokomotiven am Bahnhof Basarab, eine Zigeunerhochzeit auf der Buzeşti ... Ich hielt die Kugel in den Armen, und Florin Iaru fotografierte mich an den verkommensten und kitschigsten Orten jenes unvorstellbaren ceauschistischen Bukarest, dann gingen wir mit Wanda zu ihm nach Hause, in die Făinari, wo er seine Bilder selber im Badezimmer entwickelte, im malerischen Durcheinander eines Amateur-Fotoateliers, sodass unsere Fotos mit der Kugel schließlich gleich beim Eingang der berühmten Ausstellung »Der Spiegel« aufgehängt wurden, dem Schwanengesang der freien Kunst jener Jahre einer versteinernden Tristesse. Während die Bilder in ihrem Rotlichtbräter garten, erzählte uns Wanda mit besonderer Verve ein paar Episoden aus ihrer so seltsamen Kindheit, die sie zu großen Teilen eingezwängt in komplizierte orthopädische Apparate zugebracht hatte. Wanda habe ich sehr gerne, immerzu sagte ich mir, wenn es auf der Welt ein Wesen wie sie gibt, dann gibt es noch Hoffnung. Deshalb will ich ihr jetzt nicht ihre Geschichten klauen, obwohl ich mich bestens daran erinnere. Vielleicht schreibt sie mal darüber.

Dann erblickte ich Petrică Răileanu, dem ich vor einem Jahr zufällig in München begegnet war, nachdem wir uns zwanzig Jahre vorher zum letzten Mal in Bukarest gesehen hatten, und – welch eine Überraschung – eine meiner ehemaligen Studentinnen, die nach Frankreich emigriert war und einen Franzosen geheiratet hatte. Dieses etwas klein geratene Mädchen schob inmitten dieser vierhundert Personen in der riesigen Halle einen Kinderwagen vor sich her, in dem ein Kleinkind lag, ein etwa einjähriger Knabe, der seine großen, weit aufgerissenen Augen umherschweifen ließ. Während ich mit ihr sprach, fragte ich mich immerzu, ob sie dort glücklich war, unter den Fremden, fern der rumänischen literarischen Welt, in die sie sich vor ihrer Emigration hatte integrieren wollen. Vor Zeiten, als ich das Seminar mit ihrer Gruppe abhielt, war dieses Mädchen eines Abends allein zurückgeblieben, alle anderen hatten schon ihre Jacken zugeknöpft, sich die Schals um den Hals gebunden und den Nachhauseweg angetreten. Sie war zum Katheder herangekommen, wo ich meine Papiere einsammelte und in der Mappe verstaute, und hatte mir ein Zettelchen überreicht, dann war sie hinausgeeilt. Mir schmeichelte die Vorstellung, eine Studentin habe sich in mich verliebt (was nichts Besonderes war, es geschieht immerzu und beinahe allen jüngeren Professoren. Das Gesetz der großen Zahl. Wenn man etwa zweihundert Mädchen in der Vorlesung sitzen hat und ein weiteres Hundert im Seminar, gibt es in jedem Jahrgang eine, die auf seltsame Gedanken kommt), entfaltete ich den Zettel und musste während des Lesens herzhaft lachen, enttäuscht, aber auch höchlichst entzückt. Da stand nämlich: »Herr Professor, wenn ich mich für eine Beziehung zu Ihnen entscheiden sollte, so hätte ich Sie weder gerne zum Liebhaber noch zum Ehemann. Ich wünschte mir nur, dass Sie mein Vater wären!« Und die Unterschrift. »Geschieht mir recht«, sagte ich mir, während sich meine romantischen Gedanken im abendlichen Nieselregen verflüchtigten. Einige Jahre später hatte mich meine ehemalige Studentin, mittlerweile war sie nach Paris gegangen, während eines Urlaubs in der alten Heimat nochmals an der Fakultät aufgesucht. Sie schenkte mir ein Päckchen »für Gabriel«, der eben geboren worden war, und sagte, es sei ihre wertvollste Kindheitsreliquie. Zuhause habe ich das Päckchen geöffnet und darin ein uraltes chinesisches Blechspielzeug vorgefunden, eine Lokomotive, die einst mit jenen riesigen Batterien betrieben wurde und nach Salmiak roch. Auf das verzogene Blechfenster hatte man den Maschinisten gemalt, und alles war dermaßen alt und von den Händchen des ehemaligen Mädchens poliert, dass es tatsächlich wie ein überaus wertvoller und unbekannter Gegenstand wirkte, der wie Borges' blauer Kompass aus irgendeinem Tlön, Uqbar oder Orbis Tertius in unsere Welt gelangt war … Sodass ich nun, da ich sie in dem Land ihrer Wahl wiedersah, großes Zartgefühl für dieses Mädchen mit den traurigen Augen empfand, das mit dem Kinderwagen zu diesem Empfang gekommen und mitsamt Kind, vereinsamt und von niemandem beachtet, bis nach Mitternacht geblieben war. Als eine, die ihrer Identität verlustig war, unfähig, jemand zu sein und etwas zu bedeuten, kam sie mir hier wie eine Art Schwester vor, die sich wie ich in diese enorme Welt verirrt hatte.

Der gleiche Bus, der uns zum Empfang gebracht hatte, fuhr uns spät nach Mitternacht wieder zurück zum Hotel. Alle waren wir müde und kreideweiß nach diesem schier endlosen Tag. Dann erst begegnete ich auch Ion Mureșan*, mit

* Ion Mureșan, geb. 1955, rumänischer Dichter. (A.d.Ü.)

dem ich bald schon durch den Süden Frankreichs ziehen, die Pyrenäen sehen und vom Bürgermeister eines fröhlichen Winzerstädtchens eine Medaille verliehen bekommen sollte, Marta Petreu, fragil und mit transparenten Augen, schließlich Letiția Ilea, der ich vorher noch nie begegnet war: ein zurückgezogen lebendes Mädchen, merkwürdigerweise jedoch recht umgänglich, von dem vorher noch niemand etwas gehört hatte, wiewohl sie in Frankreich vier Gedichtbände publiziert hatte. Man flüsterte sich zu, sie sei Nino Stratans Frau gewesen und habe sich vor einem Jahr von ihm scheiden lassen. Nino hatte sich kürzlich auf schreckliche Weise umgebracht, effektiv eine Blutspur hinterlassen, der Endpunkt einer lebenslangen Tragödie. Es hatte die kleine Welt der Achtziger* damals ebenso erschüttert wie Mariana Marin, die kurz zuvor gestorben war oder sich umgebracht hatte ... Opfer jenes Hundelebens im rumänischen Elend.

Im Hotel, eben in meinem Zimmer angelangt (wo ich Gott sei Dank auch meinen fehlgeleiteten Koffer wieder vorfand), klopfte jemand an meiner Tür. Es war Agop, der mir sagte, dass auch Florin Iaru mit Cecilia, seiner Frau, angekommen war und dass sie nun alle in seinem Zimmer um eine Flasche Wein versammelt waren. Auch ich ging hin und nahm die Plastikbecher aus dem Badezimmer mit. Jedes Mal, wenn wir uns in dieser Zusammensetzung trafen, benahmen wir uns wie besinnungslose Studenten in einem heruntergekommenen Heim, denen der Sinn nach einem Gelage steht. Wir

* Die Generation der rumänischen Schriftsteller, die in den achtziger Jahren mit ihren ersten Veröffentlichungen hervorgetreten sind. (A.d.Ü.)

drehten schlicht und einfach die Uhr um ein Vierteljahrhundert zurück. Agops schnurrige Stimme, die tiefe Altstimme Cecilias und Florins in den letzten Jahren weise gewordener Überschwang hatten mir schon immer bis zur Selbstvergessenheit gefallen. Erst dann, in dieser Nacht, habe auch ich mich entspannen können. Wie römische Patrizier lagen wir auf den Betten und fingen dermaßen heftig und rücksichtslos an zu lästern, dass wir uns vor Lachen buchstäblich auf dem Boden wälzten. Die Anwesenden waren natürlich ausgenommen, aber sonst entging niemand der funkelnden, so haltlosen wie unschuldigen Bosheit unserer Lästermäuler.

15

In der literarischen Welt kommt es nicht darauf an, was du bist oder tust, sondern darauf, wie du von den anderen gesehen wirst. Und dieses Bild, zumeist grotesk, immer aber falsch und ganz gewiss vereinfacht, wird dir von Freunden wie Gegnern während eines lebenslangen gemeinsamen Daseins sorgfältig angepasst. Die Mittelmäßigen sind die großen Gewinner beim Kapitel Image. Wenn man von einem Schriftsteller nur Gutes hört, wenn man feststellt, dass alle ihn wie einen Bruder lieben, kann man sicher sein, dass sich niemand vor ihm fürchtet, dass er jedem die Hand reicht, damit dieser sich großzügig zu ihm verhält, weil es ohnehin nicht darauf ankommt. Die Berufskollegen gestatten sich niemals, diejenigen zu loben, die besser sind als sie selbst oder wenigstens gleichrangig mit ihnen. Aber weil man auch loben muss, wenn man seine Glaubwürdigkeit behalten will, und nicht bloß lästern darf, werden die zu Lobenden sehr sorgfältig unter den Inoffensiven ausgewählt, unter den sanften Drechslern »ausgetüftelter Sprachzertrümmerungen«, wie Salinger sagte, während die wirklich Guten von dem berühmten *Cordon sanitaire* umgeben werden: Sei es, dass man überhaupt nicht von ihnen spricht, sei es, dass man viel, aber hinter ihrem Rücken über sie spricht (denn, wie heißt es so schön: Ich bin ein ganzer Kerl, was ich zu sagen habe, sage ich hinter seinem Rücken …), sei es, dass sie – damit sie endlich mal ihre Flausen ablegen – heftigen Schmähungen unterzogen werden.

Einmal, *by the way*, habe ich die Unvorsichtigkeit begangen, die Einladung eines völlig obskuren Fernsehsenders anzunehmen, von dem ich noch niemals etwas gehört hatte. Ich gehöre zu der Sorte Menschen, die nicht Nein sagen können. Am nächsten Morgen holte mich ein Dacia mit dem verworrenen Logo einer Fernsehgesellschaft auf der Tür ab und karrte mich quer durch die Stadt, durch die finsteren Gegenden im Süden, durch die ich noch nie zuvor gekommen war. Wir kamen nur an Krankenhäusern, Friedhöfen, einem Leichenschauhaus und an einem Kaufhaus vorbei, auf dessen Firmenschild doch buchstäblich »ASS MARKET« stand, sowie durch Straßen, in denen scheinbar keine anderen als mindestens vier Jahrzehnte alte Autos der Marke Dacia zugelassen waren. Als ich schon dachte, der Chauffeur – eine verdächtige Gestalt – werde mit dem Auto in irgendeine Lagerhalle fahren und mich am Hals packen, hielten wir schließlich vor einer marmorverkleideten Halle, auf der »Universität X« stand. Ich nenne ihren Namen nicht, und zwar aus

Respekt vor dem, was und wer Spiru Haret* einst war. Dort wurde ich von einem fragil und bescheiden wirkenden Mädchen erwartet. Sie stellte sich mir als Viorica vor. Diese Viorica schleuste mich durch ein Betonlabyrinth, denn das Gebäude war lediglich außen mit Marmorplatten verkleidet, während die Wände im Inneren aus dem rohen Stahlbeton bestanden, in dem ihre Mutter sie geworfen hatte. Als wir durch endlose Gänge kamen, in ein Kellergeschoß voller Rohre hinabstiegen und auf düstere Dachböden kletterten, erdrückend, wie im »Prozess«, hätte ich mich schrecklich gelangweilt, wenn das Mädchen nicht die ganze Zeit fröhlich geplappert hätte. Auf diese Weise erfuhr ich, dass alle beim Sender Beschäftigten Idioten seien, die Kerle, die mich sogleich interviewen sollten, kaum des Lesens fähig, jedenfalls wüssten sie überhaupt nichts über mich und mein Buch, und dass ein Teil der technischen Ausstattung zusammengeklaut sei. »Mich haben sie vor einer Viertelstunde hinausgeworfen«, setzte Viorica ihre Bekenntnisse fort. Als ich ins Studio kam, wusste ich, mit wem die Redakteurin, die mich interviewen würde, in den letzten drei Jahren ins Bett gegangen war und was sich der Redakteur in die Venen spritzte. Denn ich sollte zwischen zwei Figuren platziert werden, den Gastgebern der Sendung. Interessante Voraussetzungen für eine Live-Show mit mir, bei der ich mich würde konzentrieren müssen, um etwas Gescheites sagen zu können. »Viel Erfolg«, sagte Viorica noch und verschwand aus meinem Leben, als hätte es sie nie gegeben.

* Spiru Haret (1851–1912), rumänischer Mathematiker und Bildungsminister. (A.d.Ü.)

Damit ich mich vor dem Eintritt in die Live-Sendung etwas entspannen könne, bemühte sich das Mädchen, das es in den letzten Jahren mit einem ganzen Rudel Männer getrieben hatte, um ein bisschen Konversation: »Sagen Sie, Herr Cărtărescu, warum hasst man Sie so sehr? Jedes Mal, wenn ich mit einem Schriftsteller rede, werden erst einmal Sie beschimpft …« Diese unvermittelten Feststellungen, noch bevor sie Guten Tag gesagt hatte, haben mich zugegebenermaßen nicht gerade entspannt. Zum Glück unterrichtete mich der Mann zu meiner Rechten (der mit der Spritze in der Vene), dass er mein soeben erschienenes Buch, worüber wir in der Sendung hätten sprechen sollen, nicht hatte auftreiben können: »Weiß der Teufel, nicht einmal bei Diverta hatten sie's … Vielleicht haben Sie es ja dabei, damit wir es wenigstens den Fernsehzuschauern zeigen können. Und à propos, diese Enzyklopädie, ist das eine über Götter oder Drachen? Damit ich weiß, wie ich sie vorstellen soll …« Aber der in jeder Hinsicht unschuldige Knabe konnte nicht mehr unterrichtet werden, denn plötzlich waren wir auf Sendung, und das Mädchen, das in den letzten drei Jahren etc. etc., hatte mit einem strahlenden Lächeln losgelegt: »Herr Cărtărescu, Sie sind ja einer der beliebtesten rumänischen Schriftsteller …«

So etwa verhält es sich mit der Liebe und dem Hass unter den Schriftstellern. Man kann nicht wissen, wer was davon in die Welt setzt, ebenso wenig, wie man wissen kann, wer die Witze erfindet. Das Bild jedes Einzelnen wird permanent zwischen Gruppen und Individuen verhandelt, als verfügten alle zusammen über eine große gemeinsame Leinwand, auf der jeder sich an den Konturen deiner Ohren beteiligen kann, der Form deiner Augen, dem Ausdruck deines Mundes, wo der eine wegwischt, was andere gemalt haben, andere Linien hinzufügt, andere Farbkleckse, bis sich die Karikatur in vollendeter Scheußlichkeit darbietet, ein kollektives Werk, sehr viel ausdrucksstärker, als du es je warst. All dies geschieht mündlich, ist im Fluss, wird verwirbelt, ein Gewebe aus Klatsch und Tratsch, Verleumdungen und Kolportagen, das dir schließlich nur noch auf die Weise gleicht, wie die mit Nadeln gespickten Voodoo-Puppen jenen gleichen, die diese Stiche in ihren Herzen oder Lebern spüren sollen. Dieses dermaßen schön gemalte Bild wird auch den kommenden Generationen übermittelt, damit die Kleinen nicht etwa in ihrer Ignoranz verharren und unschuldig zu lesen beginnen, so wie sie ausländische Autoren lesen.

»Nun gut, letztlich bleiben die Bücher«, versuchst du dich gedemütigt selbst zu trösten, nachdem du übler einzustecken hattest als gewöhnlich. Ein schwacher Trost. Es stimmt schon, nach dem Tod konkurrierst du nicht mehr mit den Lebenden, aber du interessierst sie auch nicht mehr. Du bist gegangen, also bleib, wo du bist, mit all deinen Büchern. Die blödsinnigste Illusion ist die Annahme, die Nachwelt sorge für Gerechtigkeit. Die Zahl der Analphabeten und Schwachköpfe nimmt mit der Zeit nicht ab, sondern zu. Warum sollte die Literaturkritik da eine Ausnahme machen? Ich fürchte, es werden Generationen kommen, die nicht einmal so viel begreifen werden, wie sich die Heutigen zu verstehen einbilden. Gestern noch spuckten sie in der Straßenbahn, und morgen werden sie auf den Fußboden des Raumschiffs spucken. Gestern beschimpften sie Caragiale,* morgen schon beschimpfen sie alles und jeden, bevor sie alle in irgendeinem Second Life verschwinden.

Sie, aber was geht uns das an? Mögen sie bleiben, wo sie sind. Wir fühlten uns vorläufig recht glücklich und malten uns all diejenigen aus, die nicht in dem Raum mit den roten Tapeten dieses Pariser Hotels anwesend waren, in dem zwölf rumänische Schriftsteller einquartiert waren, um am nächsten Tag über ganz Frankreich auszuschwärmen. Selbst noch der lässlichste Tratsch, den damals Agop, Florin oder ich selbst von uns gaben – habe ich je behauptet, ein Cherub zu sein? –, hätte Ihnen die Haare zu Berge stehen lassen und dazu geführt, dass Sie entweder keinen der davon Betroffenen je wieder gelesen hätten oder keinen von uns. Phantastische Geschichten, die nicht einmal wir selbst glaubten, aber wir gaben sie immer wieder zum Besten, denn ... wir sind Menschen, und der Mensch muss auch mal lästern, scheinheiliger Leser, nicht wahr?

16

Jenseits der liederlichen Lästereien jener Nacht, in der schließlich der Rauch in Agops Zimmer so dicht war, dass man ihn mit dem Messer hätte schneiden können, jedenfalls konnten wir uns darin bei unserem Rotwein aus Plastik-

* Ion Luca Caragiale (1852–1912), rumänischer Schriftsteller, gilt als der bedeutendste Dramatiker rumänischer Sprache. (A.d.Ü.)

bechern kaum noch sehen, jenseits beispielsweise der phantastischen Neuigkeit, dass nach Auskunft eines Freundes zwei unserer bekanntesten Dichterinnen miteinander ins Bett gegangen seien, hat mich diese Nacht eine ganze Menge gekostet: zwei *Cassoulet*-Konserven − noch wissen Sie nicht, was das ist, aber sie werden im weiteren Verlauf dieser Geschichte noch mehr als genug darüber erfahren − zuzüglich zweier spezieller Schüsselchen zum Verzehren von *Cassoulet*. All dies habe ich bei einer Wette an Agop verloren. Ich verliere alle Wetten die ich hin und wieder die Sturheit habe, mit Agop einzugehen. Ich bin Professor für Literatur, er ist es nicht. Ich habe einen Universitätsabschluss und den Doktortitel, er hat dies nicht. Er war, wenn ich es recht weiß, Laborant in einer Chemiefabrik oder so etwas in der Art. Aber der verdammte Kerl kennt sich in der rumänischen Literatur aus, dass es kracht, den kann man nicht so mir nichts, dir nichts aufs Kreuz legen. Ich habe immer davon geträumt, ihn mit etwas hereinzulegen, aber vorerst hat er mich hereingelegt, und nicht nur in literarischen Dingen. Ich habe beispielsweise irgendwo in meinem Tagebuch, wovon bisher zwei Bände veröffentlicht vorliegen, geschrieben: »O_3, dieses Isotop ...« Nun ja, gemeint hatte ich eigentlich, der dritte Band von »Orbitor« sei ein Sauerstoff-Isotop, das heißt, metaphorisch gesprochen, für den glücklichen Leser in ein paar Jahren mehr als frische Luft ... Allerdings wurde meine Metapher durch eine Bemerkung in der Zeitschrift *Caţavencu* zerfleddert, wo Agop, Chemiker, trocken feststellte, dass O_3 kein Isotop, sondern schlichtestes Ozon sei, und die Ozonschicht in der Atmosphäre heutzutage ist durchlöchert von unserer tagtäglichen

Umweltverschmutzung. Wenn mich die literarischen Fehler in meinen Büchern deprimieren, so bringen mich die wissenschaftlichen Fehler aus der Fassung.

Und trotzdem, in jener Pariser Nacht konnte ich wieder mal nicht die Klappe halten. Ich weiß nicht, wie wir darauf kamen, wahrscheinlich vom Rotwein, den wir tranken, jedenfalls sagte Agop etwas in der Art: »Der ist gut, als hätten da zwei in der Presse über den Trauben gevögelt, wie in ›Der Wein des langen Lebens‹ von diesem ... N.D. Cocea ...« Ich will Agopian nicht zensurieren, der von Haus aus schweinisch redet, was ihm sogar gut ansteht. Ich, der ich mich auf einen Stuhl gesetzt hatte, während Florin und Cecilia es sich auf dem Bett bequem gemacht hatten, und Agopians Frau bis zum Hals unter der Decke lag, springe plötzlich auftrumpfend hoch: »Du meinst Damian Stănoiu!« Worauf Agop sehr bedenklich wird. »Wie? Wieso Damian Stănoiu? Nein, N.D. Cocea war es ... Nicht wahr?« Florin und Cecilia schwiegen strategisch. Ich aber mit größerer Gewissheit: »Nein, mit Verlaub, es war Damian Stănoiu, ich erinnere mich an das Buch, aus der BFA, der alten Serie, mit rotem Umschlag. Zwei Titel: ›Der Wein des langen Lebens‹ und noch etwas, weiß nicht mehr, was. Mein Vater hatte es in seiner Bibliothek, und ich habe es so mit vierzehn Jahren mal gelesen ...« Vater hatte tatsächlich etwa fünf, sechs ziemlich mitgenommene Bücher der Sammlung *Bibliothek für alle*: Die rumänischen Autoren hatten rote Umschläge (Stănoiu, Cocea, Slavici) und die ausländischen (Julius Fučik, Boleslav Prus, Theodore Dreiser) blaue. »Stănoiu, sagst du? Stănoiu?«, wiederholte Agop verblüfft. »Der hat doch nur über Mönche geschrieben, das kann nicht sein.« »Doch, doch«, erinnerte ich mich. Es waren zwei Titel: »Äbtissinnenwahl‹ und ›Der Wein des langen Lebens‹«, ich gab nicht auf.

Von Hrabal gibt es eine Geschichte, in der ein Schüler dermaßen überzeugt behauptet, zwei mal zwei ergebe fünf, dass der Lehrer schließlich ins Lehrerzimmer rennt, um es im Lehrbuch nachzuschlagen. So verhielt sich nun auch Agop. Die lebenslange Überzeugung, »Der Wein des langen Lebens« stamme von N.D. Cocea, begann zu bröckeln. Beunruhigt klammerte er sich an die Blicke der anderen, suchte bei seiner beinahe schon eingeschlafenen Frau nach einer Bestätigung … »Weiß der Teufel, vielleicht hast du recht … Schau, weißt du was, lass uns wetten … um eine Flasche Whisky … Mir tut es nicht leid, wenn ich die Wette verliere, soll er doch seine Mutter in den Hintern … Ich sage trotzdem, es war N.D. Cocea …« »Du wirst verlieren, Alter«, sagte ich, hundertprozentig von meinem Damian Stănoiu überzeugt, und wir schlossen die Wette ab. Kurzum, ein paar Tage danach konnte Florin, der seinen milchweißen Apple-Laptop mitgenommen hatte, das im Internet überprüfen. Und es war, als wäre ich aus einem Traum erwacht: »Der Wein des langen Lebens« war eine Geschichte von N.D. Cocea, woran es nicht die Spur eines Zweifels gab. Was, du lieber Gott, hatte mich so sicher sein lassen? Natürlich eine täuschende Erinnerung: Beide Bücher sahen gleich aus, rot wie das von der Arbeiterklasse vergossene Blut, waren sie für mich völlig uninteressant und standen deshalb unnütz in der Bibliothek herum, die mein Vater, damals Schmied bei den Bukarester Verkehrsbetrieben, sich aufzubauen begonnen hatte. Über diese äußerliche Gleichheit legte sich noch das Bild des überzeugten Sozialisten Cocea, was meiner Ansicht nach mit einer dermaßen freizügigen Geschichte wie jener von der Traubenpresse überhaupt nicht zu vereinbaren war. Andererseits hatte ich den Eindruck, der unernste Stănoiu sei eher leicht angeekelt gewesen von dem Wein, in dem jener Bojar und die Zigeunerin gevögelt hatten – wenn mir mein Gedächtnis nicht wieder einen Streich spielt. Agop besaß den Großmut, nicht zu triumphieren, jedenfalls nicht sichtlich, und die Whisky-Flasche nicht an Ort und Stelle zu fordern. Sehr viel später, gegen Ende der französischen Reise, als ich in den Besitz der *Cassoulet*-Konserven und der Töpfchen geraten war, dachte ich, dem Gourmet Agopian könnten weiße Bohnen mit Entenkeulen darin – um das rätselhafte Wort aufzuklären – mehr Freude bereiten als eine schlichte Flasche Teacher's. Und so war es auch.

Nach so viel Wein des langen Lebens strebte ich recht breitspurig meinem Bett entgegen (um es gleich einzubekennen; schließlich könnte ich ja auch die Müdigkeit an Ende eines schier unaufhörlichen Tages vorbringen); unsicher eine Etage hinabgestiegen, war ich nun wieder in meinem Zimmer mit den roten Tapeten, Vorhängen und Überzügen. Ich schaltete den Fernseher ein, der wie in allen Hotelzimmern irgendwo oben nahe der Zimmerdecke hing, und begann im Bett liegend in der Dunkelheit herumzuzappen, die plötzlichen Lichtexplosionen, gefolgt jeweils von einem schwarzen Bildschirm, blendeten mich. Ich zappte etwa drei Stunden lang herum, wie ich es immer mache, wenn ich aus meinen Gewohnheiten gerissen, von den Menschen, die ein Teil meiner selbst sind, getrennt und an einen fremden und erdrückenden Ort verbracht werde – in eines der Hunderten Hotelzimmer, in denen ich schon war und die immerzu gleich waren, deprimierend und abstoßend –, wo ich nicht einmal einen Hauch von Wirklichkeit mehr vorfinde, die ich mir ansonsten umstandslos aneigne. In der Hölle braucht man keine Qualen, Schreie, Kessel mit geschmolzenem Pechruß und andere Schrecknisse: Das ländliche Bad des Swidrigailow in der modernen Variante eines Hotelzimmers, in dem man ewig leben muss, ohne Identität, ohne Vergangenheit und Zukunft, ohne Frau, ohne Karriere und ohne Leben, es erledigt die Sache schließlich genauso gut und erheblich sauberer. Dort könntest du sogar einen Fernseher mit ein paar Dutzend Kanälen haben, bei denen du jeweils eine Minute verweilst, bis du sie alle durchgenommen hast: Nachrichten, Sport, Fashion, Politik, Tiere, Feten, Zeichentrickfilme, und dann wieder von vorne, wieder eine Minute bei jedem Programm, bis du dir die Hände vor die Augen hältst und mit schmerzenden Augäpfeln, als hätte dir jemand hineingestochen, durch die Finger schaust, mit einer inneren Leere, die größer ist als die Welt, die einzige tatsächlich beängstigende Höllenqual. Ich schlief gegen Morgen bei laufendem Fernseher ein, und als ich aufstand, packte mich eine erdrückende Traurigkeit: Die Reise begann eben erst. Ich würde von Hotel zu Hotel irren wie Odysseus von Insel zu Insel, noch fast zwei Wochen lang, fernab von Ithaka und meiner lieben Penelope.

17

Und am nächsten Tag – nun ja, ich kann es nicht endlos hinauszögern – begann die lange Reise. Ebenso wie Jesus in den glücklichen Evangelienzeiten die siebzig Jünger paarweise aussandte, in Judäa zu predigen, und ihnen riet, keine zweite Garnitur Kleider, auch kein zweites Paar Schuhe oder etwa einen Geldbeutel mitzunehmen, auch sollten sie sich nicht im voraus überlegen, was sie den Leuten sagen wollten, denn nicht sie selbst, sondern der Heilige Geist werde aus ihnen sprechen, genau so haben die Franzosen auch uns paarweise aufgereiht, je zwei, die sich an der Hand hielten, Jungs mit Jungs und Mädchen mit Mädchen, damit es – Gott bewahre! – auf den fernen Weiten des großen Hexagons nicht zu einem Unheil komme. Nur dass wir, die wir unsere Koffer im Hotel ließen, wohin wir nach jeder Eskapade geläutert zurückkehrten, unsere Umhängetaschen mit einem Schlafanzug und der Zahnbürste mitnehmen durften, das war's etwa, die Schecks nicht zu vergessen, die uns schon zu Beginn ausgehändigt worden waren und mit denen ich zum Ende der Reise mein übles Missgeschick erleben sollte.

Ebenfalls im Unterschied zu den christlichen Jüngern stellten wir im Verlauf und insbesondere bei den Begegnungen mit dem Publikum fest, dass, obwohl wir uns bemüht hatten, bevor wir zu reden begannen, an nichts zu denken, der Heilige Geist uns nicht seine weisen Worte in den Mund gelegt hat: Wir sprachen weiterhin unser lausiges, gottserbärmliches Französisch. Stimmt schon, wir hatten auch Dolmetscher, aber das sind dann wieder andere Geschichten, die hammerhärteste werde ich erzählen, wenn wir nach Castelnaudary gelangen.

Der erste Weg, so hatte es sich gefügt, führte uns nach Le Havre, in eine Stadt, über die ich nichts wusste (vielleicht ein paar Geschichten mit einer Belagerung und Musketieren), und über die ich bei meiner Rückkehr noch weniger wissen sollte. Ich besitze kein Tagebuch jener Zeit in Frankreich, weil ich keine Lust hatte, etwas in das Heft zu schreiben, das ich wie stets bei mir hatte. So kann ich mich nicht einmal daran erinnern, ob wir mit dem Zug nach Le Havre gefahren sind oder mit einem Kleinbus. Fragt lieber Dan Lungu, der ist jünger als ich und hat vielleicht ein besseres Gedächtnis. Denn er war mein Weggefährte auf dieser ersten Strecke der schönen Fremden, die wir waren – um nicht von »verrückten Jungfern« zu sprechen. Ich erinnere mich nur noch ungefähr, dass wir uns in einem Außenviertel von Paris trafen, ich glaube, er wohnte dort bei einem Freund, denn auch er war nicht aus Bukarest gekommen, sondern befand sich mit einem Stipendium in Paris.

Ich habe vergessen zu sagen, dass es zu der Zeit war, als ein paar verkommene junge Leute sich die dumme Gewohnheit zugelegt hatten, in den Banlieues Autos anzuzünden, worüber dann wiederum sie selbst sich aufregten und mit der Polizei herumprügelten. Schaute man damals unser Fernsehen, so hätte man schwören können, Paris stehe in Flammen, es herrsche Revolution, Anarchie, Delirium … Unsinn, es herrschte eine solche Stille und solcher Frieden in jener berühmten Banlieue – nach der Presse die gewalttätigste –, wie du sie bei uns niemals antreffen wirst, nicht einmal in

Cotroceni. Das gleiche geschah mir, als ich vor ein paar Jahren in Belfast war. Ich gebe zu, ich hatte ziemliche Angst, an diesen Ort zu reisen, an dem – geht man nach den Medien – einem die IRA mir nichts, dir nichts einen Gewehrlauf unter die Nase hält oder einen unschuldig in irgendeinem pittoresken Café in die Luft sprengt. Belfast aber war idyllisch: ein goldener Ansichtskarten-Herbst, eine Stille, in der nur die Zikaden vernehmlich waren und hin und wieder ein paar Autoreifen. Dann setzte ein ebenfalls goldener Regen ein, wie in der Kammer der Wünsche in »Stalker«, sodass wir in einer Kirche Zuflucht suchten und einem evangelischen Gottesdienst nach einem mir unbekannten Ritus folgten.

Es war wie bei einer Gewerkschaftssitzung. In einem viereckigen leeren Saal saßen auf den Stühlen ein paar Dutzend Leute in Straßenkleidern. Der Pfarrer trug Jeans und ein kariertes Hemd und wirkte wie ein verspäteter Student. Mit der Präzision eines Meisters, der den Arbeitern morgens auf der Baustelle die Arbeit anweist, redete er von den heiligen Dingen. Als sein Blick auf unsere kleine, vom Regen durchgeweichte Gruppe fiel, fragte er uns, woher wir kamen und danach auch gleich, welche Religion wir hatten. »Greekorthodox«, antworteten wir mit leutseligem Grinsen. Worauf er zweifelnd: »Aber ... ihr glaubt schon an Jesus, nicht wahr?« Ich hatte größte Lust ihm zu antworten: Ja, nur hat er bei uns acht Arme. Ich habe mich jedoch beherrscht, manchmal wird die Ironie nicht recht verstanden und umso weniger gut aufgenommen.

In jener berüchtigten Banlieue passierte rein gar nichts. Auch war sie keinesfalls so verdreckt, wie die Zeitungen sie beschrieben. Und die »verzweifelten« Jugendlichen »ohne Zukunft und ohne Arbeitsplätze« zogen in Kleidern von »Esprit« und die Ohrenstöpsel ihrer iPads in den Ohren an uns vorbei. Weil man so Geschichte schreibt. Dan Lungu ist ein ernster Bursche, Soziologe und Schriftsteller aus Iaşi, mit Schnurrbart und dem aristokratischen Vergnügen, zu missfallen. Eines seiner Bücher heißt »Kollekte zum Phlegma« und ein anderes »Das Hühnerparadies«, sein letztes »Die rote Babuschka«. Wenn ihr Novalis sehr mögt und Chopin hört, bis die CDs kaputt sind, hat es für euch keinen Sinn, ihn zu lesen. In den acht Minuten, die er in dem Film des Franzosen über die rumänischen Schriftsteller hat, spricht er drei- oder viermal das Wort »Kotze« aus, dabei lächelt er die ganze Zeit über heiter und wirkt, als zitiere er aus »Sein und Zeit«. Ansonsten ist er ein guter Junge, einer von uns. Ich hatte ihn nicht gekannt, sodass wir uns im Zug, im Auto oder was auch immer uns nach Le Havre gebracht haben mochte, angenehm über allerlei literarische Angelegenheiten unterhielten.

Wir kamen bei Regen, Dunkelheit und schrecklicher Kälte in Le Havre an, und weil wir nur den einen Abend blieben und schon im Morgengrauen wieder nach Paris abhauten, wird der besagte Hafen für mich immer so bleiben. Zum Glück empfing uns dort ein schönes Mädchen, eine unserer Rumäninnen, die uns in ihr eigenes Auto packte und dahin brachte, wo wir uns produzieren sollten, ein Café mit dem schönen Namen »Les yeux d'Elsa«. Der Name stammte, so erklärte man uns, vom Titel eines berühmten (so berühmt, dass wir noch niemals davon gehört hatten, aber, nun ja, dies könnte man auch mit »njet kultura« erklären) Gedichtes von Louis Aragon. Als Dan von Aragon hörte, sprang er hoch: »Aha, die kennen wir, diese Barbusse, Aragon, Éluard, die Kaviarkommunisten mit Villen an der Côte d'Azur, die das Elend der armen Arbeiter beweinen ...« Und dann, in einem Augenblick höchster und entschiedenster Inspiration: »Ich hätte das Café ›Les yeux de Marx‹ genannt!« Und von da an nannten wir es nur noch so.

Bis wir zum Café gelangten, gingen wir durch schwarze und nasse Durchgänge und Gässchen. Jenes schöne Mädchen unternahm einen schüchternen Versuch, uns das Meer voller Schiffe zu zeigen, aber bei diesem Regen (und mit Dan Lungu an der Seite) fühlte ich mich in jenen Augenblicken nicht romantisch genug. Schließlich erreichten wir das Café. Auf das Firmenschild über dem Eingang waren buchstäblich Elsas Augen gemalt worden, zwei hypnotische Augen, die einen anzustarren und festzunageln schienen. Wir traten ein, troffen vor Regen wie Hunde, die Schwänze zwischen den Beinen. Drinnen war es, wie Hemingway sagte, »ein sauberer und gut beleuchteter Ort«, eine Garnitur von Gymnasiastinnen und Studentinnen, offensichtlich allesamt und bis in ihr tiefstes Inneres hinein Rumäninnen, die uns bis über beide Ohren lächelnd erwarteten.

18

So ziemlich überall, wo wir unsere Schritte hinschleppten, begegneten wir solch aufgewühlten Grüppchen: rumänische Studentinnen an allerlei Fakultäten, denen es darum ging, zu sehen und gesehen zu werden und in das billigste deiner hier ausgelegten Bücher oder schlicht und einfach auf ein Blatt Papier ein Autogramm zu bekommen, doch vor allem kam es ihnen darauf an, sich zum Schluss mit dir fotografieren zu lassen, nach dem unvermeidlichen Gerede, das sie stoisch ertragen hatten. Sie besetzten die engen Buchhandlungsräume oder Cafés in untereinander schier verklebten Grüppchen, wie Polypen mit auf dem Meeresboden flatternden Mähnen. Ihr entgegenkommendes Lächeln, das extra dafür eingeübt schien, ein paar werbewirksame Colgate-Zähnchen zu entblößen, erstarb ihnen auch bei den grausamsten Enthüllungen nicht, mit denen die Schriftsteller, allesamt Sadisten, sie zu erschrecken versuchten.

Einmal war ich bei einer Art Literaturfestival irgendwo im Norden des Landes, in einem Städtchen mit gebrannten Dachziegeln und Turmuhren. Es war zu den Hundstagen mitten im Sommer, sodass die Türen des Kulturheims zum eingestaubten Grün der Straße hin geöffnet blieben. An einem mit rotem Tuch – das Blut der Arbeiterklasse – bedeckten Tisch saßen wir, etwa sechs, sieben Schriftsteller, und im Saal – ein paar Mädchen von der Art, wie ich sie in ihren allgemeinen Zügen soeben beschrieben habe. Alle lächelten vage, wie die Cheshire-Katze, unabhängig davon, ob der Gegenstand der von uns gelesenen Geschichten nun komisch, tragisch, textualistisch, modernistisch oder dadaistisch war. Das Wasser floss ab, die Steine blieben. Die Hunde bellten, die Karawane zog weiter. Was für Sprichwörter passten hierher und auf diese Situation? Ich weiß nicht, aber in einem bestimmten Moment war es auch mir zu viel.

Unter uns befand sich auch eine klein geratene Schriftstellerin mit enormen Brüsten, die auf endlos sich wiederholende Varianten von Kopulationsszenen spezialisiert war. Eigentlich war ihre gesamte Prosa bloß eine Stickerei um den schlichten und kräftigen Akt des Reinsteckens. Auch an jenem Provinznachmittag machte sie keine Ausnahme. Ihre Prosa beschrieb eine *Fucking-and-sucking*-Party, an der (Zufall?) eine klein geratene Frau mit enormen Brüsten und so ein, ja, mediterraner Typ beteiligt waren …

Die dumme Seite war, dass inmitten ihrer Beschreibungen, so anschaulich wie irgend möglich (»da packte ich seinen … und er legte mich flach … ich spreizte meine … da stieß er hinein … etc. etc.«), vom oberen Ende der Straße her der unverwechselbare, stets näher kommende Klang einer Beerdigungsfanfare zu hören war, dann konnte ich durch die offenen Türen die Popen sehen, die Kinder mit den golden bestickten Standarten, den offenen Sarg mit dem sichtbaren Toten auf einem Leichenwagen und dahinter eine endlose Schlange von schwarz gekleideten Verwandten und Bekannten, die allesamt am Kulturheim vorbeizogen, ich weiß nicht, ob es eine Viertelstunde gedauert hat, aber das könnte hinkommen. Positionsstark und überzeugt von der ästhetischen Legitimität ihrer Prosa, las unsere Kollegin am Mikrofon weiter, ihre Stimme erschallte im Saal ebenso wie auf der Straße, sodass selbst die Frauen mit den schwarzen Kopftüchern, die den Leichenwagen begleiteten und sich an dessen Leitern festhielten, ihre Klagegesänge unterbrachen und den erotischen Abenteuern jenes Paares lauschten, das sich im Bett der Ausschweifungen herumwälzte. Vor Scham wären wir am liebsten im Boden versunken. Alle saßen wir mit tief gesenkten Köpfen im Präsidium, wie die Verdammten bei Dostojewski, aber der peinliche Moment wollte nicht mehr aufhören. Zwar erhob die Schriftstellerin mitunter den Blick von den Buchseiten und schaute sich um, auch schien sie zufrieden, festgestellt zu haben, dass sich ihr Publikum durch einen unerwarteten Zufluss vergrößert hatte, aber sie fuhr unverdrossen mit ihren Schweinereien fort. Die Kinder aus dem Leichenzug hatten ihren Ort verlassen, sie hingen an den Fenstern und streckten ihre Köpfe in den Saal, grinsten und schubsten sich gegenseitig mit den Ellenbogen an. Einzig bis zum Ende der Geschichte (das genauestens mit den letzten vorbeiziehenden Personen des Leichenzugs übereinstimmte) nicht zu stören waren die Mädchengrüppchen, die es anscheinend hinnahmen, philosophisch jedenfalls, dass das Leben aus Tod geboren wird und der Tod aus dem Leben, dass das Kopulationsstöhnen das gleiche ist wie jenes der Agonie, und vor allem, dass die Zeit zwischen Geburt und Tod mit einem breiten und strahlenden Colgate-Lächeln ausgefüllt werden muss.

Auf den Tischchen des »Les yeux d'Elsa« standen Dan Lungus und meine soeben in französischer Übersetzung erschienenen Bücher an einem Ehrenplatz. Welch ein Wunder, vor allem für einen jungen Autor, seine Bücher übersetzt zu sehen! Das heißt, dass nun nicht nur unsere Rumänen zu

Hause, sondern auch die Ausländer und Fremden sich an deren Weisheitsquellen nähren und den Schauder seiner großen Literatur erleben können ... Diese Euphorie, das Gefühl, plötzlich universell geworden zu sein, zugänglich für jedermann, endlich die Gefängnismauern einer kleinen Sprache und Kultur gesprengt zu haben, hat man vor allem beim ersten Buch. Endlich hat sich ein kleiner ausländischer Verlag gefunden, der dich veröffentlicht. Auch hast du schließlich mit eigenen Augen dein übersetztes Buch gesehen, es ist schöner und dicker als das rumänische Original. Ungeduldig erwartest du die Besprechungen, und tatsächlich, in den nächsten zwei bis drei Wochen werden dir Zeitungsausschnitte zugeschickt, die meisten davon sind lediglich kleine Vierecke mit einem Foto des Buches und zwei Sätzen darüber, gewöhnlich die vom Rückumschlag. Dann: Psssss ... folgt nichts mehr, niemals. Weder Besprechungen noch Verkäufe. Einmal im Jahr erhältst du einen Bericht mit drei trockenen Zahlen, die dir beweisen, dass du aufgrund der wenigen verkauften Bücher keinerlei Vergütung zu bekommen hast. Normal: Der Verlag hat nichts für das Buch getan. Du musst sogar dankbar sein, dass er es immerhin veröffentlicht hat. Wenn du nach Paris kommst, stürzt du dich wie die Wespe ins Honigglas ins FNAC oder in andere Buchhandlungen, vielleicht, vielleicht kannst du dein Buch auf einem Regal ausgestellt sehen. Wenn du ganz großes Glück hast, findest du es schließlich im hintersten Winkel der Buchhandlung auf dem letztmöglichen Regalbrett unmittelbar über dem Fußboden und unter einer Inschrift, die besagt: »Slawische Literaturen«, wo die drei bis vier rumänischen Bücher mit den drei bis vier ungarischen Büchern bestens kohabitieren, denn die tatsächlich slawischen Bücher stehen unter der Überschrift: »Russische Literatur«. Letztlich besteht der einzige Vorteil, den man von einem übersetzten Buch hat, darin, dass man es sich in die Publikationsliste eintragen kann. Von da an werden deine Kollegen dich hassen, folglich wird deine literarische Quotierung steigen, aber nicht in der Ausländerei, wie du gehofft hattest, sondern lediglich in deinem Ländchen voller Gestalten, die glauben, dass dir mit der Übersetzung der Weg zum Nobelpreis weit offen steht.

Wir kamen von Beginn an überein, dass es keinen Sinn hatte, aus den Büchern vorzulesen oder etwa Französisch zu sprechen; letztlich für wen? Nach dem Publikum jenes Abends zu urteilen, hätte man schwören können, Le Havre sei ebenso rumänisch wie Vaslui. Also haben wir uns aufs Erzählen verlegt – und das Mädchen, das uns begleitete, aufs Übersetzen –, und zwar mit dem Vergnügen, mit dem wir es auch zuhause getan hätten. Dan kam mit ein paar soziologischen Hypothesen über die Merkwürdigkeiten, die sich zu jener Zeit in Rumänien ereigneten – sehr viel weniger merkwürdig als das, was heute geschieht –, ich erinnere mich nicht mehr, was ich gesagt habe. Tatsache ist, dass wir nach den Autogrammen, die wir den Mädchen mit den strahlenden Zähnen auf Zettelchen gegeben hatten (auch hatten sie den ganzen Abend lang die Standard-Fragen gestellt: mich, warum ich die Frauen liebe, und Dan, wo das Hühnerparadies sei), traten wir in die feuchte Finsternis hinaus, die Le Havre bis zum Ende meines Lebens für mich bedeuten wird, schliefen irgendwo, der Herrgott weiß, wo – oder vielleicht erinnert sich Dan Lungu, der ist jünger –, und im Morgengrauen, es war noch genauso finster, fuhren wir mit dem Gefühl erfüllter Pflicht wieder nach Paris zurück: Die erste Reise konnte abgehakt werden.

19

Am nächsten Tag gingen wir los »*to do the city*«; eine größere Gruppe in Windjacken und Umschlagtüchern, betört von der einzigartigen Pariser Luft. Ein Foto, das Florin mit seiner Minolta gemacht hatte – um diesen Fotoapparat habe ich ihn dermaßen beneidet, dass ich mir schließlich auch eine Nikon-Spiegelreflex-Kamera gekauft habe –, zeigt uns alle nebeneinander aufgereiht auf einer Seine-Brücke. Vom Objektiv her gesehen der erste ist Agop mit der schwarzen Mafioten-Sonnenbrille und etwas Undefinierbarem in der linken Hand – ich habe das Foto stark vergrößert, bis ich sehen konnte, dass es sich um eine Rolle Mentosan handelte –, an seiner Seite Cristina, seine Frau, heiter, wiewohl die Brise vom Fluss her ihr das Haar verwirbelte. Nun folgte Cecilia, lächelnd und mit Grübchen im Kinn, dann euer unterwürfiger Diener, sehr stolz auf seine Mandarina-Duck-Tasche (die ich mir, meiner Sinne beraubt, extra für diese Reise gekauft hatte). Ich sehe bemerkenswert jünger aus als die meisten meiner Generation, denn ich habe bei meinen über fünfzig Jahren noch kein weißes Haar. Bei Mutter sind eben jetzt erst, mit Achtzig, ein paar schüchterne Fädchen an den Schläfen aufgetaucht. Mitunter werde ich auch heute noch im Foyer der Fakultät gefragt, ob ich hier studiere und in welchem Jahr ich sei (allerdings eher von einer etwas kurzsichtigeren Sekretärin). Was mir an meinem Körper noch nie gepasst hat, ist, dass ich zunehmend Vater ähnlicher werde, nicht nur dem Aussehen nach, auch meiner Stimme und meinem Verhalten nach, so dass ich einen ordentlichen Ödipus-Konflikt in mir ausgebildet habe.

Auf dem Foto folgt nun, auf die schwarzen Eisenblumen der Brückenbalustrade gestützt, ja beinahe über ihnen hängend, Ion Mureşan, Mütze und Pullover nach nationalem Modell, in der Hand eine Plastiktasche. Er hatte sich extra daraufhin fein gemacht, eine schöne Fremde in Paris zu sein, im Freudenhaus … Mury ist einer der größten Dichter unserer Gegenwart, wiewohl ich glaube, wenn man sein Werk auf die dreißig Jahre seiner bisherigen Karriere aufteilte, käme dabei heraus, dass er nicht mehr als einen Buchstaben pro Tag geschrieben hat, vielleicht sogar pro Woche. Der letzte war George Crăciun, den es nun bloß auf Fotos noch gibt und in den Erinnerungen.

Abwesend aus der Gruppe ist selbstverständlich der Fotograf, und dies war stets Florin Iaru, immerzu aufgedreht, explosiv, auch er noch verblüffend jung, der gleiche Florin, den ich so sehr als Dichter bewunderte, als wir Kommilitonen waren und zwei Jahre Altersunterschied zwischen uns enorm viel bedeuteten. Damals kommunizierten wir beinahe überhaupt nicht, und für mich war es ein Rätsel, woraus dieser Junge gemacht war, der wie eine Person aus seinen eigenen Gedichten aussah: Unter dem Hemd schien er Hebel zu haben und Kolben, Mechanismen mit Keilklinken, Orgelpfeifen (»und südlich der Hüften wie ein Mensch / allerlei und zwei Pistolen noch dabei«, würde er mir zur Antwort geben, wenn er mich jetzt hören könnte), er schien immerzu Elmsfeuer und Regenbogen zu generieren. Wie hätte es zwischen solch einem allein aus Begeisterungsschreien bestehenden Menschen und mir, einem zurückhaltenden und schüchternen Knaben ohne Persönlichkeit, der immer an der Wand entlang schlich, eine wirkliche Freundschaft geben können? Florin war damals die Verkörperung der neuen Poesie, unberechenbar und aggressiv wie John Lennon, dem er auch ähnelte wie ein Zwillingsbruder: Bart, Mähne, runde Brille. Ohnehin hielten wir, Coşovei, Iaru, Nino Stratan und ich, die wir den Band »Luft mit Diamanten« herausgebracht hatten, uns für eine Art Avatare der Beatles, deren Musik und Geschichte wir auswendig konnten. Damals dachten wir tatsächlich, wir schrieben die tollste Poesie der Welt, und vielleicht schrieben wir sie ja auch. Wir waren vier, wie die *Fab Four* aus Liverpool, waren psychedelisch wie sie, wir stellten uns vor, ebenso berühmt zu sein, und waren es in manchen Kreisen sogar. Wenn einer von uns den Saal unseres Literaturkreises in Preoteasa betrat (der Montagskreis war ein mondäner Ort, den mitunter mehr als hundert Leute besuchten), wurde es still. Bei unseren Lesungen wurde Tränen gelacht, und es gab Szenenapplaus. Wie sollte man in jenen Momenten nicht einen imaginären Gitarrenhals in den Händen spüren, wie sollte man nicht meinen, das nächste Stück wäre dann »Norwegian Wood«? Wir, die vier Fab von der Dâmboviţa, waren ein paar Jahre lang eine Truppe, vereint durch unsere gemeinsame Geschichte, durch unsere gemeinsame Poesie, durch die gleichen Interessen (leider mitunter auch mit gemeinsamen Geliebten), waren Teil einer heutzutage beinahe vollends untergegangenen Welt. Wer wird jemals die Geschichte jener Jahre schreiben? Niemand, nehme ich an. Dutzende Bewunderer der »Luft mit Diamanten« haben sich verstreut. Die zu sämtlichen Sitzungen des Literaturkreises kamen, haben sich zurückgezogen in ihre Häuser. Bei uns findest du überall Genies und Erfolg, die treten sich hier gegenseitig auf die Füße. Was man nicht vorfindet, ist die Art der Hingabe, die Eckermann Goethe gegenüber praktizierte oder Serenus Zeitblom gegenüber dem unglücklichen Adrian Leverkühn – *if this rings a bell*. Man wird niemanden finden, der die Geschichte eines anderen erzählt, der ein paar Jahre oder ein Leben lang bewundert worden ist (bin ich denn verrückt geworden, von Bewunderung bei den Rumänen zu reden?). Die dumme Seite unseres Vergleichs mit den Beatles war, dass jeder Lennon, McCartney oder wenigstens Harrison sein wollte, niemandem passte es, für Ringo gehalten zu werden … Ringo, der primitive Schlagzeuger und Alkoholiker, der sie letztlich noch alle begraben wird. Nino Stratan bewunderte George Harrison, war mystisch wie dieser, doch andererseits ähnelte ich in meiner Jugendzeit dem Autor von »Something« auf schlagende Weise. Mein Held aber war und blieb bis heute Lennon. Da nun, wie man sieht, die Dinge etwas kompliziert waren, beschlossen wir schließlich, keine zu genauen Rollenzuweisungen vorzunehmen und es bei einem generischen Vergleich zwischen beiden Gruppen zu belassen.

Es liegt hierin, jedenfalls meiner Vorstellung nach, keinerlei Übertreibung: Zu anderen Zeiten und an anderen Orten

wären wir bei der gleichen Kreativität und dem gleichen verrückten Enthusiasmus für unsere Kunst »bekannter als Jesus
Christus« geworden, wie Lennon es mal formulierte. So
aber haben wir unseren künstlerischen Traum zwischen Be-
tonblocks verlebt, unter vor Hunger und Kälte verbiesterten
Menschen, in einer Welt, die uns nicht mochte und mit unseren armen Gedichten nichts anfangen konnte. Wir trugen
sie Woche für Woche in den Literaturkreisen den Wänden
und Securitate-Spitzeln vor. In unseren psychedelischen Gedichten gab es eine phantastische und vielfarbige Welt die jener im *Gelben Unterseeboot* glich, in einer poetischen Kommu-
nion, wie es sie nie vorher gegeben hatte und vielleicht auch
danach nicht wieder geben wird, öffnete jeder von uns großzügig seine virtuellen Welten dem anderen. Ich lebte damals
nicht im Haus meiner Eltern auf der Ştefan cel Mare, sondern
in Traians Gedichten, der wiederum in den Gedichten Ninos
lebte, und dieser in Florins Gedichten, welcher in den meinen lebte. Sie verdienen erzählt zu werden, und eines schönen
Tages werde ich davon erzählen, von meinen Streifzügen mit
Traian durch das Bukarest der achtziger Jahre, durch wüste
Straßenbahnen und verfallende Bahnhöfe, bei sibirischen
Frösten und an erdrückenden Hundstagen, als wir die besten Freunde waren, die es auf der Welt geben konnte, als ich
eigentlich durch ihn erst die Welt entdeckte, die ich bis dahin, in Bücher vergraben, für eine Fiktion gehalten hatte. Ich
war damals vierundzwanzig Jahre alt und lebte in der reinsten
strahlenden Gegenwart, in der das kräftige Aroma des Ruhms
aus jedem Pflasterstein aufstieg und in seiner Sprache zu mir
sprach: »Du, der kleine und schmächtige Knabe, durch den

die Mädchen hindurchschauen wie durch Glas, wirst irgendwann ein Dichter werden, ein wirklicher Dichter, ein Dichter,
den das gesamte Universum liebt.«

Also die ewige Illusion der Jugend.

20

Wir fotografierten uns auf den Seine-Brücken, die Notre-
Dame-Kirche im Hintergrund, in den engen Gassen mit Bistros an jeder Ecke, auf malerischen Blumenmärkten, vor den
großen Buchhandlungen oder schlicht und einfach überall,
beim Überqueren der Straßen, beim Treppensteigen, beim
Warten vor einer Bank. Paris ist im November grau und melancholisch, die blattlosen Platanen an den großen Boulevards
zeigen ihre Altersflecken vor, die Drehorgelspieler mit ihren
Katzen, die auf dem Hals eines Hundes schlafen, gute, unzer-
trennliche Freunde, drehen an ihrer Kurbel und denken an
irgend etwas anderes … Du musst nicht auf den Montmartre
oder zur Kirche Sacré-Cœur gehen, damit dir Paris zu Füßen
liegt: Paris ist keine Zusammenballung von Gebäuden, sondern ein Geisteszustand, den du überall spürst, in der Luft,
in den Schneeflocken, in den wohlbekannten Panoramen mit
fünfstöckigen Gebäuden, immerzu fünf Stockwerke, nicht
weniger und auch nicht mehr. Es ist die einzige Stadt auf der
Welt, in der du dich nach kaum einer halben Stunde schon als
Einheimischer fühlst.

Folglich waren wir schon echte Pariser, als wir ins Beaubourg zum Centre Georges Pompidou gelangten, das diejeni-

gen von uns, die es noch nicht gesehen hatten, mit dem ver-
blüfften Erstaunen des Siebenbürgers betrachteten, der zum
ersten Mal eine Giraffe erblickt. Dann stiegen wir durch all
seine transparenten Röhren bis hinauf in die oberste Etage,
von wo wir durch futuristische Bullaugen sahen, was man nur
im Traum sehen kann, diese Stadt, unserem Geist ebenso fun-
damental gegeben wie die Intuition des Raumes und der Zeit,
ebenso illusorisch wie diese, ausgebreitet und gleichzeitig
kompakt und flaumig, wie eine diaphane Torte, in alle Richtungen ausgreifend, mit seltsamen Eigenheiten da und dort,
die aus dem Dunst herausragten: die goldglänzende Kup-
pel des Invalidendoms, die startbereite Raumschiffform der
Sacré-Cœur-Kathedrale mit den beiden großen Reservoirs dahinter, der abscheuliche Montparnasse-Turm und, nach Norden hin, kaum auszumachen, die Konstruktionen in Form
spitzer Kristalle von La Défense. Im Centre Pompidou sahen wir eine Dada-Ausstellung und fühlten uns gekränkt,
weil Tristan Tzara gerade einmal erwähnt wurde, dafür gab es
die Surrealisten, Futuristen, Expressionisten, nun ja, die ganze
Avantgarde – alles, was so dazugehörte. Aber wir amüsierten
uns auch: Auf einer Wand gab es drei Varianten der Mona
Lisa mit Schnurrbart, deren eine (das erfuhr man aus der daneben angebrachten Legende) von Duchamp der Kommu-
nistischen Partei Frankreichs gestiftet worden war! Geschieht
ihnen recht, sagten wir alle … Dort sahen wir auch das berühmte Gemälde-Kirchenfenster-Objekt »Braut, von ihren
Freiern entkleidet«. In einem leeren Saal kamen aus einer
Wand seltsame Geräusche und ein Nachhall. An den Wänden
waren Fotos der berühmten Avantgardisten und Surrealis-

ten, die ich dem Aussehen nach alle schon kannte: Max Ernst, Breton, Delaunay, de Chirico, schließlich, hinter einem Eckchen auch Tzara. Angeblich hat man ihm in Moineşti, wo er geboren wurde, eine Statue errichtet, und ein Journalist kam auf die Idee, die Einheimischen zu fragen, wer der Mensch sei und was der in seinem Leben so getrieben habe. Selbstverständlich wusste niemand etwas über den Jüngling zu sagen, der die Welt mit seinen verrückten Gedichtchen erobert hat: »Dada, dada / Lavez votre cerveau / Dada, dada / Bouvez de l'eau …«

In Beaubourg trafen wir uns mit weiteren Sympatrioten, so dass auch ich mit meiner in Wien erworbenen kleinen Nikon ein paar Berühmtheiten knipsen konnte: Marta Petreu vor dem Hintergund eines unvermittelt von einem Lichtstrahl erleuchteten Paris (leider hat sie auf dem Bild die Augen geschlossen, was nicht eben ein schlechtes Porträt von Marta sein muss), Crǎciun und Mury vor dem blauen Gerüst des Centre, sie haben sich bis zu den Augen in Schals gewickelt, denn es wehte ein barbarischer Wind, und vor allem Agop und Simona Popescu, ein Foto, auf das ich ganz besonders stolz war, trotz des prekären Apparats. Mehr denn je ähnelt Agop hier Garcia Márquez, er steht im Vorraum der Dadaistenausstellung auf einem lehnenlosen Drehstuhl, und hinter ihm, auf einem anderen Stuhl, sieht man Simona im Profil, äußerst vergeistigt, liest sie in einem Buch. Na also, ich verstehe mich aufs Fotografieren. Schließlich habe ich den kleinen touristischen Apparat dann doch aufgegeben, als ich in Stuttgart zur wirklichen Nikon überging. Ich erzähle Ihnen nun nicht von meiner Passion fürs Fotografieren und für

Fotoapparate, denn ich habe mich kürzlich damit amüsiert, sie ins Vorwort eines Albums über Maramureș der Gruppe »7 Tage« hineinzuschreiben, das soeben erschienen ist. Der kleine Apparat mit vier MP war trotzdem vorzüglich, er hatte nur einen Mangel: Er verzerrte die Gesichter der Porträts aus kurzer Distanz – auf dünnen Hälsen saßen Rindsköpfe, akromegalische Gesichter, als hätten die Personen an einer Bleivergiftung gelitten oder etwas Ähnlichem. Erstaunlich, dass ich in meinem Enthusiasmus für Fotos dies nicht einmal gemerkt habe.

Dann gingen wir zusammen essen, mit etwas reduziertem Budget, denn einige von uns, wenn ich mich nicht irre, Florin und Cecilia, hatten sich beim Geldwechseln in einer gelinde gesagt zweifelhaften Wechselstube reinlegen lassen. Wir fanden ein Bistro in der Nähe der Notre-Dame und zwängten uns um einen Tisch, wo jeder so sein Französisch, mal war es etwas dürftig, dann colentinamäßig,* am einzigen Kellner überprüfen konnte, der uns bediente. Wir tranken frisch gezapftes Bier und aßen sparsam, nachdem wir bestellt hatten, wonach uns der Sinn stand. Auf den dort von Florin gemachten Fotos – er war zynisch genug, sie mir auch zu schicken – ist zum letzten Mal auch mein cremefarbener Burlington-Pullover zu sehen, auf den ich unsagbar stolz war, und der mir danach, auf der Heimreise, aus dem Gepäck verschwand und dabei, damit er sich nicht langweile, auch noch zwei Hemden und ebenso viele Shirts mitnahm. Ich hatte in Wien einen Haufen Geld für ihn ausgegeben und war derart unglücklich

* Colentina, eine Bukarester Vorstadt. (A.d.Ü.)

über seinen Verlust, dass Ioana mich wieder in die Maria-hilfer Straße zu Peek & Cloppenburg schleifte, damit ich mir den gleichen noch einmal kaufe. Leider gab es die creme-farbenen nicht mehr, so dass ich mir einen ziegelroten aus-suchte, den ich immer noch besitze. Was soll's, man kann ihn nicht mit jenem vergleichen ... Ich blieb ungetröstet. Von die-sem Erlebnis her begann ich, meine Tochter zu verstehen. Als sie klein war und ihr etwa eine Tasse zu Boden fiel, nützte es überhaupt nichts, ihr eine andere zu geben, auch nicht in der gleichen Farbe, sie brüllte weiter wie am Spieß, dass sie diese haben wolle, die zerbrochen war, und keine andere ...

Es war ein spitzenmäßiger Tag. Die Fremde schafft Nähe zwischen den Menschen, und wir, die wir zuhause in unserem Land uns kaum sehen, selbst diejenigen nicht, die in Bukarest leben, sind in Paris unerwartet gute Kameraden geworden. Vor allem, nachdem wir je zwei Bierchen getankt hatten, stell-ten sich ebenso brüderliche Gefühle ein wie seinerzeit bei den französischen Arbeitern (darunter Jean Gabin und Fernan-del) aus den Filmen der sechziger Jahre, in denen junge Män-ner mit Mützen auf dem Kopf am Zinktresen stehen, Pernod trinken, sich gegenseitig auf die Schultern klopfen und sich an die Tage der Okkupation erinnern, als sie, sieh an, allesamt in der Résistance kämpften ... Abends kehrten wir durch einen grauslichen Schneeregen stockmüde ins Hotel zurück. Unter-wegs erzählte mir Letiția Ilea einiges aus dem Drama ihres Lebens mit Nino, und ich bemühte mich, ihre Schuldgefühle ein bisschen zu zerstreuen. Letiția ist eine großartige Dich-terin, dies sollte ich in den nächsten Tagen bei einer gemein-samen Lesung feststellen.

21

Am nächsten Tag habe ich einen Schlafanzug und zwei, drei Bücher in meine Umhängetasche gesteckt und bin zusammen mit Ion Mureșan und einem französischen Fräulein nach Südfrankreich aufgebrochen. Ihr würdet meinen, eine explosive Mischung, aber es war nicht der Fall. Die betreffende Person begleitete uns wie ein Polizist, der eine besondere Fracht zu bewachen hat: kaum dass sie während der siebenstündigen Fahrt mit der Bahn bis Aix den Mund aufgekriegt hat. Schweigend und gesichtslos saß sie auf ihrem Platz und las in irgendeinem Büchlein. Auch wir haben ihr kein sonderliches Interesse entgegengebracht. Ich finde die Französinnen nicht attraktiv, und die eben zugegen war, rangierte unterhalb des Durchschnitts. Und mit unserem von Fall zu Fall unterschiedlich fragwürdigen, allenfalls pittoresken Französisch hätten wir ohnehin nicht recht kommunizieren können. Trotzdem, wie Sie sehen werden, sah ich mich in Castelnaudary, der berühmten Weltmetropole der Haxen mit Bohnen, der wir uns in schwindelerregender Geschwindigkeit näherten, gezwungen, so viel Französisch zu sprechen, dass mir am Ende sogar der Kiefer schmerzte. Letztlich fasste ich Mut und zog es vor, diese sehr fremde Sprache zu sprechen, statt mich in die Hände der Übersetzer zu begeben. Aber wie hieß es doch so schön in den alten Romanen: Wir wollen nicht vorgreifen.

Im Zug begannen wir, Bier zu trinken, immerhin maßvoll, denn ich bin kein Trinker, und Mury war mit einer löblichen und gut gelernten Lektion von zuhause angereist: Er durfte sich nicht betrinken, und tatsächlich war er während der gesamten Route unserer französischen Anabasis für jemanden, der ihn kannte, von einer erstaunlichen Nüchternheit. Wir plauderten aufrichtig freundschaftlich, wiewohl schon seit einem Vierteljahrhundert sich wohlmeinende Leute darum bemüht hatten, uns aufeinander zu hetzen. Damit aber waren sie gescheitert, es gibt auch solche Fälle. Mury war in all der Zeit in einem obskuren Dorf geblieben, hat höchst selten etwas veröffentlicht, betrat noch seltener die öffentliche Bühne, und trotzdem war er nicht vergessen worden. Die Qualität seines äußerst schmalen poetischen Werks ist derart offensichtlich, dass ich, der ich jede Art von Literatur liebe, unabhängig davon, wie sehr sie sich von meiner unterscheidet, sie immerzu geschätzt habe, ebenso wie ich diesen mürrisch und bäuerlich wirkenden Mann schätze, der äußerst humorvoll und menschenfreundlich ist. Wir redeten, wie wir es immer tun, wenn wir uns begegnen, wir Achtziger, von jenen Zeiten, in denen wir die junge Poesie des Moments waren, über diejenigen, die diese Erwartungen bestätigt hatten, und die Vergessenen sowie über die Gestorbenen … Mit der Zeit wird es zunehmend deutlicher, wie sehr wir trotz der erdrückenden Konkurrenz untereinander und der Versuche anderer, uns auseinanderzubringen, zueinander gehalten haben. Die einen haben mehr veröffentlicht, die anderen weniger. Die einen hatten Erfolg, die anderen nicht. Die einen befinden sich heute im Zentrum der Aufmerksamkeit, die anderen sind lange schon vergessen, vergraben in einem obskuren Leben. Doch jedes Mal, wenn wir uns begegnen, benehmen wir uns wie alte Soldaten aus einem in den Tiefen der Zeit verlorenen Krieg: Wir umarmen uns warmherzig und erinnern uns an die alten Kampagnen, an die vergangene Glorie, die uns keiner nehmen kann. Mury erzählte mir von einem Buch, das er zu schreiben beabsichtige, etwas äußerst Seltsames, sehr metaphysisch, ein Buch über Tote und Fäulnis. Und ich erinnerte mich an sein Gedicht mit der Stoffpuppe, die in eine Kammer voll alter Schuhe geworfen wird, ein großartiges Gedicht von der schieren Angst. In all der Zeit hatte ich stets den starken Wunsch, meine ehemaligen Generationsgefährten möchten zu mir halten, wenigstens halb so stark, wie ich sie mochte. Dies aber wurde nach und nach unwahrscheinlich, denn, ich wiederhole, in der literarischen Welt verzeiht man einem alles, aber nicht dieses vergiftete Geschenk, das Erfolg heißt. Ich habe dies bald verstanden und mich keinen Illusionen mehr hingegeben.

Die Stunden vergingen schnell, mit Kaffee und Keksen, in den bequemen Sitzen des Zugs lümmelnd. Frankreich öffnete und schloss sich neben uns wie ein Reißverschluss, verschiedenartig und vielfarbig, mit Gütern und Bepflanzungsflecken, mit elektrischen Windmühlen und Dörfern, deren Häuser wie Puppenhäuser wirkten. Wenn man viel reist, genügt es, im Flugzeug oder im Zug aus dem Fenster zu schauen, und man weiß, in welchem Land man sich befindet. Die Dörfer sind in Frankreich anders als in Deutschland oder Holland, und allesamt sind sie anders als der Anblick eines rumänischen Dorfes aus dem Flugzeug: wie Mäuler mit schwarz gewordenen Zähnen und Blechzähnen, schief übereinander gewachsen, in völliger Unordnung.

In Aix stiegen wir aus und wurden von einem Taxi abgeholt, das uns irgendwohin durch die Dunkelheit fuhr, auf immer gewundeneren und dunkleren Straßen durch dichten

Nebel, bis wir bei Einbruch der Nacht bei einer Pension ankamen, einem Ziegelbau, wo, wie Creangă* sagte, »auch unser Übernachten war«. Wir stiegen aus dem Auto und wurden von einer lähmenden Kälte in Empfang genommen, zum Glück hat uns die Inhaberin, eine rothaarige und rundliche, sehr lebhafte Person, eine Art meridionaler Ancuța,** sogleich geöffnet und uns hineingebeten in ein wunderbares Interieur, und zwar nicht das eines unpersönlichen Hotels, sondern das wohlhabender Leute, vollgestopft mit Vorhängen und allerlei Zierrat, sodass man kaum irgendwo im Salon einen Platz fand, an dem man sich aufhalten konnte. Die Gästezimmer mit ihrem alten Mobiliar und den mit holländischem Leinen überzogenen Betten waren dermaßen gemütlich und frisch, dass man nicht mehr von dort weg wollte. Aber die wirkliche Offenbarung erwartete uns erst am nächsten Morgen, als wir bei strahlendem Morgenlicht erwacht waren und zu Kaffee und Gebäck in den Salon kamen. Durch die Fenster öffnete sich der Blick auf eine unglaubliche Landschaft: ein Garten mit Zypressen, wie ich sie nur in Italien noch gesehen hatte, und jenseits des Gartens, in der Ferne, eine Gebirgskette, klar und vielgestaltig und mit Schnee bedeckt. »Les Pyrénées«, sagte die Rubensdame mit einem gewissen Stolz. Nun sah ich also die Pyrenäen, Berge, die schon seit meiner Kindheit Teil meiner inneren Geographie waren, als ich »Das Abenteuer der gefiederten Schlange« von Pierre Gamarra las (welch eine

---

* Ion Creangă (1839–1889), rumänischer Erzähler. (A.d.Ü.)
** Ancuța: die Herbergsmutter in Mihail Sadoveanus 1928 erschienener Erzählungssammlung »Hanul Ancuței« (Ancuțas Herberge). (A.d.Ü.)

Enttäuschung, als ich erfuhr, dass der Autor dieses Büchleins für Jugendliche ein unglückseliger Kommunist war, rein und hart, ebenso wie eine ganze Legion weiterer französischer Intelligenzler, und zwar nicht wegen der Pistole an der Schläfe, sondern freiwillig und ohne Zwang, es sei denn jener traurigen Konfusion im eigenen Kopf); und Syntagmen aus jenem Buch, etwa »typisch glaziales Tal« oder Farben wie »kastanienbraun« und »haselnussmatt« vermengten sich in meiner Vorstellung geradezu mit dem Namen Pyrenäen … Der Kaffee an jenem Morgen, der Strudel und die Unterhaltung mit der rothaarigen, uns, den beiden armseligen Rumänen, die es in ihre Gefilde verschlagen hatte, äußerst wohlgesonnenen Dame vermengten sich ebenfalls mit diesem so faszinierenden Namen. Mittlerweile war auch die für unser Geschick in jener Gegend verantwortliche Frau angekommen und hat uns das Programm der paar Tage, die wir im Süden verbringen sollten, etwas deutlicher vor Augen geführt. Wir befanden uns im Languedoc, in der Provinz Aube, und demnächst, so sagte man uns, sollten wir auch das berühmte Carcassone besichtigen, die Festung, auf der man unzählige Filme gedreht hatte, die im Mittelalter spielten. Hätten wir gewusst, was uns dort erwartete, wir wären zehnmal lieber in dem warmen und gemütlichen Salon der Pension geblieben und hätten uns nicht auf den Weg der sturen Albigenser begeben, die diese riesige Festung verteidigt hatten, und wären nicht in die Gefahr geraten, dort unsere Knochen zu hinterlassen, wie jene es in ihrem gewaltigen religiösen Enthusiasmus getan hatten. Vorerst aber hatten wir uns nach Castelnaudary zu begeben, wo alles für unsere Ankunft vorbereitet war.

22

Castelnaudary ist die Welthauptstadt der Haxen mit Bohnen. Die Legende besagt, dass Napoleon bei der berühmten Anlandung vor seiner hunderttägigen Herrschaft schier verhungert in dem armseligen Weiler Castelnaudary angekommen sei. Der Bauer, der ihn beherbergte, hatte nichts, was er ihm hätte zu essen anbieten können, nichts als ein paar Entenkeulen mit Bohnen, ein rustikales Abendmahl, das die auserwählten Geister verachteten. Der Kaiser habe sich mit Wolfshunger über das *Cassoulet* gestürzt und, nachdem er es vertilgt hatte, gesagt, er habe noch nie in seinem Leben etwas so Gutes gegessen. Auf diesen legendären Worten ruhte die Prosperität des künftigen Städtchens. Heute gibt es hier Dutzende Restaurants, die *Cassoulet* anbieten, mit Entenoder mit Schweinskeulen, *Cassoulet*, bis es einem zum Hals rauskommt, *Cassoulet* am Morgen, zu Mittag und am Abend, *Cassoulet* als Vorspeise, als Hauptgericht und als Dessert. Es gibt Konservenfabriken, die *Cassoulet* machen und in denen das speziell verarbeitete Fett getrennt verpackt wird, es gibt Töpferwerkstätten, die Schüsselchen anfertigen, aus denen man dieses üppige Mahl verzehrt, auch gibt es ein jährlich stattfindendes Festival des *Cassoulet*, das zwei Wochen dauert.

Und siehe, nun sind auch wir, zwei unschuldige rumänische Dichter, ins Land des *Cassoulet* gelangt. Schon auf dem Bahnsteig wurden wir von den örtlichen Autoritäten in Empfang genommen, nun ja, ohne Fanfare und roten Teppich, aber in der herzlichen Stimmung der Südländer. Es fehlte nicht viel, und sie hätten uns auf die Schultern genommen vor Ungeduld, die Wirkung ihrer rätselhaften Speise auf diese Barbaren zu testen, die in allen Belangen eines verfeinerten Lebens doch so ahnungslos waren. Im Sturmschritt führten sie uns in ein Restaurant, wo wir aus einem reichhaltigen Angebot verschiedenster Arten von Keulen mit Bohnen auszuwählen hatten. Die Eskimos haben sechzig verschiedene Namen für Schnee. Die Russen unterscheiden zwischen Dutzenden von Wodkasorten. Die braven Bürger der Gemeinde Castelnaudary aber, deren Metabolismus wahrscheinlich auf *Cassoulet*-Basis funktioniert, verfügen über ein reichhaltiges Vokabular für diese Spezialitäten. Auf ihre Empfehlung hin bestellten wir verschiedene Gerichte, aber jedem von uns wurde etwas gebracht, das mehr oder weniger das Gleiche zu sein schien: eine irdene Schüssel voller Bohnen, über denen je eine Entenkeule levitierte. Wir begannen zu essen und gaben dabei immer wieder leise Genussäußerungen von uns, denn aller Augen ruhten auf uns. Dabei fühlten wir uns wie Labormäuse unter einer Plexiglashaube, die aufmerksam von irgendwelchen Gelehrten aus einer anderen Welt betrachtet werden. Ja, das *Cassoulet* schmeckte uns. Mir jedenfalls tatsächlich: Ich war immer schon ein großer Bohnenfreund. Mury weniger. »Das wird auch bei uns gemacht«, sagte er mit vollem Mund, und als er sah, dass sich die Mienen der Umsitzenden wie bei einem grobschlächtigen Affront verfinsterten, fügte er hinzu: »Aber dies kann man mit unserem überhaupt nicht vergleichen ...« Nolens volens lobte ich das *Cassoulet*, wie man eine Primadonna am Ende ihres Auftritts lobt, bis ich merkte, dass sie endlich zufrieden waren, worauf unser Gespräch eine andere Richtung nahm.

Neben mir war ein junger Mann platziert worden, er war sauber rasiert, hatte einen Fassonschnitt und extrem soldatisch wirkende Züge. Er war mir schon auf dem Bahnsteig aufgefallen, als er mich mit einem zackigen rumänischen Gruß empfing und mir mit einer Art hündischer Ergebenheit in die Augen schaute. »Wissen Sie, es gibt nicht viele Rumänen in Castelnaudary. Ich bin so ziemlich allein ... Das heißt, ich bin der Einzige ... also ...«, sagte er bei Tisch zu mir und schwieg. Er sammelte sich ein paar Minuten und fuhr fort: »Und weil ich einer der wenigen bin, das heißt eigentlich der Einzige, hat man mich ausgewählt, Ihr Dolmetscher zu sein ...« Wieder schwieg er scheu wie eine Jungfrau. Der Junge wurde mir sympathisch, schwer zu sagen, warum, also ermutigte ich ihn, fortzufahren. »Wo kommen Sie her?« »Aus Vâlcea.« »Und womit beschäftigen Sie sich hier in Frankreich?« »Mit nichts, ich bin Rentner ...« Ich schwieg überrascht. Was mag der für eine verborgene Krankheit haben, dachte ich, der Kerl ist doch stark wie eine Eiche. Ich schaute ihn aufmerksamer an: Sind seine Wangen nicht ein bisschen zu gerötet? Ein Zeichen der Tuberkulose? Zittern etwa seine Hände, was ein Hinweis darauf wäre, dass er sich zu viel hinter die Binde kippt? Hat er einen starren Blick wie ein Epileptiker? »Es tut mir leid, aber wenn Sie krank sind, ist es vielleicht besser, Sie lassen es ...«, sagte ich mitfühlend und wandte den Blick ab. »Krank? Ich war mein Lebtag noch nicht krank. Ich bin in Altersrente, mein Herr.« Meine Entenkeule verharrte auf halbem Weg zwischen der irdenen Schüssel und meinem Mund. Altersrente? Konnte ich etwa nicht mehr das Alter eines Menschen aufgrund des Augenscheins erkennen?

Völlig fassungslos schaute ich ihn noch einmal lange an: »Wieso Altersrente? Wie alt sind sie denn?« »Fünfunddreißig.« »So, und mit fünfunddreißig Jahren sind Sie in Altersrente?« »Ja, zu Befehl. Bei uns in der Legion ist das die Regel. Man dient zehn Jahre und wird mit fünfunddreißig in Rente geschickt.«

Das war ein Ding, da treffe ich in Castelnaudary auf einen Fremdenlegionär ... Aber eigentlich war es keine allzu große Überraschung. Hätte ich mich vorher ein klein bisschen informiert, so hätte ich erfahren, dass die Stadt nicht allein aufgrund der Keulen mit Bohnen berühmt ist, sondern auch, weil sich dort eine der ältesten Garnisonen der Fremdenlegion befindet. Während des gesamten Mahls, das von Rotwein begleitet wurde, wie man ihm nur in Frankreich begegnet, horchte ich nun den rumänischen Legionär über seine militärischen Erfahrungen aus und erfuhr, dass der Knabe ein Leben wie im Film geführt hatte, dass er sich in Somalia und in Indochina herumgetrieben hatte, dass er an Operationen im Libanon und in Sri Lanka beteiligt gewesen war ...

Nach dem Essen, das *Cassoulet* quoll uns beinahe schon zu den Ohren heraus, wurden wir sogleich in den Saal gebracht, in dem die Lesungen stattfanden. Im Saal befanden sich die gleichen Gymnasiasten und die paar alten Leute wie sonst (die hiesigen Schnorrer, die lediglich kommen, um am Schluss den Kuchen aufzuessen). Wir wurden ins Präsidium gebeten, den Dolmetscherjüngling an der Seite. Nach der Vorstellung begann ich mein eigenes Programm: »Gegenstand meines neuen Buches ist die Weiblichkeit.« Hier legte ich eine kleine Pause für die Übersetzung ein. Der Legionär aber schwieg. Er schaute mich aus hingebungsvollen und keuschen Augen an und sagte kein Wort. Ich wiederholte meinen Satz und schaute ihn wieder an, dabei forderte ich ihn mit meinem Blick auf, mit seiner Übersetzung zu beginnen. Woraufhin sich der Soldat zu mir herabbeugte und mir ins Ohr flüsterte: »Mein Herr, was ist das, *der Gegenstand?*« Ich versuchte es noch zweimal und gab mich dann geschlagen. Der Legionär wusste nicht, was Worte wie »Profil«, »Entschleunigung«, »Metamorphose«, »dynamisch«, »morbid« und Millionen anderer Wörter bedeuteten. Sein Wortschatz bestand wahrscheinlich im Rumänischen wie im Französischen aus etwa dreihundert Wörtern. Ich musste ihn links liegen lassen und mir mit meinem durch Nichtgebrauch eingerosteten Französisch behelfen. Schweigend gewann der frühere Abenteurer durchaus an Ansehen. Und nicht allein er. Auch ich hatte neben seiner beeindruckenden Gestalt ein Gefühl größerer Selbstsicherheit und begann zu begreifen, warum wichtige Leute Bodyguards haben. Denn selbst wenn er als Dolmetscher keinen Heller wert war (aber Sie werden auf den folgenden Seiten sehen, dass es noch schlimmer kommen kann), so gab der junge Rentner mit mir zusammen doch eine statuarische Gruppe von unbestreitbarer Würde ab.

Ich las Einiges aus meinen Texten, Mury sagte das eine oder andere Gedicht auf, dann folgten die gewohnten Fragen, denen wir stets auf unserer französischen Tour begegneten: »Haben Sie in Rumänien Bibliotheken?« »Gibt es Verlage in Rumänien?« »Benutzt ihr die Wasserspülung auf dem Klo?« Und weitere Dinge von der Art. Irgendwann konnte Mury es nicht mehr aushalten und stand stolz wie ein Daker auf der

Trajanssäule auf, um zu verkünden: »Mais nous ne sommes pas des sauvages, Madame!«

23

Weil es mit dem Legionär nun überhaupt nicht funktionierte und ich mir andererseits am Französischen nicht den Kiefer ausrenken wollte, fragte ich in der Pause nach jemand anderem, Kompetenteren, denn ich hatte im Saal die übliche Gruppe Rumänenmädels erblickt, Studentinnen, die es gleichmäßig über das ganze Erdenrund verstreut gibt und wie ich sie auch in Le Havre angetroffen hatte. Ich glaube, wenn mir in den Sinn käme, im Mato Grosso, auf Wetterstationen in der Antarktis oder irgendwo in der Nähe des Baikal-Sees eine Lesung abzuhalten, wäre der halbe Saal voll der gleichen Groupies mit ohrenweitem Grinsen, die nach der Lesung auf einen zukommen und um Autogramme in Notizbüchlein bitten oder sich mit einem fotografieren lassen wollen. »Was macht ihr hier?« »Wir studieren. Ich mache Elektrotechnik, und Katy (oder Andra, oder Lorena, oder Luana, oder Analia – ja, mit einem ›n‹ – oder sogar Roua) macht Kommunikationswissenschaften und Internationale Beziehungen …« »Und gefällt es euch hier in Frankreich?« »Ja, es ist toll … aber wir sehnen uns auch nach zuhause …« Diesmal hatte ich Roua erspäht, die ich tadellos hatte Französisch sprechen gehört, und fragte sie, ob sie im zweiten Teil der Diskussion nicht für mich dolmetschen wollte. Als hätte ich sie zur Frau verlangt und ihr zugleich einen Diamantring angeboten. Roua* funkelte vor Glückseligkeit, als klebte sie in der frühen Morgensonne an einem Grashalm.

Okay, die Diskussion beginnt, und um dem Publikum in der Art einer *Captatio benevolentiae* ein bisschen zu schmeicheln, sagte ich etwas in der Art: »Ich könnte direkt auf Französisch sprechen, aber ich ziehe doch dieses Arrangement vor, denn wenn man irgendeine andere Sprache schlecht spricht, wirkt man linkisch, aber wenn man schlecht Französisch spricht, wirkt man geradezu wie ein Idiot.« Kaum hatte ich zu Ende gesprochen, da legte auch schon meine improvisierte Dolmetscherin los und trällerte in einem bezaubernden französischen Singsang: »Herr Cărtărescu hat gesagt, dass alle, die andere Sprachen sprechen, linkisch sind, aber diejenigen, die Französisch sprechen, sind geradezu Idioten!« Entsetzen im Saal, Entsetzen auch im Präsidium. Wie, dieser zigeunerische Dahergelaufene kommt hierher, um unsere große Nation zu beleidigen? Wieder erhob sich Mury wie ein Daker auf der Säule: »Mais, c'est un malentendu … mon collègue a dit complètement autre chose …« Es dauerte eine Weile und bedurfte diplomatischer *Skills*, um dieses Fiasko abzuwenden.

Welch ein Missgeschick: Mein erster Dolmetscher, der Soldat, verfügte über keinen Wortschatz; die zweite, das Mädchen aus dem Saal, verfügte über ein Spatzenhirn … Ich entließ auch sie kurz angebunden, und während ich mich eben darauf einstellte, wieder ziemlich idiotisch zu wirken, öffnete sich – wie im »Pinocchio« – plötzlich die Tür, und den Saal betrat, die Wangen flammend und unmittelbar darunter der

---

* Roua heißt rum. Tau (A. d. Ü.)

gewaltige Pelz eines unbekannten Tiers, niemand anderes als die gute Fee!

Allein der Zauberstab fehlte. An den Füßen – die üblichen Turnschuhe, die zusammen mit dem Pelz die faszinierende und glamouröse Bekleidung abgaben, über deren Rezept nur sie allein verfügte, meine berühmte Bukarester Bekannte Greta Garbo, alias Venus im Pelz. Was zum Teufel hatte sie hier zu suchen? Ich kannte sie aus einer bestimmten Institution, denn der Chef hatte sie immerzu neben einer halbleeren Whisky-Flasche mit dem Hintern auf seinem Schreibtisch sitzen. Er sagte, sie sei ornamental. Und weil sie ziemlich oft ihre übereinandergeschlagenen Beine wechselte, mal das rechte Bein über das linke, mal das linke Bein über das rechte, kannte ich jeden Tag die Farbe und Textur ihrer Unterwäsche, mal waren es Spitzen, mal nicht. Darüber schien sie sommers wie winters nichts als diesen Pelz eines undefinierbaren Tieres zu tragen, den sie stets über der Brust zusammenhielt, wobei sie zärtlich ihre Wimpern flattern ließ. Offiziell war sie Forscherin in einem obskuren und eng umgrenzten Sachgebiet, dem gleichen, in dem auch der Chef tätig war, der Jahr für Jahr ein mittlerweile berüchtigtes Pingpong-Spiel mit ihr veranstaltete: Er entsandte sie auf einen warmen Posten ins Ausland, und die beförderten sie umgehend mit einem Tritt in die rückwärtige Zone ihres Pelzes zurück, denn sie beherrschte keine Sprache und wusste auch sonst so gut wie nichts. Nach fünf, sechs solcher Pendelausschläge hatte ich ihre Spur verloren. Um hier, in den Gefilden des meridionalen Frankreich, wo ich es am allerwenigsten erwartete, wieder auf sie zu treffen. Graziös wie eine Galeone mit prallen Segeln durchschritt sie die Zuschauerreihen und ließ sich neben mir auf den Stuhl fallen, den soeben die sympathische Roua geräumt hatte. Unter den massigen Schenkeln der in ihren Pelz gehüllten Kreatur stöhnte der Stuhl schier überfordert auf. Zu meiner Überraschung begab Venus sich sogleich in ihre Rolle und übersetzte einigermaßen anständig in ein akzeptables Französisch. Sieh an, sie hatte Fortschritte gemacht, seitdem sie ihre Zeit irgendwo bei Aix zubrachte ...

Der Preis dafür war jedoch beträchtlich, denn gleich nach der Lesung folgte ein Abendessen, nunmehr *Cassoulet* mit Schweinshaxe in einem Luxusrestaurant, wo die gesunde Lady mit den roten Wangen wieder an meiner Seite landete. Anfangs lediglich neben mir, dann allmählich, im Fortgang des Abends und unter dem Effekt der genossenen Beaujolais-Gläser, geradezu über mir hängend. Seit einiger Zeit schon unternahm ich heldenhafte Anstrengungen, sie zu stützen. Ihre Rede? Überschäumend, aber etwas monoton: »Weißt du ... ich bin dreißig geworden ... ich habe das Gefühl, das Leben verrinnt umsonst ... gerne hätte ich ein Kind, das mir einen Sinn verliehe ... ah, ich wünsche mir so sehr ein Kind ...« Immerzu jammerte sie um dieses Kind und schaute mir dabei flehend in die Augen, sodass ich ihr auf der Stelle eines gegeben hätte, wenn ich eines zu viel gehabt hätte. Meine eigenen mochte ich mir nicht derart leichtfertig entfremden, da ist einem das Hemd dann doch näher als der Rock ...

Und nach dem Essen wurden wir ins Rathaus gebeten, wo der Bürgermeister, eine Art sympathischer Tartarin de Tarascon mit spitzem Schnurrbart, uns dafür dankte, dass wir uns aus dem fernen Rumänien hierher bemüht hatten, um auch die braven Bewohner von Castelnaudary mit der Fackel der unvergänglichen Buchstaben zu erleuchten. In festlichem Rahmen überreichte er uns je eine Medaille und ein Diplom, das uns als Ehrenbürger der Gemeinde auswies, was gar nicht so ohne war, denn wenn uns unsere Sünden mal dazu veranlassen sollten, uns in der Hauptstadt der Keulen mit Bohnen niederzulassen, so wären wir lebenslänglich von jeder Steuer befreit!

Ich habe eine langwährende Erfahrung mit Medaillen. Vater hat 1962 für den Abschluss der Kollektivierung in der Landwirtschaft eine verliehen bekommen. Ich war damals sechs Jahre alt, und sie tat mir gut: Ich habe so lange mit ihr gespielt, bis sie vollständig abgeblättert war. Dann bekam auch ich welche, von Constantinescu ebenso wie von Băsescu*. Großes Glück für meinen Sohn. Aber die Vorteile sind nicht zu vergleichen. Selbst mit meinen Medaillen zahle ich Steuern, dass mir die Augen aus dem Schädel quellen. Die beiden Vorteile dieser präsidentialen Dekorationen, sagte man mir, werden erst post mortem wirksam, wenn, was auch immer man sagen mag, es einen nicht mehr sonderlich kümmert: Der erste besteht darin, dass die Medaillen auf einem kleinen Samtkissen deinem Sarg vorangetragen werden, und der zweite, dass unmittelbar bevor der Sarg in das Grab gesenkt wird, zwölf (andere sagen, nur zwei) Gewehrsalven in die Luft geschossen werden. Gott sei Dank wird nur in die Luft ge-

---

* Emil Constantinescu war von 1996 bis 2000 rumänischer Staatspräsident, von 2004 bis 2014 bekleidete Traian Băsescu dieses Amt. (A.d.Ü.)

schossen und nicht in deinen Leib, der es aufgrund der kulturellen Leistungen, die du für das Vaterland erbracht hast, verdient hätte.

Vorerst halte ich hier inne, denn ich bin trübsinnig geworden. Jedoch bei weitem nicht so trübsinnig wie die nun folgenden Seiten, auf denen von dem spezifisch rumänischen Essen erzählt wird, welches die Bürgerschaft zur Feier der frisch gekürten Ehrenbürger, Mury und ich, veranstaltet hat ...

24

Am nächsten Tag war der Nebel so dicht, dass man ihn mit dem Messer hätte schneiden können. Nicht nur die Pyrenäen waren durch das Pensionsfenster nicht mehr zu sehen, denn öffnete man dieses, drang ein dermaßen dichter Dunst ins Zimmer, dass man seine eigene Hand nicht mehr vor Augen sehen konnte. Zwangsläufig erinnerte ich mich an den Morgen der Schlacht am Hohen Damm, von der Sadoveanu* schreibt, immerhin hatte ich in den finsteren Zeiten, als ich Grundschullehrer war, Dutzende Male diesen Text unterrichtet: »Nichts sieht der Hornochs mehr vor Augen und steckt sich gar die Finger rein, höhnten die Leute von den Bergen nach hergebrachtem üblem Brauch ...« Herrgott, auch heute noch kann ich »Fefeleaga« auswendig, auch »Das Küken« und

---

* Mihail Sadoveanu (1880–1961), rumänischer Schriftsteller; er beschreibt die Schlacht vom 10. Januar 1475 zwischen dem Herrscher der Moldau, Stefan dem Großen, und Suleiman Pascha.

»Eine Stunde im August«, und aus den Serienfilmen sämtliche Abenteuer von Nică, Ștefan und Petri! Auch heute noch zerfleischt der Adler in meinen Albträumen den armen Păunaș, weshalb dann Großväterchen Dănilă dem Himmel mit der hochgereckten Faust droht ... Auch dies, das Sich-Erinnern, ist ein Masochismus. Nach der grässlichen Armeezeit, die vor dem Studium abzuleisten war und von der ich mich wundere, dass ich sie lebend überstanden habe, war das Erste, was meine Kommilitonen und ich taten, als wir uns als Studenten wiedersahen, uns vor dem Odobescu-Amphitheater in militärischer Formation einzureihen und wie bescheuert den Bürgersteig auf und ab zu marschieren. Sauber entkommt keiner seinem eigenen Leben. Alle tragen wir unsere Traumata, das Unglück, die Beleidigungen, das Scheitern, die Ungerechtigkeiten und die Gegnerschaft der anderen in uns. Die Besten von uns bemühen sich, das Böse, das ihnen angetan wurde, nicht zu verstetigen, es nun nicht ihrerseits auf andere zu übertragen. Aber jeder von uns quält sich in so vielen schlaflosen Nächten selbst, wenn er sich mit bestürzender Klarheit an die Episoden seines Lebens erinnert, in denen das Böse und Perverse triumphiert hatten.

... So lass uns lieber über die Kindheit sprechen. Schon am frühen Morgen holten sie uns mit einem Auto ab, das ringsum von Reif bedeckt war. Es dauerte eine ganze Weile, bis sich die eisstarre Luft im Inneren so erwärmt hatte, dass man sie einatmen konnte. Wir fuhren langsam über eine leere Straße, die Sicht praktisch null. Die Stille draußen ähnelte jener in »Solaris«, in den Szenen mit dem denkenden Ozean. Wir hörten nur unser eigenes Atmen, und wenn sich unsere

Gastgeber umwandten und etwas zu uns sagten, schockierten diese wie aus einer anderen Welt stammenden Töne unsere Trommelfelle dermaßen, dass sie beinahe zu bluten begannen. Wir waren unterwegs in eine Nachbargemeinde, wo wir eine in der ganzen Gegend berühmte Töpferwerkstatt besichtigen sollten. Dort wurde immer noch auf traditionelle Weise gearbeitet. Dann würden wir dort zu Mittag essen, um abends als Ehrengäste an einem rumänischen Abendessen teilzunehmen. Praktisch die gesamte Gemeinde sollte mit uns in einem speziell ausgestatteten großen Saal zusammenkommen …

Vorerst, frierend wie ein Schneemann, weigerte ich mich noch, an den fatalen Abend zu denken, der folgen sollte. Aber mein Vorgefühl sagte mir schon, dass an dieser Idee nichts Gutes sein konnte. Ich hatte mich schon in Castel Goffredo einem spezifisch rumänischen Spektakel in Gestalt jener galvanisierten Sängerin ausgesetzt gesehen, die schwerfällig herumhopste und zur Kassettenrecordermusik ihre dünkelhaften Sprüche brabbelte. Tzouika, Sarmaluțe mit Mămăliguță, Kalushari, le flûte de Pan, les haïdouks – was hatte all dies mit mir zu tun? Wieso mussten wir immerzu schamlos unter dem Namen Nationalspezifikum jene atavistischen Attribute einer Hirtenvergangenheit ausstellen? Warum mussten wir stets diese Schizophrenie erleben? Einerseits wollen wir zeigen, dass wir moderne Menschen sind, perfekt europäisch, und andererseits sagen wir allen, unser Reiz und unsere nationale Eigenart lägen darin, dass wir primitive Hirten geblieben sind, verkleidet in Jeans von Diesel und Hemden von Tommy Hilfiger, nach Fahrenheit duftend, damit man den Gestank des Schafstalls nicht riecht … Ich glaube, der

174

Durchschnittsfranzose, der uns bei jeder unserer Begegnungen fragte, ob auch wir Mobiltelefone benutzen und ob es in Rumänien Bibliotheken gibt, stellt sich vor, wir legen an der Grenze die Trachtenblusen und die leinenen Kniebundhosen ab, vergraben unseren Beutel mit Mămăliguță und dem dazugehörigen Schafskäse im Boden und treten ihnen dann frisch rasiert entgegen, bangend, ob es uns gelingen mag, sie zu täuschen, dass wir ebensolche Menschen seien wie sie selbst und nicht Subjekte der Ethnologie und Folklore. Ach, die Armen, sie trifft überhaupt keine Schuld: So haben wir uns als Nation in den letzten hundert Jahren im Ausland präsentiert, wir hüpften im Hoppsasa-Rhythmus. Wie sollten sie dann glauben, dass unsere Romane ebenso moderne Literatur sind wie ihre eigenen, dass unsere Künste ebenfalls von der Condition humaine sprechen, dass unsere Filme Filme sind und nicht Weihnachtsgeschichten?

Aber an ihren Töpfern hielten wir uns schadlos. Das Auto hielt vor einem Gebäude, das etwa so aussah wie bei uns in der tiefsten Vorstadt, ein zusammengeschusterter Bau, marode, vom Nebel beleckt. Die Wände aus grobschlächtigen Lehmziegeln buckelten sich mal nach innen und mal nach außen, beschrieben unterschiedliche Bögen. Es war das einzige Gebäude in der Gegend, ziemlich weit außerhalb des Dorfes gelegen, und nun, in Nebel gehüllt wie in Filz, wirkte es rätselhaft und verlassen. Bald aber kam Monsieur Not uns in Empfang nehmen, er trug einen malerisch verdreckten Arbeitskittel und war ausgestattet mit einem gezwirbelten Schnurrbart und feuerroten Wangen. Er wirkte wie eine rundliche Küchenchef-Figurine, eventuell aus »Ratatouille«, und wenn nicht, dann wie einer der schon erwähnten Franzosen, die in den Filmen der fünfziger Jahre ihren Pernod am Zinktresen eines Bistros an der Straßenecke trinken. Sein Kopf war völlig rund, die Augen südländisch, lachend. Dann traten drei weitere Herren Not aus dem Gebäude, die Söhne des Ersteren, ganz der Vater, bis auf den Schnurrbart, den Ohrring und die Mobiltelefone, die aus den großen Brusttaschen ihrer Arbeitskluft lugten. Eine andere Generation, andere Marotten.

Wir betraten die verschatteten Hallen der Töpferei, navigierten aufmerksam zwischen den Millionen von Töpfen, Schüsseln, Deckelgefäßen und Schüsselchen sowie weiteren unidentifizierbaren Tongefäßen herum, und schließlich wurde uns vorgeführt, wie aus nassem Ton auf der kreisenden Töpferscheibe ein solches Gefäß geformt wird. Durch die Mauerritzen floss heller Nebel in die Räume. Die Töpfer wirkten wie Gestalten aus rissigen alten Ölgemälden, wie sie da über den Formen kauerten, die eben glitschig in dem heftigen und rätselhaften Helldunkel auf den Scheiben geboren wurden. Ab und zu wandten sie sich halb zu uns um und sagten etwas in einem schrecklich dialektalen Französisch. Als wir aufbrachen, schenkte die Familie Not jedem von uns zwei Schüsseln für *Cassoulet*, die Gleichen, die ich bei meiner stupiden Wette mit Agop verloren habe. Dann sagten uns die hiesigen Gastgeber, dass die Töpfer hier die Einzigen im gesamten Komitat seien, die der industriellen Konkurrenz widerstanden hatten, heute würden sie wie eine Art regionales Denkmal geschützt oder wie eine aussterbende Gattung. Ob die Jungs nun Schüsseln machen oder nicht, sie sind schon seit etlichen Jahren so etwas wie Darsteller ihres eigenen Gewerbes, empfangen Schub auf Schub Touristen, die darauf brennen, die Eigenheiten der Gegend zu entdecken.

Mureşan, die Schüsselchen unter dem Arm und Raureif im Bart, schaffte es eben noch, mir zuzuflüstern: »Lass die einmal zu uns nach Siebenbürgen kommen, da bringen wir ihnen Handwerk bei ...«, worauf wir alle wieder ins Auto stiegen. Gegen Mittag trafen wir wieder in der Pension ein; endlich begann sich der Himmel ganz langsam von unten nach oben zu öffnen, und in der Ferne zeigten sich wieder die wie gefaltetes Papier wirkenden Gipfel der Pyrenäen.

25

Je näher das unvermeidliche Ereignis heranrückte, desto bedrohlicher steigerte sich mein Angstgefühl. Nach der Zeremonie im Rathaus wurden wir wieder in das schlecht geheizte Auto vom Morgen verfrachtet und ins Nachbardorf gefahren. Nach einer schweigend zugebrachten Wegstrecke stiegen wir in einer polaren Atmosphäre aus. Der Frost verklebte einem die Nasenlöcher. Ich erstarrte unwillkürlich.

Ich bin ein kälteempfindlicher Mensch, das Gefühl zu erfrieren hat mich mein ganzes Leben begleitet. Ich werde nie vergessen, wie ich als Kind mit meinen Eltern nach Dudeşti-Cioplea zu Vasilica, der Schwester meiner Mutter, gefahren bin. Im Winter war ihr Vorstadthäuschen stets von apokalyptischen Schneemassen eingehüllt, unter all dem Schnee war es kaum mehr zu sehen. Zu Weihnachten schmückte sie sich keine Tanne, sondern einen kleinen Zitronenbaum, den sie in einem großen Topf im Haus hielt, sodass in dem kleinen Baum mit den glänzenden und wohlriechenden Blättern neben einigen reifen Zitronen Spiralen aus transparentem Plexiglas und ein paar silberlackierte Nüsse wuchsen. Nachdem ich mich in der warmen und lauschigen Luft des großen Ofens mit Zopfkuchen vollgestopft hatte, wurde ich zum Schlafen in das Nebenzimmer geschickt, das nie geheizt wurde. Dort war es ebenso kalt wie draußen. Ich kroch in ein Eisbett und bedeckte mich mit einer Eisplatte. Schlotternd kringelte ich mich ein, die Knie am Kinn, und versuchte, so wenig wie möglich von der geplätteten Bettwäsche zu berühren, in die die himbeerrote Decke eingeschlagen war, die nach und nach von der Wärme meines kleinen Leibs aufweichte. Durch die Nüstern entströmten mir dicke Dampfschwaden, die sich im Dunkel auflösten. Während ich mich aufwärmte, versank ich im Schlaf. Aber die ganze Nacht über träumte ich, ich ginge im Winter und bei Nebel über einen eingefrorenen See, über dem kalte und böse Sterne funkelten.

Dann war es die Kälte zur Zeit von Onkelchen Ceașcă: Meine Frau und ich hatten uns Filzkittel gekauft, wie die im Krankenhaus, und darin legten wir uns wie zwei Bären auf das zerschlissene Sofa. Eines Winters barst uns eine Fensterscheibe vor Kälte: Peng! Wir schraken hoch, schalteten das Licht ein und sahen die Bescherung: Sie war im Zickzack gesprungen, wie Zorros Zeichen. Wir sahen uns an und konnten es nicht glauben: Unsere Gesichter waren von Raureif bedeckt. Wir zogen die Kittel aus. Als wären unsere Leiber aus Glas gewesen, gewaltige Eisblumen hatten uns überzogen.

Seitdem achte ich sehr darauf, mein Vaterland nicht zu verraten, meine Wohltäter oder Freunde, damit ich nicht etwa auf dem tiefsten Grund von Dantes Inferno lande, in Giudecca, wo die Verdammten auf ewig bis an den Hals oder gar gänzlich im Eis stecken, wie Fische, die man durch das dicke Glas hindurch sehen kann, das zu Dreikönig die Flüsse bedeckt.

Aber erst nach der Revolution wusste ich, was Kälte wirklich bedeutet. Und wo dies? In Amsterdam! Und wie? In Variationen, wie schon Caragiale sagte ... Damals wohnte ich dort bei einer Polin, Hanka, zur Untermiete, ganz nahe am Stadion von Ajax. Sie war etwa in meinem Alter und hatte eine rundliche, süße Tochter, die auf den Namen Olenka hörte. Wenn sie zusammen badeten, herrschte im gesamten Haus eine verrückte Heiterkeit. Ich verstand mich sehr gut mit Hanka, allein, während meines gesamten Aufenthalts in dem kleinen Mansardenzimmer führte ich einen erbarmungslosen Krieg um Energie mit ihr. Die Niederländer kämpfen mit den Schotten um den Ruf der geizigsten Menschen weltweit. Was könnte ich darüber alles erzählen! Tatsache ist, dass sie zur Nacht niemals im Hause heizen, nicht einmal in den grimmigsten Wintern. Und Hanka war nach gut zwei Jahrzehnten, die sie nun schon in Amsterdam lebte, noch holländischer geworden als Rembrandt und Vermeer zusammen. Mit der Geste eines Folterers drehte sie abends das Schlüsselchen an der Heizung auf Null. Wahrscheinlich auf null Grad Kelvin, denn, ich weiß auch nicht, wie dies geschehen konnte, innerhalb von fünf Minuten breitete sich in der Wohnung eine kosmische Kälte aus, der universelle Kältetod. So muss es sich außerhalb von Flugzeugen anfühlen, die in zehn Kilometern Höhe fliegen. Mitten im Dezember und mitten in der Nacht riss ich blau vor Kälte die Fenster weit auf, damit ein klein bisschen Wärme hereinkam. Wenn es schneite, legte ich mich neben das Fenster, damit ich vom Schnee bedeckt werde. Ich hatte gehört, er wärme den Bäumen die Wurzeln. Wenn ich es nicht mehr aushielt, vom Scheitel bis zur Sohle steif gefroren wie ein großer Finger, kroch ich im Dunkeln wie ein Dieb in die Küche und presste meinen Leib an die kalte Heizungsplatte. Mir schien, sie würde allmählich wärmer, ich hatte Halluzinationen, wie Schiffbrüchige, die am Horizont das Segel eines Schiffes zu erspähen meinen. Es war nichts zu machen, Hanka nahm jede Nacht das Schlüsselchen, mit dem die Wärmezufuhr eingestellt wurde, an sich, sie schlief damit unter dem Kissen. In ihr Schlafzimmer schleichen und, wie im Film, es von dort entwenden, um ein Doppel davon anfertigen zu lassen, war ausgeschlossen: Mein Eindringen wäre anders aufgefasst worden, Gott bewahre! Also habe ich mir schließlich unter größten Mühen und mit einigem Geschick aus einem metallenen Kleiderbügel einen etwas plumpen, aber brauchbaren Schlüssel angefertigt. Nun brach eine glückliche Zeit an: Einige Nächte lang schaffte ich es, die Temperatur auf über null Grad ansteigen zu lassen, ein wahrhaft herrschaftliches Leben! Morgens beim Frühstück sagte Hanka einige Male: »Ich weiß nicht, was ich heute Nacht hatte, ich habe furchtbar geschwitzt …« Beide, sie und Olenka, waren irgendwie fertig, als kämen sie eben aus einer Sauna. Bis sie kapierten, was vorging, und dann begann der Spaß. Hanka begann mir aufzulauern; sobald ich die Heizung eingeschaltet hatte und frohgemut meinem Zimmer zustrebte, schlich sie sich, nur im Nachthemd und mit dem fatalen Schlüsselchen an einer Schnur um den Hals, ins Wohnzimmer und ließ, wie eine Schneekönigin, wieder den Frost in der gesamten Wohnung herrschen. Eine halbe Stunde später, nunmehr blau vor Kälte, schlich dann ich schlotternd durch die Dunkelheit ins Wohnzimmer und schaltete die Heizung wieder ein. Mir folgte nun neuerlich Hanka, barfuß übers Parkett trippelnd, und wieder stieg die Kälte an. Es kam so weit, dass wir nicht mehr schliefen und uns die ganze Nacht durch die finstere Wohnung verfolgten, wie Verliebte, jeder mit dem Schlüssel in der Hand. Trafen wir in einem der kleinen Flure Nase an Nase aufeinander, so schauten wir uns hasserfüllt an, wir stießen mit den Armen zusammen, als wir Brust an Brust vor der Heizung aufeinandertrafen und gleichzeitig versuchten, unsere Schlüssel ins Schloss zu stecken … Tagsüber wahrten wir den Schein, wir lächelten uns höflich an, als wäre nichts geschehen, obwohl uns die Nasen vor Schläfrigkeit in den Teller zu sinken drohten, doch bei Einbruch der Nacht verwandelten wir uns wieder in Bestien. Eigentlich brauchte ich bei so viel Treppensteigen von und zu meiner Mansarde und beim schnellen Gang durch die Flure des finsteren Hauses gar keine Wärme mehr. Ich wartete auf die gegen Morgen hin unvermeidliche Begegnung mit Hanka vor der Heizung, auf jenen Kampf Körper an Körper, denn wenn ich die Wärme ihres Leibes spürte, taute ich ein bisschen auf …

Und so verging der schwere Winter des Jahres 1995 im Haus an der Watergraafsmeer, wo sämtliche Gegenstände von einer diaphanen Schneehaube überzogen waren, wie die Röhren in Kühlhäusern. Und jetzt, nach zehn Jahren, ging ich im Süden Frankreichs mit froststarren Nüstern durch knirschenden Schnee auf die Tür zu, hinter der das berühmte rumänische Abendmahl stattfinden sollte. Da konnte ich nur mit Florin Iaru sagen: »Es ist schmutzig, sehr schmutzig, aber es ist warm ...«

26

Ich weiß nicht, welchem Zweck er gewöhnlich diente, aber der gewaltige Saal, den ich stocksteif gefroren betrat, konnte alles sein, vom Hangar für die größten Boeings bis zur Halle für die Frankfurter Buchmesse. Durch die gesamte Länge erstreckten sich lange Tische, wie für eine Hochzeit, und zu beiden Seiten standen Holzbänke. An den Wänden gab es Schautafeln, auf denen bizarres und disparates didaktisches Material präsentiert wurde. Für einen Moment fühlte ich mich in die Vergangenheit und in meine Grundschulklasse zurückversetzt, an deren Wänden die bekannten Schaubilder mit der Kuh, dem Schwein, den schön kalligraphierten Schreib- und Druckbuchstaben sowie mehrere Landkarten von Rumänien hingen, darunter auch eine im Relief, auf der die Karpatengipfel in einem bröseligen Gips modelliert und schon angeschrammt waren. Entlang der gewaltigen Halle hingen hier Hirtenjacken, bunt bestickte Leibchen, ebensolche Schürzen, Kopftücher, Leinenhosen, raue Wollhosen, bäuerliche Filzhüte, bestickte Blusen, Mützen, Tuniken, Pluderhosen, Leibgurte, Bundschuhe und dergleichen mehr, all dies sah alt und verstaubt aus, wie die zerfledderten Vögel im Antipa-Museum*. Dazwischengestreut waren vergilbte, aus rumänischen Zeitschriften ausgerissene Blätter mit den Klöstern der Nordmoldau, Illustrierte mit Ochsengespannen und barbusigen Bäuerinnen, die wie rustikale Mädchen von Seite 5 aussahen, Souvenirteller mit Schloss Bran,** Schilde aus geschnitztem Holz mit dem Antlitz Draculas … Lediglich die Rehlein neben den angestrichenen Tannenkegeln, unter denen »Erinnerung an Sinaia« steht, fehlten. Endlos ist die Vorstellungskraft des Menschen, allein sein Hang nach dem Malerischen und Ungewohnten kommt dieser noch nahe! Eine Karte Rumäniens, vom Band der Trikolore konturiert, hing an sehr sichtbarer Stelle an einer der Wände und hätte einen neuerlichen Balkankrieg auslösen können: Ihr so ungeschickter wie enthusiastischer Autor hatte aus Unachtsamkeit große Flecken von Bulgarien, der Ukraine und Moldawien dem rumänischen Staatsgebiet eingegliedert, sodass einem danach war, wie das berühmte Kind in irgendeiner Lesefibel auszurufen: »Es lebe unser pummeliges Rumänien!« Schließlich wurde am Kopfende des Saales eine große Leinwand entrollt, über die phantastische Bilder defilierten. Während des gesamten »rumänischen Abendmahls« sollte die Menge wie einen Fernseher das zunehmend heißer laufende Spektakel der Fotografien anstarren, die sich in einer Art Überbietung in Exotismus gegenseitig jagten. Was gab

---

* Das bedeutendste rumänische Naturkundemuseum in Bukarest, benannt nach seinem langjährigen Direktor Grigore Antipa (1867–1944). (A.d.Ü.)
** Schloss Bran gilt als Draculas Stammschloss. (A.d.Ü.)

es da nicht alles zu sehen?! Pferdewagen, beladen mit altem Eisen, die von Rumänen mit der Flasche in der Hand gelenkt wurden; die gleichen schnurrbärtigen Rumänen mit breitkrempigen Hüten, die vernickelte Pfannen zu verkaufen versuchten; überladene Paläste im Pagodenstil mit in der Sonne funkelnden Blechdächern, in deren Toren dicke und fröhliche Rumäninnen mit Zähnen aus dem gleichen Blech standen, die ebenfalls in der Sonne funkelten; Rumänenmädels mit geflochtenen Zöpfen und in Faltenröcken, die sich mit viel zweifelhaftem Geschmack aufgedonnert hatten und auf der Landstraße per Anhalter weiterkommen wollten; wieder andere Rumänen, die schwarze Fiedeln und die Zimbal spielten; und nochmal Rumänen, die im Türkensitz am Straßenrand saßen und Ringe anfertigten; und wiederum andere Rumäninnen, die aus der Hand lasen, etc., etc. Auf diesen Fotos gab es nicht nur Menschen zu sehen, auch Lehmhäuser mit Schilfdächern, die seitlich wegkippten, Kneipen voller Fernfahrer, Gänseherden, die sich mitten auf der Straße in einer Pfütze suhlten, Lumpen an Wäscheleinen zwischen zwei Pfählen. Darüber schwebten hübsche Wolken, die einzigen Dinge, die das französische Publikum ganz leicht wiedererkennen konnte. Offenbar hatte der Fotograf keinen authentisch rumänischen Himmel auftreiben können, das Voronețblau,* und dafür hatte er das Arman-Blau benutzt, das billiger zu haben und kosmopolitischer war.

Die Fotos waren eben, wie sie waren, aber vor der Lein-

---

* Voroneț, Kloster in der rumänischen Südbukowina, berühmt für das Blau, mit dem es außen bemalt ist. (A.d.Ü.)

wand standen, vorerst noch verlassen, in einem graziösen Stillleben, ein grün-perlmutternes Akkordeon, ein Kontrabass, eine Messingtuba und eine Trommel. Kein Zweifel, hier würde sehr bald eine Rumänenband, Emissäre der Spiritualität unserer mioritischen Gefilde*, die Atmosphäre aufheizen.

Erstaunt bewegten wir uns durch die gewaltige Kantinenhalle, der Schweiß floss uns plötzlich in Strömen, und unsere Wangen glühten nicht allein aufgrund der Wärme. Was hätten wir nicht alles darum gegeben, wieder draußen zu sein im schneidenden, aber würdigen Frost ... Leider wurde uns der Rückzug endgültig von den Einheimischen abgeschnitten, die nun in Gruppen eintrafen und sich, komplizierte Verwandtschaftsverhältnisse und Verschwägerungen bedenkend, an die Tische setzten, auf denen vorerst bloß Teller und Gläser standen. Sie kamen zu Hunderten, sodass man schließlich keine Nadel mehr hätte fallen lassen können. Es waren Franzosen, aber offensichtlich keine Pariser: Menschen vom Lande, die sonntags ins Café neben der Kirche gehen, modern gekleidet, »von der Stange«, wo sie morgens noch die Kuh melken und die Enten füttern. Sympathisch, mit schönen Haarschnitten, raumgreifend als Südländer, die sie waren. Und vor allem scharf auf eine neue Erfahrung: jener, sich mühelos ins berühmte Land des großen Dracula versetzen zu

---

* Der rumänische Schriftsteller und Kulturphilosoph Lucian Blaga (1895–1961) hat den »mioritischen Raum« beschrieben; Miorița ist in der rumänischen Volkspoesie ein Lamm, das seinen Hirten vor den Mord- und Raubplänen zweier anderer Hirten warnt, der Hirte allerdings ignoriert diese Warnung und nimmt sein Schicksal an – eine Haltung, die vielfach als typisch rumänisch beschrieben wurde: sich gegen die Widrigkeiten des Schicksals nicht zur Wehr zu setzen. (A.d.Ü.)

lassen, das von sonnengebräunten und windgegerbten Menschen bevölkert ist, wo sie einiges über die Geheimnisse eines guten und gastfreundlichen Menschenschlags erfahren sollten, der auch heute noch so lebte wie die Gallier in den glücklichen Zeiten von Asterix und Obelix. Ein paar hübsche Mädchen setzten sich zu uns, vielleicht um uns zu trösten, und die Zeit bis zur Ankunft des ersten Gangs ihrer spezifisch rumänischen Speise verging schneller. Vor allem da sich vor der Leinwand, von der soeben ein Rumäne mit der Visage von Hannibal Lecter herabgrinste, plötzlich der Bürgermeister in der Positur des Zeremonienmeisters aufpflanzte und, nachdem er seinen Stolz zum Ausdruck gebracht hatte, so berühmte Persönlichkeiten wie Mury und mich als Gäste begrüßen zu dürfen (hier wurden wir beklatscht wie bei einer Oscar-Gala), die Band »Les Gitanes Amoureux« ankündigte, die spezifisch rumänische Musik spielen werde.

Es waren drei Burschen, die ihrem Aussehen nach wahrscheinlich in den Metros spielten, und ein Mädchen, das … aber das Aussehen kann ja bekanntlich täuschen. Im Handumdrehen hatte sich das Mädchen das Akkordeon umgeschnallt, wie jene Tragetaschen, in denen man die Neugeborenen trägt, und begann, dem elastischen Balg verstörende Akkorde zu entlocken. Die anderen griffen sich ihre Instrumente und traten ihr bei. Zwei Stunden lang, über die gesamte Dauer dieses Albtraums von rumänischem Essen, greinten die verliebten Zigeuner in etwa sechs, sieben Sprachen, die ganz und gar unverständlich waren (mitunter konnte ich Anklänge von Portugiesisch, Französisch, Rumänisch, Serbisch oder Zigeunerisch, vermengt mit einem internationalen Hafenenglisch vernehmen), zu einer Musik, deren Herkunft ebenfalls in hohem Maße fragwürdig war: Es waren weder rumänische Gassenhauer noch algerische Musik, weder Klezmer noch Balkanrock, noch Flamenco – etwas von Haus aus ohne Form und Namen, worin einem hin und wieder, wie Goldkörnchen in einem Haufen Schlacke, etwas bekannt vorkam: »Pero no sempre cantaro«, »why, why, why, Delilah«, »lelițo, lelițo, fă«, »kalashnikov«, »buon giorno Italia, buon giorno Maria« …

Die Musik, sagt man, erheitert die Gemüter. Unsere jedenfalls hat sie komplett platt gemacht, vor allem, weil sie sich letztlich den Speisen zugesellte (schließlich waren diese nicht lange mehr zu vermeiden gewesen), den spezifisch rumänischen Gerichten, die der Reihe nach von einer Abordnung irgendwie altersloser Frauen in weißen Kittelschürzen, genau so wie die Köchinnen in rumänischen Kantinen, auf die Tische gestellt wurden. Statt uns die Finger zu lecken, wünschten wir uns an jenem Abend, überhaupt keine Finger zu haben!

27

»Muse! Die du vorhin Batrahomiomahia« gesungen hast, sei heute auch freundlich zu mir, verlass mich nicht eben jetzt, da mir nicht mehr und nicht weniger bevorsteht als die dreizehnte Tat des Herkules, schrecklicher als alle anderen zusammen! Die Ausmistung des Augiasstalls, der Kampf mit der Lernäischen Hydra oder mit dem Nemëischen Löwen –

sieh an, wie gut Alexandru Mitrus Buch »Die Legenden des Olymp« war, das ich in meiner Kindheit auf dem WC gelesen habe! –, allesamt Kleinigkeiten angesichts des Auftrags, auf ein paar großen und breiten Seiten das berühmte rumänische Abendessen zu beschreiben, dessen wir in einer Gemeinde bei Castelnaudary, der Welthauptstadt der Haxen mit Bohnen, teilhaftig waren. Wenn ich bisher immerzu nur gegen die Bohnenmonomanie der Bewohner dieser merkwürdigen Gegend gemault habe, muss ich nun, Hand aufs Herz, bekennen, dass ich angesichts der Alternative, einmal im Monat solch ein rumänisches Abendessen vorgesetzt zu bekommen, es vorziehen würde, lebenslänglich als Vorspeise, Hauptgericht und Nachspeise nichts als Schweine- oder Entencassoulet zu essen, völlig egal. Leider hat mir an jenem fatalen Abend niemand einen solch vorteilhaften Tausch vorgeschlagen. Sei's drum, selbst wenn mir dies jemand ins Ohr gebrüllt hätte, ich hätte ihn in dem apokalyptischen Lärm der verliebten Gitanes, die unverdrossen weitere folkloristische Perlen des rumänischen Liedgutes wie »Besame mucho«, »Superat sunt, Doamne, superat« oder »Mon mec à moi« schmetterten, nicht einmal gehört.

Doch stellen wir uns mutig, mit Muse oder ohne, unserer Pflicht, sie ist zwar toxisch, aber unvermeidlich. Primo: Das rumänische Abendessen war an jenem Abend ganz und gar ungesalzen. Nicht bloß gab es auf keinem der Dutzenden von Tischen einen Salzstreuer, vielmehr hatte keine der Speisen, die uns an diesem Abend vorgesetzt wurden, bei der Zubereitung auch nur ein Körnchen Salz abbekommen. Sogleich nach dem Apéritif irrten Mury und ich durch die

Labyrinthe der gigantischen Kantine und gelangten schließlich in die des »Ratatouille«-Films würdige Küche. Eine Frau in einer Schürze klärte uns mit freundlichem Lächeln darüber auf, dass sie *malheureusement* an jenem Tag nirgends in den Vorratsgläsern der Küche Salz gefunden hätten, und da es ein Samstagnachmittag war, hätten sie auch nirgends mehr welches kaufen können. Als hörte ich meinen Großvater, Opa Babuc, Gott hab ihn selig, wie er uns erklärte, weshalb er nach dem Tod seiner Frau nicht mehr geheiratet habe: »Tja, Väterchen, ich hätt schon noch gewollt, aber ... wenn sich's nicht mehr gefügt und ergeben hat? ...« Die Franzosen haben nicht protestiert. Stoisch aßen sie die salzlosen Gerichte, wie der Kaiser im Märchen, dabei stellten sie sich möglicherweise vor, das rumänische Essen sei so. Vielleicht hielten sie uns für eine äußerst kranke Nation, die sich gezwungen sieht, Diät zu halten und auf das Salz in den Speisen zu verzichten, auf das Salz der Erde ebenso wie auf alle weiteren Natriumverbindungen mit parabolischen und weisen Valenzen.

Übrigens verblüfft mich die Passivität der Westler angesichts von Schicksalsschlägen jedes Mal. Als wir in Berlin waren, gingen wir einmal wöchentlich unsere E-Mails in einem Computerraum der Humboldt-Universität checken. Dort saßen immerzu etwa dreißig Studenten herum, Jungs und Mädchen, entstellt von allerlei Piercings, die Gesichter den Bildschirmen zugewandt. Die jungen Berliner pflegen einen Kult der Hässlichkeit. Sie ahmen die Punker von den Bahnhöfen nach, von denen man nicht recht weiß, wen sie ihrerseits nachahmen, denn sehr authentisch wirken auch sie nicht. Eines Nachts saß ich im völlig leeren und düsteren Bahnhof von München und wartete brav mit meinem Koffer in irgendeiner Ecke, als eine Gruppe von Punks mit rosa Haarkämmen hereinkam, Ketten, schwarzes Leder, die Bräute mit stacheligen Halsbändern, nun ja, all das Zeug. In jeder Hand eine Bierbüchse. Da sehe ich, wie sie auf mich zukommen und mich umstellen. Sie können sich vorstellen, was in mir vorging. Ich sah mich schon aufgeschlitzt auf jenem öden Bahnsteig liegen. Ein Typ mit etwa zehn Ringen im Ohr kommt geradewegs auf mich zu und verlangt »leihweise« einen Euro. Ich krame in meiner Hosentasche und gebe ihm den Euro, was hätte ich sonst tun können? Eine »*street wisdom*«: Gibt man ihm nichts, ärgert er sich und kommt auf Ideen … Die Gruppe entfernt sich und verschwindet, ich bleibe noch etwa zwei Stunden auf meinem Koffer sitzen, da sehe ich den Typen mit den Ohrringen wieder gerade auf mich zukommen, nun ja, so gerade, wie es eben ging. Er pflanzt sich vor mir auf und … reicht mir das Geldstück mit Dank zurück! Ich war *bouche bée*. Liebe Leute, das habe ich nicht erfunden, vielleicht sind ihre Punker intelligenter, moralischer, mitleidiger oder weiß-der-Herrgott wie anders als unsere …

Doch lassen Sie mich zurückkehren zur Szene aus dem Computer-Pool in Berlin. Plötzlich bricht das Netz zusammen, und alle Bildschirme verlöschen. Die Dreißig bleiben auf ihren Plätzen sitzen und warten, dass der Defekt behoben wird. Und sitzen so eine halbe Stunde, schauen den schwarzen Bildschirm an und warten, eine Stunde, eineinhalb Stunden … bis absolut zufällig der Techniker hereinschaut: »Seit wann laufen die Computer nicht mehr?« »Seit eineinhalb Stunden.« »Und warum hat mich niemand geholt?« Die Kids hätten noch endlos dort ausgeharrt und nicht den Eindruck erweckt, dass sie sich allzu sehr langweilen. Übrigens lernten die meisten von ihnen nicht – darunter ein zu vernachlässigender Clan von Mongolen, die untereinander chatteten, auch wenn sie nebeneinander saßen, den Blick auf uralte Eroberer gerichtet –, sie schauten sich Modeseiten an, schrieben Mails oder spielten irgendwelche Spiele.

Wir Rumänen mögen sein, wie wir sind, aber wir warten nicht wie die Schafe, dass andere unsere Angelegenheiten erledigen. *On the contrary.* Auf dem Flughafen von Rom geschah es im vergangenen Jahr, dass der verdammte Flieger von Sky Europe oder irgendeiner anderen Billigfluglinie ein Problem hatte und nicht fliegen konnte. Die Horde Rumänen, die im Terminal lagerte, etwa hundert Personen, die wie veritable Kleinkriminelle aussahen, blieb etwa eine Stunde lang mehr oder weniger friedlich, worauf – es losging! Aufruhr nach allen Regeln der Kunst: Schreie, Gebrüll, Skandieren, Blockieren der Metro, ein kompletter Zirkus, den die Japaner ausgiebig fotografierten. Der gesamte Flughafenteil war über Stunden lahmgelegt. Als der Repräsentant der Firma auftauchte, drohte er gelyncht zu werden. Zum Glück konnten die zwanzig Carabinieri ihn an Ort und Stelle aus den Klauen der Menge befreien, sonst … Moțoc hieß der Sprecher! Die Frauen, die ihren Beruf am Leibe und im Gesicht ausstellten, zeigten ihnen den Mittelfinger und ließen ihr Gossenitalienisch vernehmen. Die Männer, muskulös und unrasiert, traten und hieben in die Mülleimer und zerbeulten sie endgültig. Nach einem heftigen Faustschlag gegen einen Coca-Cola-Automaten spuckte dieser sogar eine Colabüchse aus, was den Servicemann auf dem Terminal verblüffte: Er rieb sich die Augen und sagte, dies sei unmöglich. Ich vermute, seitdem sind unerklärlich viele glänzend rote Büchsen aus zahllosen Automaten verschwunden. Aber betrachten Sie das ganze Übel, denn das Spektakel an jenem Abend war äußerst erfolgreich: Schließlich wurden wir mit Bussen abgeholt und in ein Sheraton-Hotel gefahren, fünf Sterne, Superluxus, wo wir königlich untergebracht wurden. Diese Nacht hat die Unglücksraben von der Fluggesellschaft dreimal so viel gekostet, als wir für unsere Flugtickets bezahlt hatten …

28

Die Vorspeisen waren wie bei Hochzeiten, bloß sehr viel unpersönlicher und fader: Salami von der Art, wie sie in Supermärkten, in Plastikfolie verpackt, verkauft wird, eine Art Cheddar Cheese anstelle des Kaschkawal, ein paar grüne Oliven und ein paar Tomatenscheiben, anscheinend. All dies benetzt mit »Palinka à la Roumanie«. Etwas verwundert »bedienten« wir uns mit einiger Zurückhaltung von allem, damit noch Platz bleibe für das Gros der Gerichte. Ein großer Fehler: Wie auch immer sie gewesen sein mögen, diese »Antrees«, schließlich waren sie bei all ihrer Bescheidenheit die essbarsten Dinge, die beim rumänischen Abendessen auf den Tisch kamen. Die Palinka brannte uns in der Kehle, zwei örtliche Schönheiten überwältigten uns mit Fragen, auf der Leinwand defilierten Bilder mit halbverfallenen Lehmhütten, die Musikanten bearbeiteten ihre Instrumente – ich hatte so et-

was schon mal vor vielen Jahren in einem Dorf in der Dobru-
dscha erlebt … Damals hatte ich gesehen, wie die Braut von
vier Hünen entführt und in den hinteren Teil des Hofes gebracht und wie der kleine Schwiegervater mit einer Schub-
karre durch den Keller gefahren wurde … Auch hatte ich auf
dem Tablett das Huhn mit einer Zigarre im Schnabel und einer Karotte im Bürzel gesehen, das eine Kosakenfrau sparsam
und von den Jauchzern der Hochzeitsgesellschaft begleitet,
singend nachstellte, damit sie vom Paten des Brautpaares frei-
gekauft werde: »So ein Huhn legt viele Eier / Doch der Pate
trägt nur zweie. / Die vom Huhn sind glatt gerundet, / Die
des Paten kraus geschrundet.« Die Einheimischen hatten sich
ihre Atmosphäre geschaffen, nun diskutierten sie in Gruppen
über ihre kommunalen Angelegenheiten, und die aus der ersten Reihe beklatschten hin und wieder in den kurzen Pausen
zwischen den Liedern die Gitanes-Truppe. Das Akkordeon
des Mädchens streute wie eine Discokugel grüne Lichtstreifen über den Plafond.

Zwei dicke Köchinnen in weißen Kitteln gingen mit großen Metalltöpfen durch den Saal, in denen etwas Bräunliches
herumschwappte. Es war der erste Gang, der in dem von einer
Trikolore geschmückten Menü als »Soupe de goulash à la
Roumaine« angekündigt war. Bald hatten auch wir diese verdächtige Flüssigkeit in den tiefen Tellern. »Betörend Wasser,
wie finster du hier schwappst!« Unter den Klassikspezialisten
sind die Auseinandersetzungen über die berühmte schwarze
spartanische Suppe, die keiner essen konnte, der nicht vom
Peloponnes stammte, noch nicht beendet. Man weiß nicht,
aus welchen seltsamen Innereien sie gemacht, mit welchen

bitteren Kräutern, bei Vollmond gepflückt, sie gewürzt worden war. Die Tradition jener heroischen Suppe schien jedoch – jedenfalls kam es uns, den in die Ereignisse dieses Abends Verwickelten, so vor – den Zeitläuften widerstanden zu haben, und ihr Rezept musste bei der Zubereitung dieses rumänischen Gulaschs vollends berücksichtigt worden sein. Einmal, in Venedig, war ich verwegen genug, in einem Restaurant, dessen Lichter sich im Wasser der Lagune spiegelten, in seinem eigenen Saft gekochten Tintenfisch zu bestellen. Man servierte mir ein paar Knorpel in schwarzem Wasser. Das Fleisch mit den Saugnäpfen rumorte die ganze Nacht in meinem Bauch. Die rumänische Suppe schaffte es spielend, den Tintenfisch in seiner eigenen Tinte mit der spartanischen Tradition zu verbinden: Man konnte sie nicht essen. In der melancholischen Brühe, die farblich wie Donauwasser aussah, konnte man mitunter ihre seltsamen Bewohner erspähen: den einen oder anderen wie ein Ringelwurm aussehenden Nudelfaden, etliche Würfel faseriges Rindfleisch, deren eine Seite von einer dicken weißlichen Haut bedeckt war, hin und wieder einen dunkelgrünen Faden Liebstöckel, trocken am Tellerrand, wie ein kleines Krokodil, das in der Sonne brät. Ein Teller mit Wasser aus dem Toten Meer wäre vorzuziehen gewesen, es wäre zumindest gesalzen gewesen … Wir wagten es, diese brackige Substanz zu verkosten: Sie schmeckte nach Grillrauch, als hätte man die Barbecue-Soße gegessen, die man bei McDonald's bekommt.

Niemand aß. Alle schauten die Wände an, taten so, als lauschten sie hingebungsvoll dem Gegreine der Sänger. Uns war danach, vor Scham im Boden zu versinken. Wir brachten nicht einmal mehr die Energie auf, den Mädchen zu sagen, dass diese unglückselige Suppe nichts mit rumänischer Küche zu tun hatte. Dass wir so etwas in unserem ganzen Leben noch nicht gegessen hatten, dass es so etwas bei uns nicht gibt, übrigens auch sonst nirgends. Die an unserem Tisch schauten uns neugierig an, als wären wir Chinesen, denen man Eier vorgesetzt hatte, die sieben Wochen lang in der Erde vergraben waren, oder Kambodschaner, die mit dem Löffelchen den Affen die Schädeldecke einschlagen, um das noch lebende Hirn zu genießen: Würden wir uns über die nationale Delikatesse hermachen? Aber Mury und ich – nein und nochmals nein! Auch wir verweigerten wie alle anderen die dampfende Portion im schlauen Versuch, sie zu täuschen – nämlich so zu tun, als ob auch wir, wie sie selbst, normale und zivilisierte Menschen seien.

Die Teller wurden uns so wieder abgenommen, wie sie vor uns hingestellt worden waren, die Suppe wurde zurück in die großen Töpfe gekippt, die Menschen nagten an Brotrinden, die Zeit schritt voran. Der nächste Gang bestand aus Schaffleisch. Ich weiß nicht mehr, wie man diese Speise nannte, vielleicht »Angemacht* vom Lamm«, wie bei Bedros Horasangian, wer kennt schon noch diese Sünde? Selbstverständlich war auch hier der pompösen Benennung das unvermeidliche »à la Roumaine« beigefügt. Vergebe mir Gott, aber ich esse niemals Schaffleisch, nicht einmal zu Ostern. Als ich noch ein Kind war, mussten meine Eltern mich jedes Mal belügen, wenn sie mir Lammfleisch auf den Teller legten, da war

---

* Angemacht – im Original auf Deutsch

es dann Kaninchen oder sonst etwas. Ich mag den Geruch nicht, mag den Geschmack nicht, mag jene täuschende Zartheit des Lammfleisches nicht, die einen kauen lässt, als hätte man *Chewinggum* im Mund. Ich kenne niemanden, der regelmäßig Schaffleisch isst. Wer mag bloß auf die Idee gekommen sein, Schaffleisch sei typisch für die rumänische Küche? Die Sauce zu diesem neuen »rumänischen« Gang war wiederum eine Art Barbecue, diesmal jedoch noch eingedickter und stärker nach Rauch riechend. Daraus erhoben sich irgendwie tragisch etliche Tierrippen, die kalkhaltigen Knochen deutlich sichtbar, an die sich ein paar sparsame Fleischreste geklammert hatten. Wir bemühten uns, etwas davon zu essen. Aber wir kamen nicht über den ersten Bissen hinaus, er war ungesalzen und schmeckte nach Asche und Schaftalg. Beim Bemühen, es nicht vor aller Augen auszuspucken, kamen mir beinahe die Tränen. »Die halten uns für Moslems«, flüsterte mir Mureşan resigniert zu. Glücklicherweise ließ ihn die rötlichblonde Französin an seiner Seite das Martyrium sehr viel leichter ertragen, ebenso der Wein, offensichtlich ein »bernsteinfarbener Tokaj«, dessen Grundlage auf unzähligen Rosinen beruhte. »Tokaj à la Roumaine« wahrscheinlich. An dem ultrasüßen Wein nippend und vor Hunger Brotscheiben kauend, warteten wir, dass uns ebenso wie allen anderen gut zweihundert Gästen die unberührten Teller wieder abgenommen wurden. Die vier verliebten Gitanes waren mit dem, was sie zu sagen hatten, am Ende angelangt, hatten die Instrumente abgestellt und saßen nun an einem Tisch mit je einem Bier in der Hand, glücklich … Die Großaufnahme eines Polizisten mit Dienstmütze und mongoloidem Gesichtsausdruck bedeckte die gesamte vordere Wandfläche: Der Projektor war bei diesem Bild hängen geblieben.

»Poire à la Roumaine« hieß die Nachspeise, und das war aufgrund einer gnädigen Entscheidung der letzte Gang, den man uns servierte. Es war eine eingelegte Birne, die man aufrecht auf einen Teller gesetzt hatte. Damit kann man zumindest nichts falsch machen, sagte ich mir, wiewohl ich kaum Obst esse. Eine Birne ist eine Birne, und zwar überall auf der Welt. Was stimmt, aber ich hatte vergessen, dass die Birne eingelegt worden war. Seit ich davon gekostet habe – und mittlerweile ist dies zwei Jahre her –, zermartere ich mir das Hirn, in was für einer Beizenmischung aus Möbelpolitur und Coccolino-Emulsion die Köchinnen die unschuldigen Birnen wohl eingelegt hatten. Natur wären sie angebracht und angesichts der Hungrigkeit aller Anwesenden höchst willkommen gewesen. Auf diese Weise eingelegt, waren sie ungenießbar. Sodass auch die Birnen ganz und gar unversehrt den ruhmlosen Rückweg in die Küche nahmen.

29

Als wir halbverhungert und steif vor Kälte wieder in der Pension eintrafen, war es, als hätten wir den Lieben Gott am großen Zeh gepackt. Wir warfen uns in die weichen, mit wunderbaren Tüchern bedeckten Fauteuils und begannen, die Kekse aus einer Schüssel auf dem Tisch zu knabbern. Wir aßen sie bis zum letzten Krümelchen auf, dann gingen wir über zu den Pfefferminzbonbons in einem weiteren Schüsselchen.

Ich habe mein Lebtag noch nicht so viele Pfefferminzbonbons gegessen. Zwischen Mury und mir hatte sich auf dem Tischchen ein Haufen zerknüllten Zellophanpapiers gebildet, hin und wieder öffnete sich eines davon ganz langsam, faszinierend, das leise Knistern, wie ein imaginäres Ballett. Wie hypnotisiert schauten wir auf den Berg beweglicher Zellophanpapiere und brachten kein Wort mehr heraus. Was für ein irrer Tag! *Cassoulet*, Auszeichnungen, das rumänische Essen, all dies kreiste in unseren müden Köpfen, vermengte sich mit dem honigsüßen Tokajer und den Pfefferminzbonbons. Wir schleppten uns in unsere mit Landschaftsbildern und Nippes übersäten Zimmer und fielen in die altehrwürdigen Betten, die frisch nach Lavendel dufteten. In jener Nacht träumte ich viel, aber ich erzähle nicht, was, die Literaturkritiker erlauben es mir nicht. In meinen Büchern gibt es angeblich zu viel Onirismus*. Desgleichen zu viele Seiten mit metaphysischen Abschweifungen.

Ich liebe das Wort »Abschweifung« wahnsinnig, das die Kritiker, vor allem die jüngeren und etwas minder bemittelten, häufig und mit einigem Eifer meinen Büchern anheften. Von ihnen habe ich erfahren, dass es in meinen armen Romanen zahllose Seiten voller Abschweifungen gibt, geschrieben in einem Neologismen-Jargon, den keiner versteht. Vielleicht könnte man ja etwas davon verstehen, wenn diese sich auf einen oder bestenfalls zwei kurze zusammenfassende Sätze beschränkten. Ich aber wolle davon nichts wissen,

---

* Oneiroi, griechisch Träume; Onirismus steht im Rumänischen für traumlogisches Erzählen. (A.d.Ü.)

schließlich müsste ich tausendseitige Backsteine produzieren, die viel Füllstoff benötigten. Diese Abschweifungen handeln von Religion, einem Bereich, der, wie man weiß, völlig uninteressant ist (Die Bibel? Ein Buch für bigotte Greisinnen), von Quantenphysik (in *Lulù – Die Geschichte einer Frau*) wird kein Wort über die quantenphysikalische Unschärferelation verloren, auch nicht über nichtlineare Gleichungen, und trotzdem hat die Braut haufenweise Preise eingeheimst), von den Neurotransmittern im Gehirn und anderem Unfug. Solcherart in die Ecke und zum Knien auf Nussschalen verwiesen, dachte ich, vielleicht haben auch sie ihr eigenes Recht. Kann man's wissen? Vielleicht hat der Heranwachsende, der Hesse und García Márquez in seinen Blogs verflucht – weil sie nicht mehr aktuell sind –, andere Bedürfnisse, einfache, stärkere Geschichten, in denen das Ding ohne allzu viele Abschweifungen davor oder danach in sie eindringt … Ich erinnere mich an eine Geschichte von Ilf und Petrow, in der ein Typ von zwei Milizmännern geschnappt, auf das Bett gebunden und brutal verprügelt wurde. Währenddessen biss er die Zähne aufeinander und dachte: »Wer weiß? Vielleicht gehört es sich so, vielleicht erhält all dies, wenn man es aus einer höheren Warte betrachtet, eine völlig andere Bedeutung. Vielleicht müssen sie mich zum Wohle der Gesellschaft so verprügeln …« Jeder nicht mehr so junge Autor neigt dazu, so zu denken: Moment mal, bin ich noch der Zeitgenosse dieser Kinder? Sagt das, was ich schreibe, ihnen noch etwas? Was, wenn sich in der Zwischenzeit die Literatur verändert hat, und ich bin bei meinen alten Kamellen geblieben? Was, wenn sie recht haben? Der Kritiker, der mich respektvoll ermahnt, meine veralteten Spitzfindigkeiten bleiben zu lassen, kommt mir ziemlich behämmert und reichlich unbeleckt vor, aber vielleicht muss es so sein, vielleicht sind die jetzt so. Vielleicht haben die Leute die Gebildeten satt, die gut schreiben können. Wenn er Abschweifungen in meinen Büchern findet, dann sind es wohl auch Abschweifungen. Zum Henker, hat nicht sogar Borges gesagt, es sei ein Blödsinn, lange Bücher zu schreiben, wenn man sie auf wenigen Seiten zusammenfassen kann? Ich werde mal eine »Orbitor«-Ausgabe auf maximal 37 Seiten veröffentlichen, reduziert auf die ursprüngliche Geschichte, ohne irgendeine Art von Abschweifung und dazu noch reichhaltig illustriert. Und die wird dann sogar den Zeitläuften standhalten. Oder noch besser, eine Ausgabe in ein paar Zeilen, in denen dargestellt wird, wie eine Arbeiterin, Maria, Zwillinge gebiert. Einer von ihnen, Mircea, lebt in Bukarest zur Zeit des Kommunismus, er gerät unter den Einfluss eines Säufers, Herman, der hin und wieder unverständliches Zeug deliriert, wird von einem Kollegen beinahe vergewaltigt und vagabundiert anschließend herum, bis ihn die Revolution einholt. Der andere, Victor, wird in seiner Kindheit geraubt und nach Amsterdam gebracht, wo er in einer Atmosphäre von Promiskuität aufwächst, um schließlich in die Fremdenlegion einzutreten. Die beiden treffen sich in Bukarest während der rumänischen Revolution und … das Ende der Welt bricht an. Seine Rede, *less is more.*

Am nächsten Morgen stiegen wir in den Zug und kehrten nach Paris zurück, wo wir wieder in unserem Hotel am Boulevard Raspail abstiegen. Als wären wir nicht weg gewesen. In meinem scharlachroten Zimmer erwarteten mich der unter der Decke hängende Fernseher, das Bett mit der dunkelroten gefransten Tagesdecke, das Bonbon auf dem Kissen (ebenfalls Pfefferminz, verdammt, mein Magen begann unkontrolliert zu zucken, als mein Blick darauf fiel) und der bei Seite … aufgeschlagene Koffer, Verzeihung, der bei drei Hemden und zwei Pullovern aufgeschlagene Koffer; der größte Teil davon kleidet nun irgendwelche Gepäckarbeiter auf dem Flughafen Otopeni. Es war so gegen zwölf Uhr, wie durch ein Wunder war nach so viel Tristesse die Sonne herausgekommen, sodass auch ich aus meinem Zimmer spross, angetrieben vom einzig authentischen Hunger, den es auf der Welt gab: jenem nach einem traditionellen rumänischen Abendessen. Alle anderen sind blasse Kinder, nicht weiter erwähnenswert.

In der Hotelhalle traf ich auf die ganze Gruppe, sie waren ausgehbereit, aber vor allem stand ihnen der Sinn nach einem Restaurant. Man konnte nicht sagen, den Jungs – und den vornehmen Damen – wäre es mittlerweile gut gegangen. Der arme George Crăciun hatte sich auf seinem Flug nach Korsika eine Grippe eingehandelt, Florin hatte sich das Nasenbein bei einem Sturz auf der Hoteltreppe gebrochen, Agop wirkte zunehmend kleiner (oder aber Cristina größer), und die anderen, wiewohl unversehrt, wirkten erschöpft. Sie hatten jeden Winkel Frankreichs durchstöbert, hatten sich auf allen Bühnen des Hexagons produziert und jedes alte zurückhaltende Provinzpärchen mit der seltsamen Eigenart der Rumänen, ihre Sprache zu sprechen, verblüfft. Nun ja, wir waren nur noch die Schatten jener, die vor kaum einer Woche losgezogen waren, das gewaltige, vom Ehemann Carla Brunis beherrschte Territorium kulturell und literarisch zu annektieren. Jedoch vor allem anderen versammelte uns eine der Damen, die uns begleiteten, um uns unser bevorstehendes Programm zu verkünden. Was mich betraf, so würde ich noch eine Reise nach Bordeaux unternehmen, diesmal mit Agop, dann sollte ich zusammen mit Gabriela Adameşteanu und Ana Blandiana in den Süden zurückkehren, wo in Aix-en-Provence eine Begegnung mit dem Publikum geplant war, bei dieser Gelegenheit würden wir auch die berühmte Festung Carcassonne besichtigen. Und schließlich die Pariser Schlussapotheose mit einer Lesung dreier Dichter, Letiţia Ilea, Mureşan und ich, eine weitere Lesung in einer Buchhandlung, etwas bei RFI, eine harmlose Beteiligung an einer Radiosendung, die sich für mich zur großen Katastrophe dieser Reise auswuchs – Sie werden schon noch sehen, warum und auf welche Weise –, und dann der Abschlussempfang, symmetrisch zu dem am ersten Tag, wo wiederum die großen Potentaten der rumänisch-französischen Freundschaft erwartet wurden.

Interessant, sagten wir uns, während unsere Mägen knurrten.

30

Der Dichter Leonid Dimov nannte eines seiner berühmtesten Gedichte »Das Bad. Eine iterative Ewigkeit«. Paris war selber solch eine Realität, die sich dem Mythos einer ewigen Wiederkehr zu unterwerfen schien. Da trieben wir uns immer mal wieder in den entferntesten Provinzen Frankreichs herum, aber schließlich kehrten wir doch nach Paris zurück, an den Boulevard Raspail und in das Hotel mit den scharlachroten Zimmern, damit wir einen Ort hatten, von dem wir neuerlich aufbrechen konnten. Vielleicht zwingt Sie eine unschuldige Neugierde oder, im Gegenteil, eine tiefe und nicht zu unterdrückende Verstörung, die Sie nachts nicht mehr schlafen lässt, sich zu fragen, wer verdammt nochmal dieser Raspail gewesen sein mag, der in meiner französischen Reise so oft genannt wird. Ich werde nicht so zynisch sein, Sie auf Wikipedia zu verweisen – Sie sitzen schließlich im Café, lesen in meinem Buch und haben womöglich auf ihrem Mobiltelefon noch kein Internet –, auch bin ich nicht so verwegen, mich als universell gebildet zu geben. Ich bin eben gestern beim Lesen eines Buches über Gleichungen fünften Grades auf den berühmten Namen gestoßen. Dort las ich über Évariste Galois, Genie und Zankhahn der Pariser Mathematik um 1800, der mit zwanzig Jahren von den Royalisten auf den Barrikaden der aufständischen Stadt verhaftet wurde und ein paar Monate später die Theorie der mathematischen Gruppen und die Praxis der politischen Attentate aufgab, da er in einem Duell »wegen einer elenden Kokotte« erschossen wurde. Als die Häscher der Reaktion ihn schnappten, befand er sich auf einem Haufen umgestürzter Möbel und Pferdewagen an der Seite des … Biologen François-Vincent Raspail, gleichfalls jung und ebenso ungestüm, doch dieser sollte Jahre später die Zelltheorie in der Biologie begründen. Sehen Sie, nun haben Sie auch erfahren, wer dieser Raspail war, von dem die Straße ebenso wie unser Hotel ihren Namen bezogen.

Aber … was wollte ich sagen? Ein paar Worte über Dimov,

wenn ich schon mit ihm begonnen habe. Ich habe in meinem Leben, dessen darf ich mich rühmen, mehrere Persönlichkeiten kennen gelernt, die für die jungen Leute von heute bloß noch Namen in den Literaturgeschichten sind. Trotzdem kann ich bezeugen, dass sie ebenso lebendige Wesen waren wie Sie selbst, »in Stoffen gekleidet«, wie Nichita Stănescu sagte. Ich weiß nicht, wie es gewesen sein mag, wenn man Eminescu kannte, aber selbstverständlich haben auch ihn Hunderte oder Tausende Menschen gekannt, die darin nichts Besonderes sahen, zumal er damals nicht Eminescu war, sondern ein Zeitungsschreiber aus einer Redaktion unter vielen anderen. Aber Arghezi hätte ich kennen lernen oder zumindest sehen können. Unsere Leben überlappten sich etwa ein Jahrzehnt lang. Călinescu* habe ich lediglich gehört. Ich war fünf Jahre alt, als Vater mich zur Eröffnung des Ausstellungspavillons neben dem Scânteia-Haus mitnahm. Ein Meer von Menschen, und aus den Lautsprechern hörte man eine merkwürdige Stimme, die ich nie vergessen habe. Jene Falsettstimme, künstlich und grotesk, begann auf einem tiefen Ton, stieg langsam an und wurde in der Mitte des Satzes beinahe schrill, um dann zum Ende hin wieder abzuklingen. Der nächste Satz bestand dann ebenfalls aus Anstieg und Abstieg, und immer so weiter. Die Worte verstand ich nicht, aber der Ton der Stimme hat mich zum Lachen gebracht, woraufhin Vater mir eine ins Genick verpasste und aufgebracht

* George Călinescu (1899–1965), rumänischer Literaturhistoriker, Hochschullehrer und Schriftsteller, u.a. Verfasser einer umfangreichen Geschichte der rumänischen Literatur (erschienen 1941 und 1945). (A.d.Ü.)

sagte: »Hör auf zu lachen, du Esel, da redet der große George Călinescu!« Einige Zeit später lernte ich auch Șerban Cioculescu, Geo Bogza, Nichita Stănescu und Marin Preda kennen oder sah sie flüchtig. Keiner von ihnen war ein geflügeltes Wesen, vielmehr ein müder und ausgelaugter Mensch mit erdfahlem Gesicht. Vor zwei Jahren habe ich länger mit Vargas Llosa gesprochen. Die Komplimente der ihn Umgebenden beantwortete er in einem etwas deprimierten Tonfall: »*Mais je suis si vieux …*« Alt war auch Gellu Naum, als ich etwa zweimal mit ihm im selben Raum die gleiche Luft geatmet habe und wir respektvoll aneinander vorbeigegangen sind, alt war auch Dimov.

Ich hatte mein Studium abgeschlossen und fuhr täglich bis ins hinterste Colentina, um Rumänisch zu unterrichten. Um auf der Ștefan cel Mare, wo ich mit meinen Eltern wohnte, die Straßenbahn zu nehmen, ging ich zu Fuß bis zum Colentina-Spital. Dort traf ich häufig einen alten Mann, der vom Obor her auf mich zukam und einen altmodischen Kinderwagen vor sich her schob, in dem sich ein Mädchen befand. Der Mann mit seinem langen grauen, von Tabakrauch braungelb gefärbten Bart, der ihm bis über den Bauch hinab hing, wirkte wie ein Patriarch oder gar der Liebe Gott. Stets trug er ein schwarzes Hemd und ein rotes Tuch um den Hals. Er schaute zerstreut um sich, seine Augen mit gelber Hornhaut schienen von unablässigen Visionen überschüttet. Der Alte faszinierte mich. Noch bevor ich wusste, wer er war, machte ich ihn zur Figur eines meiner Gedichte. Das unvergessliche Antlitz zeigte sich mir, als ich mit Bogdan Lefter das erste Mal Dimov besuchte. Wir betraten einen der schlichtesten

Räume, in denen ich je gewesen bin: beinahe leere Räume, eine würdige und reine Armut. Die meiste Zeit beteiligte sich Dimov nicht am Gespräch – seine Frau und die Mutter seiner Frau ließen den Abend voranschreiten. Aber hin und wieder öffnete auch Dimov den Mund und sprach. Was er sagte, hatte keinerlei Bezug zum eben stattfindenden Gespräch. Es waren alte Erinnerungen, verändert aufgrund der Logik des Traumes oder der Nostalgie, dermaßen rund und kohärent, dass man sie als Gedichte wie Perlen auf einer Schnur des Schweigens hätte auffädeln können. Ein andermal sah ich Dimov zu Ostern in einer Kirche, eigentlich fiel mein Auge genau in dem Augenblick auf ihn, da der Pope rief »Kommet und empfanget das Licht!« Dimov war dort – vor einem Hintergrund leuchtender Ikonen. Seine Augen waren rund geworden wie bei der Offenbarung eines Geheimnisses, und darin funkelten die Kerzenflammen, die eine an der anderen angezündet wurden. Das letzte Mal, als ich ihn bei sich zuhause sah, bat er mich, ihm aus meinem soeben erschienenen Buch ein Gedicht vorzulesen. Ich begann ungeheuer schüchtern, und nach kaum zehn Versen brach ich ab: Es war ein Gedicht von Dimov! Meine in letzter Zeit fanatische Lektüre seiner Bücher hatte zu einer mehr als sichtbaren Nachahmung geführt. Ich erhob meinen Blick aus dem Buch und schaute ihn an, er lächelte. Von jenem Tag an hörte ich plötzlich auf, ihn zu lesen; es gibt, so glaube ich, keine ernsthaftere Bewunderungsgeste seitens des Schülers als diese. Wie zur Strafe habe ich ihn niemals wiedergesehen.

Und nun, in Paris, während wir uns als Gruppe einem argentinischen Restaurant zuwandten, bei heftigem Wind, der die kahlen, entlang der Boulevards aufgereihten Platanen krächzen ließ, dachte ich, dass wir, die Dutzendschriftsteller des Belles-Étrangères-Programms, irgendwann, und zwar früher, als wir uns das vorstellen, Literaturgeschichte sein würden wie alle vor uns. Dass die jungen Dichter von heute, die in Jahrzehnten erwachsene Menschen sein werden, sich damit brüsten werden, uns gesehen zu haben, wenigstens einige von uns, und sie werden bezeugen, dass es uns tatsächlich gegeben hat und dass wir Menschen wie sie waren, in Stoffen gekleidet. Wir traten ein in die nach Backkartoffeln duftende Wärme des Restaurants, und als wir am Tisch saßen und mit dem wunderbaren französischen Rotwein anstießen, bemühte ich mich, mir meine Freunde möglichst konkret und detailgenau einzuprägen, Florin und Cecilia, Marta und Mury, Agop und Gabriela, und Simona und Dan und alle anderen, damit meine Enkel einmal erfahren, wie sie in diesem Augenblick aussahen.

Dann kamen die argentinischen Rindersteaks, die sich angesichts meiner prekären Zähne als eine unlösbare Aufgabe erwiesen, mithin begnügte ich mich mit Folienkartoffeln und Rahm.

31

Dass Rockmusiker gewöhnlich ein völlig verrücktes Leben führen, hat mich nie gewundert. Das ist nicht unbedingt die Folge eines lasterhaften Wesenszugs, sondern eher dem gewaltigen Druck geschuldet, dem sie jeden Tag ihres Lebens ausgesetzt sind. Die Kunst ist aus mehreren Gesichtspunkten ein zerstörerischer Bereich: Der beängstigende Wettbewerb, die Konfrontation mit dir selbst, mit dem Publikum, den Gefährten und der Kritik – die Kunst ist ein Krieg, in dem du alleine gegen alle anderen stehst –, das unmenschliche Bedürfnis, immerzu voranzuschreiten, fortwährend in deinen eigenen Augen zu überleben, all dies reicht schon aus, dich in die Selbstzerstörung zu treiben. Der Künstler ist ein Möbiusband, auf dessen Vorderseite die Kultur, Zivilisation, höhere Bildung, die alles verstehende und alles bemitleidende Humanität eingezeichnet sind, während auf der Rückseite das Leiden, der Wahnsinn, die zerstörerischen und selbstzerstörerischen Tendenzen stehen. Die beiden Seiten fließen ununterbrochen ineinander, niemand kann sie trennen. Auch wenn man über die Mittel eines Pop- oder Rockstars verfügt (»*the little faggot is a millionaire*«, wie die Dire Straits sagen), ist die Versuchung gewaltig, Energizer zu benutzen, um durchzuhalten, Drogen, um zu vergessen, sich der völligen Depravierung anheimzugeben, um das Gehirn zu täuschen. Der Rockstar ist in gewisser Weise ein Übermensch, der eine für die meisten von uns selbstmörderische Lebensweise durchhält. Denken Sie nur mal an die Tourneen, die sie Jahr für Jahr unternehmen und die ein paar Monate lang je ein Konzert pro Tag jeweils in einer anderen Stadt bedeuten. Ein Leben auf Wanderschaft, das einen sozial völlig aus der Achse bringt, einen benebelt, man fühlt sich wie in einem schwindelerregenden Tunnel voller Menschen, Ereignisse und Irrsinn, in dem selbst der leiseste Schatten von so etwas wie Sinn sich völlig auflöst. Da bleibt nur noch das Bedürfnis nach Drogen: Erfolg, Sex, Alkohol, Heroin ... Vielleicht gibt es Menschen, die dafür geschaffen sind, mit einer unverwüstlichen und heroischen Leber, ich jedoch bin überzeugt, dass ich schon nach drei Tagen das Handtuch werfen würde.

Ich (der ich mich nicht mit ihnen vergleichen kann, wiewohl ich mir mein ganzes Leben lang gewünscht habe, Gitarre spielen zu können; und mein Held ist John Lennon) spüre, dass ich meine Frustrationen ohne den Rückgriff auf Stimulanzien oder Narkotika in den Griff kriegen kann. Ich gerate ein- oder zweimal pro Jahr in eine verheerende Paranoia (niemand liebt mich, alle sind gegen mich, alle warten nur darauf, dass ich einen falschen Schritt mache, um mich zu zerfleischen), in eine tiefe Depression oder in einen Zustand völliger Unzufriedenheit. Aber auch im tiefsten Loch bewahre ich mir das Vertrauen in meinen eigenen Verstand und weiß, dass ich in solchen Augenblicken nichts anderes tun muss als abzuwarten, damit es vorbeigeht. Ich sehe mich nicht trinken, »um mein Unglück zu ertränken«. Ich habe es auch als Jüngling nicht getan, als ich ein völlig anti-bohèmehafter Dichter war, also mache ich es auch jetzt nicht. Ich mag nur mit Freunden trinken, wenn man sich abends mal trifft. Auch bin ich nicht abenteuerlustig genug für andere Erfahrungen (ich habe im geschützten Raum der Imagination alles erlebt, was man erleben kann, selbst das, was man nicht erleben kann). Aber diese französische Tournee, die sich länger als zwei Wochen hingezogen hat, hätte mir beinahe den Rest gegeben. Nach zehn Tagen war ich schon völlig erschöpft, empört, verzweifelt. Ich konnte nicht mehr. Wie der Erzähler

bei Mateiu Caragiale* sagt, »diesmal hatte es mich fertiggemacht«. Und nicht weil ich etwa wie er immerzu »getrunken,
filibustert und gespielt« hätte, sondern weil ich fern von zuhause war, aus meinem lieben Gehäuse herausgelöst, genötigt,
Hunderte Menschen pro Tag zu sehen, zu lächeln, Hände zu
schütteln, bis zum Erbrechen zu »sozialisieren«, ausgerechnet
ich, der ich den lieben langen Tag lang mich zu Hause verkrie-
chen würde, wenn es möglich wäre, so zu leben, wie mir der
Sinn steht. Seit einigen Tagen schon fragte ich mich, was ich
hier suchte. Was hat dieser Irrsinn zu bedeuten? Was hat all
dies mit mir zu tun? Die einzige Droge, die ich mir an diesen
endlosen Abenden genehmigte, nachdem ich mich in meinem Pensions- oder Hotelzimmer eingeschlossen hatte, war
eine englische Ausgabe von Nabokovs »Lolita«, die ich überall
hin mitgenommen und in der ich Abend für Abend bei laufendem Fernseher und während sich auf den Hotelzimmer-
fenstern Eisblumen bildeten und meine Gefährten auf dem
Flur standen und sich wortreich Gute Nacht sagten, gelesen
habe.

Abends machte ich stets auch noch etwas anderes. Als ein
guter Rumäne, der ich bin, holte ich alles Geld aus meinen
Taschen und zählte es. Unser geringes Honorar, das eigentlich gar kein Honorar war, sondern die Bezahlung für die in
der Anthologie »Belles Étrangères« abgedruckten Fragmente,
die uns in *Traveller's Checks* überreicht worden war, die man in

---

* Mateiu Caragiale (1885–1936), rumänischer Schriftsteller und Maler,
  Autor des Romans »Die Vier vom Alten Hof«; Sohn des Schriftstellers
  Ion Luca Caragiale. (A.d.Ü.)

Wechselstuben einlösen konnte. Ich versuchte, diese Schecks nicht anzurühren, denn ich hatte mir ein paar Euro von zuhause mitgenommen und lebte davon. Ich zählte also Abend für Abend mein Geld und dachte an die endlosen Stipendien und Reisen, bei denen ich hart gespart hatte, um das Geld nachhause zu bringen, wo wir in grimmiger Armut lebten. Für eine Lesung in Berlin oder Frankfurt bekam ich damals zwei- bis dreihundert Mark. Dies geschah einmal alle paar Monate, und für uns war das gutes Geld. Während der neunziger Jahre und bis vor drei, vier Jahren habe ich im Ausland jeden Pfennig beiseite gelegt, denn ich wusste, dass dies unsere einzige Chance war. Oftmals haben sich meine Kollegen über die Bescheidenheit unserer Lebensführung gewundert, selbst die Schriftsteller aus Polen, Ungarn oder Tschechien, die doch ebenso wie wir aus ehemals »sozialistischen« Ländern stammten. Sie gönnten sich viel mehr. Als ich mit einem DAAD-Stipendium in Berlin lebte – im Jahre 2000 –, habe ich eine meiner Kolleginnen besucht, die polnische Prosaschriftstellerin Olga Tokarczuk, die in einem finsteren, öden Gebäude wohnte, einem ehemaligen Krankenhaus irgendwo im Ostteil der Stadt. Olga war etwa zehn Jahre jünger als ich, aber sie hatte schon ein paar Bücher in Deutschland veröffentlicht und verfügte über eine sehr verlässliche Reputation. Als ich sah, dass sie an einem Laptop arbeitete, verkrampfte sich etwas in mir, ich empfand mich als den letzten Menschen auf der Welt. Damals konnte ich mir nicht vorstellen, mir jemals so etwas leisten zu können. Sonntag für Sonntag ging ich zu Saturn, dem Elektronikkaufhaus in Mitte, und schaute mir wie ein armes Kind, das in der Weihnachtsnacht auf die geschmückten Tannen in den Häusern der Wohlhabenden starrt, die Laptops an. Völlig erledigt kehrten wir, Ioana und ich, jeweils nachhause zurück. Eines Tages hat mich meine Frau schier zu Saturn hingezerrt: »Du musst auch einen haben. Es ist eine Sache der Ehre, der Ehre als rumänischer Autor«, sagte sie, unempfänglich für jedes meiner Argumente. Und an jenem Tag kaufte ich mir meinen ersten Laptop, für den ich die Hälfte des Geldes ausgab, das mir mit vielen Frustrationen in den acht Monaten, die wir nun schon in Berlin waren, beiseite zu legen gelungen war. Ich fühlte mich so seltsam, war glücklich und konnte an mein Glück kaum glauben, als hätte ich einen Lamborghini oder ein Schloss geschenkt bekommen ... Auf diesem Laptop, der einmal das elende Selbstbewusstsein eines armen Autors aus einem unbekannten Land symbolisierte, spielen und hören heute die Kinder in einem fernen Dorf ihre Musik.

Als ich an jenem Abend mit dem Geldzählen aufhörte, fühlte ich mich plötzlich derart einsam und unglücklich, dass ich, hätte ich eine Whiskyflasche (eine Frau?, eine Spritze mit Speed?) gehabt, letztlich vielleicht auf die Lösung der Rocker zurückgegriffen hätte, geschehe, was da geschehen wolle. Stattdessen habe ich mir eine Passage Nabokov reingezogen, bis mir das Buch aus den Händen fiel und ich bei brennendem Licht eingeschlafen bin ...

32

Im Morgengrauen trafen wir uns wieder im Hotelfoyer, lümmelten in den Sesseln, die Umhängetaschen seitlich abgestellt. Agop und ich in Erwartung des ewigen Kleinbusses, der uns zum Bahnhof fuhr. Wir sollten nach Bordeaux aufbrechen, der Name hatte einen interessanten Beiklang, doch selbst dieser bedeutete uns in dem Zustand, in dem wir uns mittlerweile befanden, nicht mehr das, was er bei einer anderen Gelegenheit bedeutet hätte. Während wir auf Laure warteten, die sympathische Übersetzerin aus dem Rumänischen, die uns begleiten sollte, fand Agop, der in der literarischen Gesellschaft nicht von ungefähr den Spitznamen »zänkische Vettel« führt, schon vom frühen Morgen her kratzbürstig, die Zeit, noch ein paar Freunde nach dem Prinzip des tapferen Schneiderleins zu erledigen: Sieben auf einen Streich! Für mich ist Agopian ein ewiger Anlass zu jubilieren: An seiner Seite empfinde auch ich mich als eine Gestalt mittlerer Größe! Auch beim Militär trat ich aus dem gleichen Grund stets mit dem Letzten aus dem Zug an, einem Oltenier namens Prodan und ich weiß nicht wie noch, der mit seinen 149 Zentimetern der kleinste Soldat in der rumänischen Armee war. Sie können sich vorstellen, wie ich mich gefreut habe, einen Kerl zu sehen, der einen Kopf kleiner war als ich, der ich stets einen Kopf kleiner bin als der Mann, mit dem ich gerade rede … Prodan hatte sich um Beziehungen bemüht, damit man ihn zur Armee einzog, und dies zu einer Zeit, als alle anderen kaum mehr wussten, was sie tun könnten, um ihr zu entkommen. Er hatte die ärztliche Kommission bestochen, um für tauglich befunden zu werden, denn in seinem Dorf galt es als eine große Schande, nicht zur Armee eingezogen zu werden. Was hätten die Mädels sonst gesagt? Der verdammte Kerl bekam übrigens Briefe von drei Freundinnen, agrammatisch und leidenschaftlich waren sie alle drei, und zwei davon hat er dann anderen Kameraden zugeführt. Die er behalten hat, schrieb ihm auf parfümiertem Papier und war noch kleiner als er, schier unglaublich klein. Wie sie sonntags so händchenhaltend durch die Einheit spazierten, wirkten sie wie ein Paar selbstzufriedener Zwerghühner. Mit Agop war es ebenso. Der Autor, klein von Statur, doch von großer Natur, mit einem Schnurrbart, der ihn in eine Art Miniatur-García-Márquez verwandelte (ich habe ihn auch einmal ohne Schnurrbart gesehen, zu einer gewissen Zeit sogar mal mit einem völlig uninspirierten Vollbart, unter dem man kaum mehr etwas von ihm sah), strahlte somit – aber auch aus anderen Gründen – stets gute Laune aus. Selbstverständlich nur, wenn er einen nicht beschimpfte. Glücklicherweise, ich hab es schon mal gesagt, schätzten wir beide uns gegenseitig, denn was auch immer man sagen mochte, wir gehörten zur großen Kohorte der rumänischen Literatur … Niemals, apropos, werde ich einen Satz vergessen, den ich selbst mitangehört habe, als ich in einem überfüllten Saal in Onești war, wo damals die »Tage der Călinescu-Kultur« abgehalten wurden. Zwei Schritte von mir entfernt standen Nichita Stănescu und Marin Sorescu, die sich, wie es schien, zum ersten Mal getroffen hatten, seitdem Sorescu sehr ironisch und scharf über »Epica Magna« geschrieben hatte: Über den Umschlag hatte er gesagt, er sei eine Bonbonschachtel, und der

Inhalt – ebenso. Nun aber hatte Stănescu ihn am Arm gepackt und sagte: »Mönsch, Marin, sind wir so weit gekommen, dass wir uns gegenseitig fertigmachen? Wir, die wir auf die rumänische Literatur sch… können?« Und was hat Sorescu darauf geantwortet? Man sieht, dass Sie ihn nicht gekannt haben. Sorescu sprach nicht, sondern brabbelte etwas, das man unmöglich verstehen konnte. Ich denke, er hat genau deshalb geschrieben, damit auch er etwas sagen könne, was auch immer …

Schließlich kam auch Laure an, und weil nun die Gruppe komplett war, stiegen wir in den Kleinbus. Paris, seit Utrillos Zeiten unverändert, melancholisiert vom Geflocke, das die massiven und identischen, beim fünften Stockwerk gekappten Gebäude ins Gräuliche herabdimmte, erstrahlte hin und wieder rechts und links in einem Sonnenstrahl. Ich war von 1990 her noch einigermaßen vertraut mit der Stadt, damals hatte auch ich ein einmonatiges Stipendium bekommen, das in der Euphorie der Revolution vielen, ja genügend rumänischen Autoren verliehen worden war. Damals waren wir mitten in den Pariser Sommer geraten und wohnten vorerst bei einem Bekannten neben der berühmten Rue Mouffetard (wo wir uns um den riesigen grauen Kater der Gastgeber kümmern mussten, der die dumme Angewohnheit hatte, auf dem Tisch zu sitzen), und danach in der Avenue de Suffren, in der prächtigen Residenz unseres Kulturattachés in Paris, des Herrn Ion Pop, der seine Ferien in Rumänien verbrachte. Einen Monat lang und bei bestmöglichem Wetter spazierten wir durch Paris, gingen und kamen wir wie in einem Videospiel aus der Métro und entdeckten immer wieder einen anderen Ort in der Stadt, der uns schon aus Büchern und Fotoalben vertraut war. Auch heute noch haben die Namen Mairie de Montreuil, Porte d'Orléans, Bobigny, Billancourt, Pont de Sèvres und die anderen Endstationen für mich einen magischen Klang. Mal stiegen wir beim Seine-Kai aus, mal bei Sacré-Cœur, bei den Halles, neben dem Centre Pompidou, im malerischen Marne, wir gingen in die Museen und plünderten die Tatous, nahmen uns die Bouquinisten vor, kauften Baguettes und verzehrten sie auf den Straßen ... Niemals sonst waren wir so frei und wunderten wir uns so sehr über alles, was uns umgab. Hatten wir denn hoffen können, jemals die Sorbonne, den Boulevard Saint-Michel, die Opéra und den Louvre zu sehen? Aber jenseits dessen gab es noch etwas, die Atmosphäre jeder Straßenecke, der Cafés mit den Stühlen auf der Straße, den Geruch nach Hummer und Urin in den Seitengassen, die Somalier, die Ledertaschen verkauften und von der Polizei dahin und dorthin gescheucht wurden ... Als meine gute Freundin Magda sich in Paris niederließ, freute ich mich für sie. Eigentlich freue ich mich für jeden, der sich entscheidet, an einem erstaunlichen Ort von unerschöpflicher Schönheit zu leben, wie es Paris, London, Wien oder San Francisco sind, und uns weiterhin unser Bukarester Kreuz tragen lässt. Wie sehr doch Milan Kundera recht hat, wenn er schreibt, das Leben sei anderswo ...

Am Bahnhof stiegen wir in einen weißglänzenden TGV mit getönten Fensterscheiben, der uns durch malerische Vorstädte fuhr, bis wir in die offene Landschaft kamen. Ich ging mit Agop zur Bar, und mit Bierflaschen in den Händen begannen wir, über Bücher und Menschen zu palavern. Im

Inneren sind diese Röhrenzüge auf das sorgfältigste schallgedämmt, so dass man sich beim Denken zuhören kann.

Bald waren wir in Bordeaux, von dem ich nur wusste, dass es ein Weinname war, und der Fluss, an dem es lag, die Garonne, rief die Erinnerung an einen banalen Wermut bei mir herauf. Ich hatte überhaupt keine Ahnung, was für ein architektonisches Wunderding diese Stadt war, in die ich irgendwann einmal zurückkehren werde. Ein einziger Tag, selbstverständlich im Hotel und Restaurant vertan (wie auf der gesamten Strecke dieser ermüdenden Tournee), reichte eigentlich für gar nichts. Wir gingen durch die Straßen, entdeckten die Kathedrale Saint-Pierre, staunten über das gewaltige Gebäude der Börse und scheiterten auf dem Kai der Garonne beim Anblick einer trichterförmigen Strommündung, wo wir ein paar Fotos machten. Auf einem davon sitzt Agop allein vor dem breiten Strom auf einem Stein. Wir kehrten in die Stadt zurück und entdeckten die Buchhandlung, in der wir lesen würden. In einem Schaufenster waren ein paar rumänische Bücher platziert, darunter auch mein soeben erschienener Roman nebst einer sehr schmeichelhaften Vorstellung auf einem Blatt daneben. Ich wusste, dass es dieses Arrangement gestern noch nicht gegeben hatte und dass es morgen schon wieder verschwinden würde, und dennoch konnte ich einen leichten Schauder nicht unterdrücken und schoss auch ein Bild davon. Wie traurig doch das Schicksal der rumänischen Schriftsteller ist: Merkwürdigkeiten, die nicht einmal interessant sind, aus einem völlig ignorierten Raum, einem Land ohne Identität, ohne Geschichte, von dem wie von seinen Bewohnern nichts zu erwarten war. Aber das ist eine alte Geschichte …

33

Nun folgten etliche Pariser Tage, die vollgestopft waren mit Veranstaltungen: Lesungen, Begegnungen, Empfängen … Wir verursachten ein Summen in Paris, wie es einst in Humleşti summte vor Spindeln und Laden, waren omnipräsent in Buchhandlungen und Salons, in den Metros und Aufnahmestudios. Nach Ion Mureşans, Letiţia Ileas und meiner Lesung in einem überfüllten Saal folgte ein ausgedehntes Mahl, das sich bis spät nach Mitternacht hinzog. Dort traf ich meinen Verleger Olivier Rubinstein, den Chef des Verlags Denoël. Wir umarmten uns enthusiastisch. Was hatten wir in den nunmehr beinahe zwanzig Jahren, seitdem wir uns kannten, für eine schöne Geschichte miteinander erlebt! Wir waren fast noch Knaben gewesen, als wir uns 1990 zum ersten Mal im sommerheißen Paris trafen. Er hatte zusammen mit einem Geschäftspartner irgendwo in Südfrankreich einen kleinen Verlag. Crohmălniceanu* hatte ihm eines meiner Bücher empfohlen, »Der Traum« (das spätere »Nostalgia«), das ich im Jahr davor veröffentlicht hatte. Es war mein erstes Prosabuch, von dem einige meiner »Freunde« sagen, es sei bislang mein bestes. Normalerweise verhält es sich in diesen Dingen etwa so: Ein Autor schreibt wunderbar, solange er mit jeman-

---

* Ovidiu S. Crohmălniceanu, eigentlich Moise Cohn (1921–2000), bedeutender rumänischer Literaturhistoriker, Autor einer dreibändigen Geschichte der rumänischen Literatur zwischen den beiden Weltkriegen. Hat als Literaturkritiker und Hochschullehrer die junge postmoderne rumänische Literatur der achtziger Jahre begrüßt und gefördert. 1992 siedelte er nach Berlin über, wo er auch starb. (A.d.Ü.)

dem befreundet ist. Zerstreiten sie sich, so beginnt er zugleich, schlechter zu schreiben. Versöhnen sie sich wieder, welch ein Wunder, er schreibt wieder großartig, ja sogar noch besser als früher! Also werden Sie immer wieder Stimmen hören, die meine Bücher bis zu einem gewissen Zeitpunkt loben und anschließend meinen gegenwärtigen Verfall beklagen.

Olivier hatte das Buch einer Dame in Lyon, die einige Studien in Rumänien betrieben hatte, zum Übersetzen gegeben. Ich versuchte mit ihr Verbindung aufzunehmen, aber sie hat mir kein einziges Mal auf mein Angebot, ihr beizustehen, geantwortet. Wir trafen uns einmal in Paris in einer romantischen Umgebung – auf der Umfriedung eines Brunnens auf dem Sorbonne-Platz. Sie hatte die Übersetzung schon beendet. Sie wirkte beunruhigt, schaute oftmals über die Schulter ... Und sie sagte mir nur eine Sache, dass ich nämlich bloß ein Bübchen sei und sie den Eindruck habe, eigentlich sei sie die Autorin des »Traums« ... Worauf sie buchstäblich davonrannte. Damals bin ich ein bisschen erschrocken, doch anschließend hatte ich leider die Gelegenheit, festzustellen, dass sie weitgehend recht hatte: Sie hatte ganz entscheidend zu meinem Buch beigetragen, mit Phantasie und Humor.

Nach der Veröffentlichung des Buches – »Le Rêve«, meine erste Übersetzung! – erreichten mich finstere Zeichen. Einen ersten Verdacht schöpfte ich, als jemand aus Iași eine Erzählung für eine Zeitschrift von mir erbat. Ich merkte, dass ich das Manuskript nicht mehr hatte, und begann, sie aus dem frisch auf Französisch erschienenen Buch zurückzuübersetzen. Zu meiner Verwunderung hatte ich am Ende meiner recht genauen Rückübersetzung eine andere Geschichte, etwas Phantastisches, das mein armer Geist nie zustande gebracht hätte. Aus dem Original fehlten ganze Sätze, die möglicherweise der Übersetzerin nicht gefallen hatten. Dafür zog sich der Luxus neuer und interessanter Passagen labyrinthisch durch die gesamte Geschichte ... Ich wusste nicht mehr, was ich denken sollte. Nach einem Jahr entschied ein in der Zeitschrift *România literară* erschienener Artikel den Fall endgültig. Eine verärgerte Leserin hatte ihn geschrieben, die meinen Text mit der französischen Fassung verglichen hatte. Die Beispiele, die sie brachte, waren erschütternd – und ich wusste nicht mehr zu sagen, was eigentlich mich erschütterte: Gelächter oder Entsetzen ... In einer Geschichte aß ein Kind eine knusprige Japonaise, die es von einem Arbeiter aus der Brotfabrik bekommen hatte. Die Dame aus Lyon übersetzte: »Il mangeait une Japonaise socialiste« ... Der Keks war zur Frau geworden, darüber hinaus auch noch Sozialistin (anscheinend hatte sie im Wörterbuch als Entsprechung für das rumänische Wort rumenă/knusprig, also »rouge« gefunden), und das Kind war ein Kannibale. An anderer Stelle beschrieb ich das Eisengestänge (rum. fiare*) auf dem Telefonpalast, also die Antennen darauf. Sie hatte »les fauves« übersetzt und das milchweiße Gebäude auf der Calea Victoriei mit Tigern, Bären, Löwen und Panthern bestückt, ein Bild das des Pinsels eines Dalí würdig gewesen wäre. Und was nicht sonst noch, je einen kapitalen Fehler pro Seite, dass man dasitzt und sich bekreuzigt! Trotzdem wurde das Buch gut aufgenommen, seine

---

* Fiare heißt im Rumänischen Eisen- oder Metallgestänge ebenso wie Bestien, wilde Tiere.

Bizarrerien erschienen den Lesern offenbar als in Eugène Ionescos Heimatland durchaus angebracht. Aber was rede ich hier noch von Besprechungen, sie waren alle aus dem Bauch heraus geschrieben. In allen war von den »vier herausragenden Erzählungen« die Rede. Konnten die Franzosen etwa nicht mehr bis fünf zählen? Oh doch, aber auf der Umschlagrückseite stand aufgrund eines Fehlers etwas von vier Erzählungen, weshalb sollte da jemand das noch einmal anhand des Inhaltsverzeichnisses überprüfen?

Bei aller Enthemmtheit der Übersetzung war Olivier vom Buch begeistert und veröffentlichte danach im Laufe der Jahre alle meine weiteren Bücher in den von Mal zu Mal besseren Verlagen, mit denen er zu tun hatte. Er war der erste Mensch, der wirklich an mich glaubte und mich trotz des bescheidenen Verkaufserfolgs meiner Bücher in Frankreich druckte. Leider wurde auch mein zweites Buch von der gleichen imaginationsstarken Dame übersetzt. Vorsichtiger geworden, schickte mir Olivier das Manuskript, bevor er es in Druck gab. Herrgott! Auch heute noch packt mich jenes hysterische Gelächter, wenn ich mich daran erinnere. Im Text (»Travestie«) gab es eine Menge Gedichtchen aus der Kinderfolklore, »Sieh mal an, was ist denn das? / Er ist tot, doch der ist steif! / Behüt mich Gott vor dieser Not / Dass ich noch leb und er ist tot!« Meine Übersetzerin hatte darin eine makabre Botschaft erkannt, folglich übersetzte sie: »Was geschieht hier wohl? / Die Toten verfolgen die Lebenden! / Das Schicksal aber schützt sie, / die Lebenden weisen ihnen den Weg zum Tod«. Noch mehr Kopfzerbrechen hatten ihr diese Verse bereitet: »Bin so tollpatschig, kann keinen Tanz / hab dafür ein Ungetüm von Schwanz.« Das letzte Wort hatte sie in den rumänischen Wörterbüchern nicht finden können, sodass sie improvisieren musste. Dabei kam etwa Folgendes zustande: »Ich bin arm, hab keinen Hut, / dafür hab ich eine große Tüte in der Hand.« Ich war entsetzt, habe Hunderte Korrekturen vorgenommen und das Manuskript Olivier zurückgeschickt. Er antwortete mir, er werde nie wieder mit der Dame aus Lyon zusammenarbeiten. Und er hat Wort gehalten. Mit Alain Paruit ging die Sache anders …

Ich saß mit Olivier am Tisch, und wir erzählten uns beseelt, was wir seit unserer letzten Begegnung erlebt hatten, als ein anscheinend sehr guter französischer Schriftsteller bei uns gesessen, vor sich hin gedöst und kein Wort gesagt hatte. Er zog es vor zu trinken, hatte in seinem Habitus etwas Flauberthaftes, trank, bis seine Wangen sich wie das Feuer röteten (beinahe hätte ich gesagt: sozialistisch wurden). Olivier erzählte mir, dass man ihn wegen seines großartigen Aufstiegs in der Szene der Pariser Verlegerschaft schon schnitt, »aber du weißt, Mircea, dass der Hass deiner Mitbrüder das beste Zeichen des Erfolgs darstellt …« Mury und Letiția, die ausgezeichnet gelesen hatten, genossen ihren Erfolg – Ion, er hatte sich erhoben, rezitierte mit der paradoxen Größe Marmeladows* ein Gedicht zur Rehabilitierung aller Säufer der Welt: Alle beklatschten ihn aus Leibeskräften … Spätnachts gesellte sich auch Agop in seinem farblich nicht zu bestimmenden Sakko zu uns. »Mann, nun stell mich doch auch deinem

* Figur aus Dostojewskis Roman »Verbrechen und Strafe«; ein dem Alkohol verfallener Beamter. (A.d.Ü.)

Verleger vor!« »Gewiss, Ştefan«, sagte ich. Ich stellte sie einander vor, die beiden reichten sich die Hände, und ich sagte noch einiges über den rumänischen Autor, dass er es auf jeden Fall verdiene, gedruckt zu werden ... Olivier sagte: »Gewiss, er soll mir ein Buch schicken.«

»Sag ihm, ich sei der größte rumänische Prosaschriftsteller«, sagte Agop mit dem strengen Blick des großen Kindes. Ich sagte auch dies noch zu Olivier, der verständnisvoll nickte: »Nobody is perfect ...«

34

Und dann kam meine Paranoia-Krise, die ich aus Gründen des Fairplay erzählen will: Ich habe einige Figuren der sympathischen Reise ausreichend beschrieben, sodass ich kompensatorisch ein bisschen auch das Recht habe, mich selbst zu beschreiben. Schließlich hätte ich, wenn ich auf mein Bild als Autor bedacht gewesen wäre, nicht die Unvorsichtigkeit begangen, mein intimes Journal schon zu meinen Lebzeiten zu veröffentlichen.

Was war das damals für ein Irrsinn! Meine Gegner – ja sogar einige meiner Freunde, für die ich die Hand ins Feuer gelegt hätte – stürzten sich auf jene Seiten wie in dem Witz mit den Arabern, denen die Munition ausgegangen ist, während ein Jude mit dem Panzer zwischen ihren Reihen herumfährt und ausruft: »Patronen zu verkaufen! Billige Patronen!« Auch ich habe ihnen Patronen verkauft, bis zum Anschlag. Auf den Seiten des Tagebuchs konnten sie einen Satz lesen, den ich in einer betrübten Situation geschrieben hatte, als ich mir vor Verzweiflung die Haare ausriss: »Ich bin ein Schwachkopf, kann überhaupt nichts mehr schreiben.« Worauf sie in ihren vernichtenden Besprechungen jubilierend notierten: »Der Autor ist ein Schwachkopf, er hat, wie er selber zugibt, seit etlichen Jahren schon nichts mehr geschrieben.« Ich erinnerte mich an eine Episode, die sich zugetragen hatte, als ich vier Jahre alt war: »Ich zerdrückte Ameisen an einer Baumrinde«, um in einer weiteren Besprechung zu lesen: »Cărtărescu ist ein Sadist, er zerquetscht Ameisen an den Baumrinden!« Hätte ich da sagen können, es sei nicht wahr? Schließlich hatte ich es selber geschrieben ...

Also kümmert es mich nicht, was die Leute sagen werden, wenn sie nun erfahren, dass mir am Ende des Belles-Étrangères-Programms aufgrund einer schlichten Dummheit die Welt über dem Kopf einstürzte. Oder besser gesagt, aufgrund einer Reihe von Dummheiten. Alles begann mit jenen *Traveller's Checks*, die ich schon erwähnt habe: acht Schecks zu je hundert Euro, wenn ich mich recht entsinne. Weil ich in zwei, drei Tagen nach Hause zurückkehren sollte, musste ich sie unbedingt irgendwo einlösen, bei einer Bank oder in einer Wechselstube. So etwas langweilt mich, der ich ein pathologisch schüchterner Typ bin, gewaltig, und zwar so sehr, dass ich meine Frau zur Post schicke, sie die Kabelgebühr und den Strom bezahlen schicke, ich schicke sie überall hin, wo ich es mit Unbekannten zu tun hätte. Also kam mir jener Gang in die Stadt wie ein Martyrium vor. Im Ausland fühle ich mich immerzu unwohl in meiner Haut; weil ich die Sprache nicht gut genug spreche, weil ich lange Haare trage und einen dunklen Teint habe (ja ein echter Zigeuner bin, wenn man sich nach denen von der *Trikolore* richtet), liegt in den Blicken der Leute immer ein Verdacht. In Amsterdam habe ich auf der Straße einmal eine Dame auf Englisch gefragt, wo das Rijksmuseum ist, und die Frau ist ganz einfach davongerannt … Aber weil ich keine Wahl hatte, bin ich eines Vormittags bei schrecklichem Nieselregen losgezogen, den Boulevard hinab. Wenn man sie nicht braucht, begegnen einem diese verdammten Wechselstuben auf Schritt und Tritt, aber wenn man Geld eintauschen will, verbergen sie sich in unwegsamem Gelände. Anderthalb Stunden lang bin ich auf keine gestoßen, bis ich im Zentrum angelangt war. Und die, an denen ich vorbeigekommen war, hatten geschlossen, weil Samstag war. Die Banken im Zentrum hatten ebenfalls geschlossen. Was sollte ich tun?

Zwischen Leuten mit aufgespannten Schirmen irrte ich aufs Geratewohl durch düstere Gassen und hielt Ausschau nach Bankenschildern. Schließlich fand ich eine Bank, die geöffnet hatte. Ich trat ein und überreichte die Schecks mit entspanntem Lächeln und ein paar Worten auf Englisch einer jungen Frau am Schalter. Das Mädel starrte sie perplex an. Dann rief sie einen weiteren Angestellten hinzu, der sich ebenfalls lange die Schecks und anschließend mich durchdringend anschaute. Schließlich sagte er mir kurz und bündig, er könne die Schecks nicht eintauschen. »But why?«, fragte ich, aber ich bekam kein Zeichen mehr, dass etwa er oder sie etwas anderes denn als Bankangestellte verkleidete Gliederpuppen in einer Spielzeugbank seien. Ich verließ die Bank mit eingezogenem Schwanz und dem peinlichen Gefühl, ein elender und von allen missachteter Kanake zu sein. Ich wagte es nicht mehr, eine Bank zu betreten. Aber leider musste das Problem gelöst werden. Also begab ich mich wieder auf die Jagd nach Wechselstuben. Alle waren geschlossen, die Rollläden herabgelassen. Ich sah mich schon nach Bukarest zurückgekehrt und immer noch im Besitz dieser Schecks, auf denen eindeutig stand, dass sie nur in Frankreich gültig seien. Achthundert Euro den Bach hinunter. Zwei Monate Arbeit an der Universität bedeutete dies für mich.

Schließlich stieß ich jedoch in einem engen Gässchen zwischen zwei Sushi-Bars auf eine Wechselstube, die sogar noch geöffnet hatte. Hinter dem Tresen thronte eine strenge, blonde, etwa fünfzigjährige Angestellte, sie war kräftig geschminkt und hatte sich in ein Kostüm gezwängt, das ihr eine Wespentaille verpasste. Ich stand ewig hinter allerlei verdächtigen Gestalten an, am verdächtigsten aber war ich selber mit meinen schäbigen Schecks, bis ich schließlich der Frau gegenüberstand. Ich reichte ihr die Schecks, worauf etwas ganz und gar Unglaubliches geschah.

Nur wenn man am Flughafen angehalten, in eine Isolierzelle gebracht, bis auf die Haut ausgezogen und womöglich noch mit dem Finger im Hintern nach irgendwelchen Drogen abgesucht wird, glaube ich, wird man sich so fühlen können. Die Braut drehte die Schecks um und um, leckte und roch daran, rieb sie zwischen den Fingern ... Ließ mich vor ihren Augen unterschreiben, überprüfte zehn Minuten lang meine Unterschrift aus dem Pass mit der auf den Schecks. Schaute weitere zehn Minuten abwechselnd mich und mein Passfoto an. Mit der Spitze einer Nadel versuchte sie, eine Ecke meines

Passfotos abzulösen, um zu sehen, ob es nicht über ein anderes Foto geklebt war. Dann ließ sie mich auf jedem Scheck dreimal unterschreiben. Hinter mir hatte sich eine beträchtliche Schlange gebildet, alle schauten mich an, als wäre ich ein Bär. Was geschah hier? Hatten sie einen Betrüger ertappt? Wahrscheinlich war ich rot wie ein gekochter Krebs. Die Braut aber, die Ruhe selbst, dachte nicht daran, mir das Geld zu überreichen. Schließlich griff sie nach dem Telefonhörer und begann zu telefonieren. Drei Anrufe an verschiedenen Stellen, bis sie offenbar bei der Bank gelandet war, die die Schecks ausgestellt hatte. Nun diktierte sie Serie und Nummer jedes einzelnen Schecks, wartete die Bestätigung ab, notierte alles sorgfältig auf einem Blatt Papier, verglich dies noch einmal mit den Seriennummern der Schecks, und erst danach war sie so gnädig, acht neue Scheine zu je hundert Euro herauszuholen, die sie mir, ohne mich eines weiteren Blickes zu würdigen, hinwarf. Dann war der nächste Kunde dran.

Als ich mehr als eine Stunde später aus der Wechselstube in den Regen hinaustrat, war ich seelisch erledigt und bis ins Mark von einem Hass durchdrungen auf jene Welt, die einen nach seinem Aussehen und der Nationalität behandelte. Ich verstand die Jugendlichen aus dem Maghreb, die in den Vorstädten Autos anzündeten, die Kommunisten, die Islamisten, alle diejenigen, die sich erdrückt fühlten von der massiven Verachtung der Westler gegenüber all jenen, die ihnen nicht gleichen. Meine Wangen glühten vor Scham und Revolte. Ich kehrte ins Hotel zurück und verharrte stundenlang reglos, den Blick ins Leere gerichtet. Die blonde Angestellte war zu meiner persönlichen Feindin geworden. Wie gerne wäre ich ein berühmter Schriftsteller geworden, nur damit sie in ein paar Jahren mitbekäme, wen sie da an jenem unglückseligen regnerischen Tag gedemütigt hatte. Ich träumte so vor mich hin, ich sei eine Art García Márquez oder Vargas Llosa (selbst Coelho wäre letztlich noch gegangen), ich beträte wieder ihre Wechselstube, und all die Anstehenden erkennten mich und drehten sich nach mir um … Die Braut bäte mich um ein Autogramm, und ich lehnte es mit größter Genugtuung ab …

35

Am nächsten Tag, nach einer weitgehend schlaflosen Nacht, in der ich mir vor hilfloser Wut in die Fäuste gebissen hatte, wachte ich frühmorgens etwas beruhigter auf, denn es hatte sich mir ein Hauch von Genugtuung angeboten: Ich sollte mit zwei weiteren Schriftstellern, ich glaube, es waren Dan Lungu und George Crăciun, in einer Sendung von Radio France Internationale auftreten. Im Hotelfoyer trafen wir Frau Laure, Dans Übersetzerin (die heute auch meine Übersetzerin ist), und brachen heiter auf zu RFI; der Morgen war frostig, aber sonnenklar, Paris funkelte nach Leibeskräften, als bestünde es aus lauter Kristallen. Wir überquerten eine Seine-Brücke und gelangten zum hässlichen Radiogebäude. Unterwegs erzählte ich ihnen das Erlebnis mit der Wechselstube, und alle waren empört. Jeder hatte schon so etwas erlebt: Den einen hatte man bei der Kontrolle auf einem Flughafen aus der Reihe gefischt, und selbst sein eben gekaufter Kassettenrecorder war in seine Einzelteile zerlegt worden (»Aber wisst ihr wie?

Schraube für Schraube! Und zum Schluss reichten sie mir den Schraubenzieher, ich möge ihn selber wieder zusammenschrauben ...«), der andere war beim Verlassen eines Kaufhauses von Kaufhausdetektiven hops genommen und bis auf die Haut nach Diebesgut abgesucht worden ...

Immer so weiter plaudernd, landeten wir schließlich im Studio. Dort erwartete uns die Produzentin der Sendung und an ihrer Seite eine bekannte Gestalt ... Eine für meinen Geschmack nur zu bekannte Gestalt. Jedenfalls unangenehm bekannt. Es war kein Geringerer als Dumitru Țepeneag*. Wir begriffen nicht, was der dort suchte. Denn schließlich handelte die Sendung von den Schriftstellern aus Les Belles Étrangères ... Kein Problem, sagte ich mir. Mag er doch auch dabei sein. Țepeneag hatte ich vor vielen Jahren unter den schönsten Umständen in Paris getroffen. Wir hatten zusammen einen Kaffee getrunken, sehr freundschaftlich miteinander gesprochen und waren zum Schluss in eine Buchhandlung gegangen, wo er mir die neueste Nummer der *Cahiers de l'Est* gekauft hatte, in der es auch einige Gedichte von mir in seiner Übersetzung gab. Die Zeitschrift im Buchformat kostete etwa hundert Franc, damals für mich eine gewaltige Summe, mithin hatte mich seine Geste umso stärker beeindruckt. Und dann waren ein paar weitere Jahre vergangen, als ich mich plötzlich mit einer ganzen Serie von unvorstellbar gehässigen Artikeln gegen mich konfrontiert sah, die allesamt von dem gleichen Țepeneag stammten. Herrgott, was

---

* Dumitru Țepeneag, geb. 1937, rumänischer Schriftsteller, 1975 ausgebürgert und in Paris im Exil lebend; ab 1990 in Paris und Bukarest. (A.d.Ü.)

kriegte ich da zu lesen! Damals war ich noch masochistisch genug, all diese Artikel mit einer gewissen Lust zu Ende zu lesen: Wie weit konnte man mit solchen Hassausbrüchen gehen? Wie tief hast du den, der dich jetzt mit seinem magengeschwürigen Leid überschüttet, unwissentlich und ohne es zu wollen verletzt? Ich las und konnte es nicht glauben: Das war nicht mehr der gleiche Mann, den ich kennen gelernt hatte. Schließlich habe ich den Grund seines Hasses begriffen – er hatte es sogar selbst gesagt: Er war unzufrieden darüber, wie ich über ihn in einem literaturgeschichtlichen Buch geschrieben hatte. Dass sein Werk nicht zu dem Bereich gehörte, mit dem ich mich dort beschäftigte, spielte keine Rolle. Nach diesen ätzenden Artikeln blieb er mir böse, gemäß dem Prinzip (das sehr zutreffend ist, ich hatte vielfach die Gelegenheit, es zu überprüfen), dass niemand einem das Böse verzeihen kann, das man sich selbst angetan hat. Wie Predas Figur, die sich darüber ärgerte, dass sie ihren Scheffel nicht dem Nachbarn geliehen hatte*. So geschah es auch damals im Radiostudio.

Aber was geht das wen eigentlich an? Țepeneag war da, er würde eben auch an dem Gespräch teilnehmen, gut so. Schließlich war er ein intelligenter Mensch und beschlagen in Fragen der rumänischen Literatur. Alle wandten wir uns der verglasten Kabine zu, dem Tisch mit den Mikrofonen und den roten Lämpchen, waren bereit, das Gespräch zu beginnen. Dann aber geschah etwas, das mir plötzlich den idiotischen Witz ins Gedächtnis rief, die Frage, warum die Schwar-

---

* Pațanghel, Figur in Marin Predas Erzählung »O adunare liniștită« (Eine friedliche Versammlung). (A.d.Ü.)

zen platte Nasen hätten: weil auch sie Einlass in einen Club suchten, aber der Türsteher hielt ihnen die Hand vors Gesicht: Ihr kommt in diese Diskothek nicht rein … Als ich eintreten wollte, sagte die Produzentin in bestem Englisch zu mir: »Sie nehmen an dem Gespräch nicht teil. Schließlich sprechen Sie nicht Französisch, nicht wahr?« Und fuhr mit strahlendem Lächeln fort: »Warten Sie bitte im Flur, bis wir fertig sind.« Da war mir, als habe mich Țepeneag ironisch angeschaut. Meine Freunde hatten kein Problem, sie betraten brav das Studio und ließen mich, den Mantel über dem Arm, draußen auf einem öden Flur zurück. Durch die Glasscheibe konnte ich sehen, wie sie Platz nahmen und sich die Kopfhörer aufsetzten.

Ich stand da etwa eine Viertelstunde herum und schaute ihnen beim Sprechen zu. War unfähig, irgendetwas zu denken, verstand überhaupt nichts mehr. In solchen Situationen reagiere ich äußerst langsam, dann aber gründlich, wie ein richtiger Halb-Banater, der ich bin. Als Erstes beschloss ich zu gehen. Vorerst kam es mir so vor, als wollte ich nur deshalb weggehen, weil mich das Herumstehen ermüdet hatte. »Am besten, ich gehe zurück ins Hotel«, hörte ich mich denken. Unwillkürlich durchmaß ich den Flur, zum Tor hinaus und ging die Seine hinab. Nach und nach löste sich der ursprüngliche Schock. Was war da geschehen? Schließlich stand diese Rundfunksendung auf meinem Programm. Madame Laure hatte mich frühmorgens im Hotel angerufen, um sich zu vergewissern, dass ich wach war und wir nicht zu spät im RFI-Studio ankämen. Und was sollte das heißen, dass ich nicht Französisch spreche? Gewiss, ich sprach es nicht so wie

Țepeneag, der schon seit Jahrzehnten dort lebte, aber ich hatte schon Interviews auf Französisch gegeben, hatte mich durchaus verständlich gemacht. Allmählich stieg in mir wieder der Wahnsinn vom Vortag auf, die Blonde in der Wechselstube verband sich mit der eben erlebten Geschichte, und die Sache nahm katastrophale Ausmaße an. Auf der Brücke erfasste mich ein überwältigendes Gefühl von Scham und Frustration. Das Wasser der Seine funkelte in der Sonne, an den Zweigen der Bäume hingen noch ein paar vertrocknete Blätter. Ich ging so dahin, war benommen, in mir kochte es. Dostojewskisch, ein Irrsinn. Das war eine Verschwörung. Die sich ganz gewiss Țepeneag ausgedacht hatte. Alle anderen waren Komplizen, Verräter. Sie hatten mich mitgenommen, damit ich wie der letzte Mensch, den Mantel über dem Arm, im Flur herumstehen müsse (ich weiß nicht, warum, aber dass ich den Mantel über dem Arm liegen hatte, kam mir ganz besonders demütigend vor). Nachdem ich etwa eine halbe Stunde lang am windigen Flussufer entlang gegangen war, war ich völlig aus dem Häuschen. Ich hasste alles ringsum, fühlte mich zutiefst beleidigt, dachte daran, zu packen und drei Tage vor dem Ende abzureisen und nach Hause zu fahren. Mein Horizont hatte sich bis auf die finstere Monomanie eines Verfolgungswahns verengt. Dan Lungu, Crăciun, selbst Laure, allen voran die französische Produzentin – alle hatten sie mich davongejagt, mich aus der literarischen Welt ausgeschlossen. Trotz all meiner Bücher war ich weiterhin ein Paria, ein von niemandem geliebter Exilant, allein des Schandmals würdig. Țepeneag hatte all dies auf diabolische Weise orchestriert, sich an meiner Stelle in die Sendung geschummelt, nur um mich durch die Glasscheibe des Studios verlachen zu können, zu sehen, wie ich auf dem Flur stand, ein Papagei, und, dies nicht zu vergessen, mit dem Mantel über dem Arm … Eigentlich, so schien es mir jetzt, zwinkerten sich dort im Studio alle zu und grinsten über mich … Ich hatte vollkommen vergessen, dass ich überhaupt keine Lust auf jene unglückselige Sendung gehabt hatte, dass sie ohnehin absolut bedeutungslos war, egal, ob ich nun dabei war oder nicht. Ich litt hündisch, ebenso wie Ţepeneag selbst gelitten haben mochte, als er sich in meinem Buch nicht gerühmt sah. Als ich in meinem Hotelzimmer ankam, war ich völlig paranoid, reif für die Zwangsjacke.

36

Wie seltsam sind doch diese Anfälle von Wahnsinn, wenn der Verstand vom Gift der Demütigung erfasst wird, einer realen oder imaginären Kränkung! In solchen Momenten gibt es keinen Unterschied mehr zwischen dir und einem echten Paranoiker, der dich durch Prozesse zerrt, sich mit aller Welt anlegt und dir geduldig erklärt, dass er vom KGB, vom CIA und vom Mossad verfolgt wird. Vielleicht fühlt jener immerzu das, was du ein paar Stunden oder paar Tage fühlst, da man dir, wie du meinst, eine empörende Ungerechtigkeit zugefügt hat. Jeder deiner Gedanken und alle deine Handlungen werden dann von einem Schwall aufgeputschter Chemie entstellt, von einem psychischen Gift, das sich in dein Blut ergießt und dich keinen rationalen Gedanken mehr fassen lässt. Bisher ist mir dies viermal in meinem Leben geschehen: das erste

Mal beim Militär, als ein paar meiner Gefährten sich dort auf übelste Weise über mich lustig machten (»Begreifst du nicht, dass wir dich mit dem Hintern ins Waschbecken setzen und das kalte Wasser laufen lassen können?«). Dann geschah es in Sighişoara, als eben mein erstes Buch erschienen war, und danach, ein paar Jahre später, im New Europe College, als ich Andrei Pleşu einen bescheuerten Brief geschrieben habe, weil er uns, die Stipendiaten jenes Jahres, getadelt hatte, weil wir nicht zu irgendjemandes Vortrag gekommen waren (»Glaubt ihr denn, das NEC ist eine Kasse, zu der ihr bloß kommt, um euer Geld abzuheben?« – dieser Satz von ihm hat mich damals unglaublich verletzt, denn ich war zu der Zeit so arm, dass ich ohne das Geld vom NEC tatsächlich nicht durchgekommen wäre), und schließlich, als ich nicht zu den zehn Dichtern des Montagskreises gehörte, die sich an einer Fernsehsendung beteiligen sollten ... Heute hätte ich tagtäglich Gründe dazu, täglich habe ich Schweinereien hinzunehmen, von denen eine allein ausreichend wäre, alles stehen und liegen zu lassen und mich aufzumachen in die Fremde, den Staub von den Füßen und auf unser schönes Land zu schütteln, wie es schon so viele andere Künstler und Schriftsteller vor mir getan haben. Glauben Sie etwa, die Fertigstellung meines Buches, das mich fünfzehn Jahre meines Lebens gekostet hat, war der rumänischen Kultur oder Literatur Anlass zum Feiern? Wir würden nicht mehr in Rumänien leben, wäre dies der Fall gewesen ...

Aber, nochmal, wie Creangă sagt, lasst uns lieber von der Kindheit reden ... Also über meine Pariser Kindheit, als ich, ich gebe es ja zu, ohne einen realen Grund, aber aufgrund extremer Ermüdung in einem unglücklichen Kontext so ziemlich übers Ziel hinausgeschossen habe. Ich hatte schon zwei Stunden angekleidet im Bett gelegen und Nabokov gelesen, ohne irgendetwas zu verstehen – ich las einen Satz, las ihn nochmal und entwarf in Gedanken fieberhaft apokalyptische Szenarien –, als Laure anrief: »Was tust du? Wo bist du? Du hättest auf uns warten sollen, damit wir anschließend alle zusammen essen gehen …« Das hatte mir gerade noch gefehlt. Nun legte ich los und gab nicht auf, bis ich hörte, wie sie zu weinen begann. Gewiss, schuld war vor allem diese idiotische Produzentin, aber auch Laure, die für uns verantwortlich war und auf unserer Seite sein musste, hatte keinerlei Reaktion gezeigt. Sie hatte mich wie einen Papagei dort auf dem Flur stehen lassen, wie den letzten Menschen. Ich drohte ihr, umgehend nach Wien abzureisen, woher ich gekommen war. Wollte überhaupt kein Argument mehr hören. Ich wusste, dass sie sofort mit allen Verantwortlichen von Belles Étrangères reden würde, aber es kümmerte mich nicht. In solchen Situationen kümmert dich überhaupt nichts mehr, du bist in der Lage, deinen Ruf zu ruinieren, deine Karriere, ja sogar dein Leben zu gefährden. Am Ende unseres Gespräches sagte ich ihr, ich würde am Abend zu der Lesung in einer Pariser Buchhandlung kommen, aber ich wolle nicht mehr, dass sie, wie es geplant war, mich dort vorstellte. »Ich werde mich selber vorstellen, ich komme schon zurecht«, sagte ich, »auch wenn mein Französisch nicht so gut ist …« Ich mag keine Frau am Telefon zum Weinen bringen, aber diesmal, sagte ich mir, hatte sie es sich verdient.

Beinahe unmittelbar danach rief mich ein Fotograf an, der

auch in meinem Programm vermerkt war und den ich vollkommen vergessen hatte. Ich ging hinunter und traf Cecilia im Foyer, superschick gekleidet. Wir wechselten ein paar Worte, und dann erschien, eine riesige Canon vor der Brust hängend, der Fotograf. Er war barhäuptig und bis über die Ohren in einen gestrickten Schal gewickelt. Mit jovialer Geste schlug er uns vor, zum Fotografieren »um die Ecke« zu gehen, in den Friedhof Montparnasse! Wenn von professionellen Fotografen die Rede ist, wundert mich überhaupt nichts mehr. Ich habe Dutzende davon kennengelernt, vom schwulen Fotografen, der einen auf ein Sofa in eine »graziöse« Position legt, bis zur nordischen Fotografin, einer schier drei Meter großen Amazone, die einem die Finger zerquetscht, wenn man ihr die Hand reicht. Alle quälen sie einen erbarmungslos. Ihr größtes Vergnügen ist es, dich nur im Hemd und barhäuptig bei grimmigem Frost hinaus zu bitten, dich an eine Betonwand zu stellen und dort in der Zugluft stehen zu lassen, bis sie ihr halbes Tausend Fotos gemacht haben. Alle wollen sie, dass du dich natürlich gibst, auf Kommando lächelst und stupide posierst, während die Passanten dich anstarren wie einen Tanzbären. Auf der letzten Leipziger Buchmesse haben sie mich geschafft: In zwei Tagen hatte ich sieben Fototermine – *shooting sessions* –, einige davon an unmöglichen Orten, finster und schäbig. Eine schimpansenkleine Fotografin, die beim Lachen den Mund bis zu den Ohren aufriss, sagte mir in jedem zweiten Satz, was für ein schöner Mann ich sei (diese Lüge haben mir erst zwei Frauen bisher gesagt: Mutter und sie), sie zwang mich, einen Stuhl bis mitten in eine riesige, außer Betrieb befindliche Halle zu tragen, in die das Licht einzig durch ein paar Glasscheiben an der Decke fiel. Wenn das Licht weiterrückte, musste auch ich mit meinem Stuhl nachziehen, wie ein lebendiger Schattenzeiger.

Der Fotograf jetzt war gemäßigt. Nach einem kurzen Zickzack durch die Gässchen landeten wir auf dem Friedhof, und er begann, uns buchstäblich an die Grabsteine gelehnt zu fotografieren. »Ich hab dich gesehen zwischen Gräbern«, sagte ich zu Cecilia, »fahl warst du, dein Leib entblößt …«, worauf sie zu lachen begann und das Foto ruinierte. Es war kalt, Raureif, der Friedhof war feindselig wie eine kapitalistische Zeitschrift, aber der Fotograf, welch Wunder, war fröhlich. Nachdem er das arme Mädchen so weit ausgezogen hatte, wie es eben noch anging, und die Fotos gemacht hatte, die danach vermutlich mit Photoshop bearbeitet werden mussten, denn sie war blau wie eine Leiche, nahm er mich dran. Er schickte mir die Fotos etwa einen Monat später. Auf allen Fotos habe ich einen starken Glanz in den Augen, denn vor Kälte waren mir die Tränen gekommen, und ich habe eine rote Nase, wie eine Figur aus Dickens. Ich stehe vor der großen schwarzen Marmorplatte einer Frau, die – auch auf den Fotos kann man die goldene Schrift lesen – von 1962 bis 2001 gelebt hat. Jung, Mann, was soll's, so gehen wir alle dahin …

Durch diesen Fototermin habe ich wenigstens Țepeneag und all das andere vergessen. Zwar kniff mich irgendwo tief innen noch etwas, aber nicht wie am Vormittag. Ich ging und aß wieder allein in einem Restaurant, bemitleidete mich ein bisschen und schlief dann eine Weile. Am Abend, in der kleinen und koketten Buchhandlung, stellte ich mich tatsächlich selber vor, obwohl Laure anwesend war, die Augen rot verweint. Ich musste nicht einmal Französisch sprechen, denn auch Wanda Mihuleac war gekommen, die, warmherzig wie immer, angeboten hatte zu übersetzen. Ich sprach viel und angeregt. Dabei spürte ich, wie das Gift während des Redens mir aus dem Leib floss und die Wunde heilte. Zum Schluss signierte ich ein paar Bücher und redete eine Weile mit einer hübschen Jungfer, was mich vollends wieder auf die Beine brachte. Gott sei Dank, ich war davongekommen. Statistisch gesehen wird sich eine Geschichte wie diese, die fünfte, erst wieder in etwa sechs Jahren zutragen, also kann ich bis dahin gelassen bleiben.

37

Als wir uns am nächsten Abend, nachdem wir nochmals beinahe das gesamte Gebiet des Sechsecks im Zug durchquert hatten, in Carcassonne einfanden, war das Städtchen schon in der Dunkelheit und einem steinzerberstenden Frost versunken. Die peinliche Angelegenheit mit Țepeneag und dem RFI war nun nur noch eine störende Erinnerung, der ich mich dadurch zu entledigen trachtete, dass ich so tat, als hätte es sie nicht gegeben. Unterwegs im Zug hatte ich versucht, diese Erinnerung auch aus Laures Gedächtnis zu tilgen, denn sie war gestern das unschuldige Opfer geworden: Ich legte ihr gegenüber eine Art ostentativer Natürlichkeit an den Tag, als wären wir immerzu die besten Freunde gewesen, und sie antwortete mir ebenso. Wir überboten uns in Höflichkeiten, luden uns bei jeder Gelegenheit gegenseitig ein, wie die Griechen ins Gefängnis: Ich brachte ihr ein Bier mit, als ich aus dem Speisewagen zurückkam, und sie kaufte mir einen Kaffee.

Schön wäre es, wenn man die peinlichen Teile des Lebens mit der Schere zerschneiden und in den Müll werfen könnte. Leider verwebt sich dein Leben mit dem so vieler anderer Menschen, dass sie alle zugleich gefaltet und ausgeschnitten so etwas wie die Teppichmuster ergäben, welche Kinder machen, oder eine ganze Reihe von Männchen, die sich an den Händen halten. Etwa dies tut der Schriftsteller: Er holt aus seinem weißen Blatt seine Männchenreihe heraus, seine geometrischen Figuren von einigermaßen verdächtiger Symmetrie. Das Überflüssige, ebenso symmetrisch, wirft er auf den Müll, obwohl auch dieses in gleicher Weise wie die Männchen für die Noblesse der ursprünglich weißen Seite steht. Mit jedem Papiermännchen, das aus der Schere heraus auf der Welt auftaucht, stirbt sein negativer Zwilling, die Form, aus der er sich herausgelöst hat und die draußen bleibt. Sieh, woraus der gestrige Tag bestand.

Das Abendessen hatten wir in einem Lokal mit roten Vorhängen vor den Fenstern. Das Essen, typisch für das Languedoc Roussillon, war großartig. Insbesondere Gabriela, die mit uns gekommen war, hat es geschmeckt, was mich überhaupt nicht wunderte: In Iowa City, wo ich mir härteste Sparsamkeit auferlegt hatte, damit ich mit Tonnen von Geschenken und etwas zurückgelegtem Geld nach Hause zurückkehren konnte, stopfte sie sich jeden Tag den Kühlschrank mit allerlei Köstlichkeiten voll und aß den ganzen Tag. Damals lachte ich über sie, aber letztlich stellte sich heraus, dass sie auf diese Weise sehr viel klüger gehandelt hatte. Sie hatte dort alle ihre Gelüste befriedigt, alle ihre Ernährungsfrustrationen aus den Ceaușescu-Jahren erledigt, während ich das Leben eines Anachoreten führte, um ... mir nach der Rückkehr einen Dacia zu kaufen. Hätte ich ihn bloß nicht gekauft! Mein Cousin, der Geschäftsmann, der heute in der Gegend, in der Becali* und all die anderen hochmögenden Herrschaften wohnen, ein Gutshaus besitzt, so groß wie die Festung Carcassonne – von der ohnehin noch die Rede sein wird –, bat mich, drei Grundstücke in Bukarest zu kaufen, die er kannte, ein unglaubliches Geschäft, wodurch heute alle meine Probleme gelöst wären. Ich aber war Dichter: Wie komme ich dazu, mich zu Grundstücksgeschäften herabzulassen? Das war nicht mein Niveau. Da ist ein Auto besser, wiewohl ich überhaupt keines brauchte, denn zur Universität konnte ich sehr gut mit dem 66er Bus fahren, und um im Land herumzufahren hatte ich keinen Grund. Und nun hieß es Eingaben verfassen, Beziehungen herstellen und Schmieren, denn nach 1990 war die Nachfrage nach Autos gewaltig, bis dann der großartige Tag da war, an dem ich mit einem Bekannten (denn ich konnte nicht fahren, eigentlich wusste ich über Autos lediglich das Detail, dass sie vier Räder haben) nach Valea Cascadelor fahren konnte, um unser Auto abzuholen. Da herrschte ein Gewusel wie auf dem Jahrmarkt. Ich gab noch einiges Geld (nicht eben wenig) einem Kerl, damit er uns ein besseres aussuchte. Der Typ hat das Geld genommen und

---

* George »Gigi« Becali, geb. 1958, rumänischer Unternehmer und Politiker, gilt als einer der reichsten Männer des Landes, ist rechtskonservativ, extrem orthodox, ungebildet und pflegt einen vulgären, autoritativen Gesprächsstil. Typischer Fall eines Parvenu. (A.d.Ü.)

mit dem Finger auf das uns am nächsten stehende Auto gewiesen. Es war cremefarben. Wir stiegen ein und bahnten uns langsam unseren Weg durch die Menge zur Ausfahrt. Im Tal hatte sich eine schier endlose Schlange mit Dacias gebildet, die sich im Schneckentempo voranbewegte. An einem etwas tieferen Schlagloch fiel dem Auto vor uns der Motor aus. Aber nicht so, dass man den Zündschlüssel wieder umdreht und er startet wieder, sondern ganz tatsächlich: Der Motor hatte sich aus der schlampig festgezogenen Verschraubung gelöst und war zur Verblüffung des Fahrers auf den Boden gefallen. Wir wichen ihm aus und krochen geduckt nach Hause. Von den Erniedrigungen der dann folgenden Fahrschule will ich erst gar nicht sprechen. Ich nahm meinen Führerschein entgegen und los ging's mit dem Dacia zu Spazierfahrten! In den ersten Monaten ist allerlei kaputt gegangen, von der Heizung bis zum Motor der Scheibenwischer. Der Motor selbst hat sich auf klägliche Weise verkeilt. Der Schaltkasten: kaputt! Die Bremsklötze: kaputt! Später habe ich erfahren, dass die Autos aus jener Serie aus alten, neu aufbereiteten Teilen gebaut worden waren, eigentlich handelte es sich um *Junk*-Haufen.

Nach drei Monaten war vom ursprünglichen Fahrzeug nur noch die Karosserie übrig geblieben. Nun hatte auch ich in der Fahrschule meine Kenntnisse nicht eben erweitert: Zu der Tatsache, dass ein Auto vier Räder hat, war für mich noch das Lenkrad hinzugekommen. Eines Tages fuhr ich mindestens zwei Kilometer mit angezogener Handbremse. Fuhr ich hinter dem Wohnblock los, ließ ich den Motor dermaßen aufheulen, dass die Nachbarn mich von ihren Balkonen herab beschimpften. Beim Zurücksetzen warf ich so manchen

Schubkarren um, sie purzelten wie die Kegel … Auch habe ich zwei Unfälle gebaut, die das Blech ganz schön zerknautschten, ja beinahe hätte ich auf einem Zebrastreifen meinen Freund, den Prosaautor Emil Paraschivoiu, überfahren, der niemals erfahren hat, welch einer Gefahr er im Herbst 1990 entging, als er fast auf dem Kühlergrill eines Dacia gelandet wäre. Im Winter konnte ich das Auto nicht mehr vom Parkplatz wegbewegen: Der Motor sprang nicht an, aus, Schluss. Ich hasste es mit inbrünstiger und unglaublicher Heftigkeit. Im Frühjahr traf ich im Fahrstuhl auf einen Nachbarn: »Sagen Sie, ist es nicht schade, dass Ihr funkelnagelneues Auto so nutzlos im Schnee herumsteht? Verkaufen Sie's mir, ich nehme es Ihnen zum Neupreis ab.« Der Mann wollte sich nicht auf die Warteliste eintragen lassen und ein oder zwei Jahre warten, wie es damals üblich war. Also habe ich ihm die Schrottkiste verkauft, die unter seinen geübten Händen zu neuem Leben erwachte. Ganze Nachmittage werkelte er im Frühjahr unter diesem Auto herum, aber er hat es fit gekriegt. Ich glaube, er besitzt es immer noch. Erfreut, die Bestie losgeworden zu sein, nahm ich das Geld. Was ich damit gemacht habe? Nichts, die galoppierende Inflation der neunziger Jahre hat es aufgefressen. Wieder war ich so arm, dass ich im nächsten Sommer sogar meinen Tischtennisschläger auf dem Markt in Colentina verkauft habe.

Vom Rotwein erwärmt, träge geworden vom Braten, begaben wir uns schwerfällig hinaus in den Frost. Es hatten sich noch zwei Touristen zu uns gesellt, die ebenfalls der Festung zustrebten. Vereinzelt fielen Schneeflocken herab. Schier endlos gingen wir im heftig wehenden Wind einen sich durch bewaldete Zonen schlängelnden Weg entlang, der nirgends hinzuführen schien. Vor Kälte hatte ich mir den Schal um den Kopf gewickelt, sodass nur noch meine Schädeldecke zu sehen war. Diesen Trick hatte ich mir am Vortag von dem Fotografen abgeschaut. Es war so gegen zehn Uhr, als sich uns an einer Wegbiegung die Festung Carcassonne in all ihrer Herrlichkeit zeigte, sie stand auf einem Hügel, den sie mit ihren Mauern, ihrem Hauptturm und den Schießscharten, die sich unglaublich weit hinzogen, beherrschte. Die mittelalterlichen Mauern waren stark beleuchtet und wirkten gelb, dreidimensional, furchterregend, wie auf einem alten Stich. Keinerlei Beziehung zu den Kartonfestungen aus unseren Historienfilmen, auf deren Mauern ein paar ungelenke Daker mit Armbanduhren herumstehen, während sich darunter die römischen Legionen formieren. Am Horizont kann man zwischen ihren Standarten mit dem SPQR recht gut die Hochspannungsmaste dahinter erkennen. »Wer seid ihr?« »Die Herrscher der Welt!« »Die werdet ihr sein, wenn ihr uns besiegt!« Und über dem Gewimmel und dem Tosen der Schlacht erscheinen plötzlich die roten Buchstaben eines panoramaartigen Titels: DIE TRAJANSSÄULE.

38

Als wir am Fuße der Mauern ankamen, sahen wir, wie gewaltig sie waren. Wahre Materialisierungen der Angst, aufgehoben in jener Nacht von den starken Scheinwerfern mit ihren gelben Lichtstrahlen, die sie von unten nach oben beleuchteten. Auch unsere Schatten streckten sich zwanzig Meter in die Höhe, zitterten vor schier galaktischer Kälte. Als wir durch das Tor getreten waren, zerstreuten wir uns in der Stadt hinter den Mauern: allerlei Gebäude, die in Herbergen und Touristenhotels umgewandelt worden waren, nachdem sie Jahrhunderte zuvor Belagerungen, Cholera, schrecklichen Hunger und die so merkwürdige wie fanatische Häresie der Albigenser kennen gelernt hatten. Denn so wird Geschichte geschrieben: Was einstmals Drama war, ist heute eine Farce.

Nur dass die dramatischste Sache der Welt eben diese fortgesetzte Farce ist, in der wir, die modernen Menschen, unser Leben zubringen. Die Menschen jener Zeiten steckten bis über den Hals im Elend, hatten keine Ahnung von den größten Wohltaten der Zivilisation, dem Wasserklosett, der Zahnbürste und den Tampons. Gesundheit und Leben waren jeden Augenblick in Gefahr, jede Seuche raffte sie dahin wie die Fliegen, bei lebendigem Leib wurde ihnen wegen irgendeiner *Filioque*-Klausel die Haut abgezogen, sie hatten verfaulte Zähne und stanken wie die Iltisse, aber sie lebten ihr eigenes Leben, in ihrem eigenen grobschlächtigen, in Lumpen gehüllten Leib. Und wir, wir Epigonen? Nun, auch wir leben in einer gewissen Wirklichkeit, auf Messenger, auf YouTube und in World of Warcraft, wir legen uns falsche Namen und Identitäten zu, die allmählich wahrer werden als unser eigener Leib und unser eigenes Leben. Kopien ohne Original, Menschen ohne Glauben und Werte, auch wir leben irgendwie – es stimmt schon, hygienisch und komfortabel –, da wir nun mal geboren worden sind. Aber wie zum Teufel sollte man jene Menschen nicht mitunter aus ganzer Seele beneiden, die als einziges Gadget ihr Schicksal hatten?

In jener Nacht träumte ich im Hotel nur von alten Festungsmauern, die kein Ende mehr nehmen wollten. Gegen Morgen wachte ich von ein paar heiseren Schreien im Nebenzimmer auf: Ein Paar hatte es für nötig befunden, um fünf Uhr früh Sex zu haben und tobte etwa eine halbe Stunde wüst drauflos, »*bound to win a prize*«, wie Paul Simon in seinem großartigen Lied »Duncan« singt. Unter anderen Umständen hätte ich diese Sache einigermaßen unterhaltsam gefunden, aber ich war dermaßen schläfrig ... war derart erschöpft von den Reisen und Gesichtern und Veranstaltungen ... Ich versuchte, wieder einzuschlafen, aber umsonst, den beiden nebenan, einen Handbreit von mir entfernt, war alles egal, sie rasten mit einer Heftigkeit, dass man meinen konnte, das Bett müsste unter ihnen zusammenbrechen. Endlich, nach unzähligen monotonen französischen Anfeuerungen, nach schier apokalyptischem Geknarze, nach gekeuchten Fragen und genäselten Antworten der Frau, einem lang hingezogenen agonalen Schrei, auf den Gestammel folgte, war das Ende der Umklammerungen erreicht. In die dann folgende Stille platzte mein hysteroides, nicht zu beherrschendes Lachen. Es muss die beiden nebenan bis ins Mark erschüttert haben. Ich lag in meinem Bett und lachte Tränen, nicht etwa weil mir jenseits der dünnen Wand in diesem Morgengrauen etwas komisch vorgekommen war, sondern weil ihr Murmeln mich plötzlich an Furby erinnerte.

Es war gut zehn Jahre her. Meine Tochter war damals etwa acht, neun Jahre alt. Und da sie eine ganze Armee von

Barbie-Puppen hatte, mit denen sie übrigens nie spielte, wusste ich in jenem Jahr nicht, was ich ihr zum Geburtstag schenken könnte. Bis ich Furby sah. Der Arme war hässlich, hatte Wutanfälle, aber er war sympathisch. Ein kleiner Gnom mit weinerlichem Säufergesicht, dazu überaus behaart und mit runden, verklebten Augen. Auf der Schachtel, in der er seine Zeit zubrachte, stand, er sei ein wunderbares elektronisches Spielzeug, er habe eine eigene Sprache und könne im Verlauf neue Wörter lernen. Beigegeben war ihm ein kleines Wörterbuch mit Hunderten von Wörtern aus Furbys Sprache. Er kostete eine Mütze voll Geld, aber wie viele Töchter hatte ich denn? Also kaufte ich Furby auf einem Flughafen und überreichte ihn, zu Hause angelangt, Ionuţa zu ihrem Geburtstag, indem ich ihn höchst zeremoniell vorstellte: Sieh, dein neuer Freund, er kann sprechen, hat eine eigene Sprache, die auch du lernen kannst ... Aber der arme Furby war nicht gemacht, die Herzen junger Mädchen zu erobern: Seine Brust war bis zum Nabel hinab behaart, und er hatte ein lüsternes Pädophilenlächeln ... Weiß der Henker, was denen durch den Kopf gegangen war, die ihn entworfen hatten. Sodass Ionuţa, höflich, etwa eine Viertelstunde lang mit ihm spielte, ihn in einer Sprache, die vielleicht die der Hereros hätte sein können, brabbeln, aufschnauben und beten und anschließend in Gottes Namen in einer Ecke liegen ließ, wenn ich mich recht entsinne, bei Sheila, der Gitarristin mit einem Bein. Als ich putzte und aufräumte, habe ich auch Furby aufgehoben und in einen Kleiderschrank zwischen die Wäsche gelegt.

Dann vergingen ein paar Wochen. Und plötzlich schrecken meine Frau und ich eines Nachts mit an den Armen gesträubten Härchen hoch: Irgendwo im Zimmer war ein schier schamanistisches Gebrabbel zu hören, eine teuflische Gnomenstimme, die mit sich selbst herumzankte. Was zum Teufel konnte das sein? Plötzlich befiel mich meine alte Angst vor Außerirdischen mit beinahe terroristischer Wucht. Meine Frau, etwas diesseitiger, stand auf, ging schnurstracks zum Kleiderschrank, packte Furby an den Haaren und holte ihn heraus. Er rollte mit den Augen und palaverte in seiner Sprache, wobei er uns komplizenhaft angrinste. Ich rächte mich, indem ich seine Batterie herausnahm, worauf sich das Miststück beruhigte.

*

Tja, es ist genauso, wie die Deutschen sagen, jede Sache hat ein Ende, nur die Wurst hat zwei, und deshalb empfinde auch ich nicht das Bedürfnis, diese Sache endlos hinzuziehen. Tatsache ist, dass wir aus der Region Aube nach Paris und an den berühmten Boulevard Raspail zurückkehrten, wo mich selbstverständlich mein scharlachrotes Zimmer mit dem Krimskrams jeder längeren Reise erwartete: Prospekte der verschiedensten Art, Karten, dicke und bleischwere Alben aus Paris, Lyon oder Bordeaux, die ich geschenkt bekommen hatte, und vor allem Bücher, Büchlein und Broschüren mit Gedichten von allerhand Leuten, denen ich unterwegs begegnet war, einer rumänischer als der andere. Also habe ich auch hier im Papierkorb und drum herum tonnenweise Zellulose hinterlassen.

Kaum war ich angekommen, da ging es auch schon wieder

los zum Abschlussempfang, wo ich die paar Hundert Leute vom Beginn wieder treffen würde, die kleine rumänische Welt aus Paris, die vollzählig antreten sollte, um sich von uns zu verabschieden, den »schönen Fremden«, die wir schon reichlich welk aussahen nach so viel Herumfahrerei durch die schwarze Fremde. Ich freute mich, Wanda, Petrică Răileanu, Matei Vişniec und Tudor Banuş wiederzusehen sowie die paar Unbekannten mit *Top-model*-Figuren, die ich schon zu Beginn erspäht hatte, darunter eine völlig verblüffende Gestalt; unter ein paar feuerroten Bändchen war sie beinahe nackt. Auch habe ich erfahren, dass sie berühmt sei, aber ich weiß nicht mehr, wofür. Ebenfalls dort bin ich Baudoin zum ersten Mal begegnet, dem wunderbaren Comic-Zeichner, der später mein Freund wurde, und mit dem ich die Graphic Novel »Travestie« machen sollte. Aber Baudoin lässt sich nicht auf einem kleinen Papierzettel einfangen. Beim Abschied schenkte er mir an diesem Abend eine Tuschezeichnung mit einem Schmetterling: Er hatte ein paar Seiten aus »Orbitor« gelesen.

Gegen zwei Uhr nachts kehrten wir ziemlich besäuselt ins Hotel zurück. Es hatte wieder zu schneien begonnen. Im Zimmer angelangt, packte ich und legte meinen berühmten cremegelben Pullover obenauf, ein großer Fehler. Dann legte ich mich schlafen, und bevor ich einschlief, dachte ich kurz darüber nach, was diese lange Reise für mich bedeuten mochte.

Nichts, selbstverständlich. *Rien de rien.* Weil nichts etwas bedeutet, niemals. Gesichter. Ereignisse. Reden. Ansammlungen von Farben und Impressionen, von denen in zehn Jahren nichts mehr übrig sein wird. Anfangs schnitt ich jede Besprechung zu einem meiner Bücher aus und steckte sie in einen Ordner. Mit der Zeit habe ich darauf verzichtet. Ich bewahrte die Fotos in Schuhschachteln auf, hatte darauf ordentlich das Datum und den Ort vermerkt, an dem sie entstanden waren. Ich habe es bleiben lassen. Wie wahr sind doch die Verse: »Und denk ich an mein Leben, so scheint es mir ganz rein. / Erzählt jedoch ganz langsam durch einen fremden Mund / Wird es mir fremd, das kann nicht ich gewesen sein …« Ich habe mich an die Reisen gewöhnt, an die Tourneen, die Lesungen, an die Jahreszeiten und die Schlösser. Ich weiß zwar nicht mehr, in welchem Jahr und mit wem ich jede dieser Reisen unternahm … Ich weiß nicht mehr, wer ich bin, wer ich einmal war …

Mit diesem Gefühl tiefster Traurigkeit schlief ich ein.

Am Morgen nahm ich den Flieger nach Wien, große Schneeflocken rieselten sachte herab, wie bei Disney, und während mein Kopf der Boeing mit ihren vereisten Tragflächen zu meinen Lieben in der Mariengasse hin vorauseilte, hatte ich immerzu den Bossa Nova von Andrieş in den Ohren, zu dessen überschwänglichen Rhythmen der Nachspann meines Films ablaufen müsste:

> *Heut schneit es heftig, liebe Liebste mein,*
> *Der Flieger kann nicht landen bei dem Schneien,*
> *Auch dem Piloten fällt bei so viel Schnee nichts ein,*
> *Drum lässt er selbst das Zetern sein …«*

WIE VON BACOVIA

1

Im Herbst 1984 war ich 28 Jahre alt und wohnte in Colentina in dem famosen Apartment, in dem es keinen einzigen rechten Winkel gab und von dem ich schon einmal erzählt habe. Ich verging vor Langeweile und Einsamkeit. Ich hatte mich durch den Kauf dieser Wohnung ruiniert (und hatte auch die Meinen ruiniert), also war mir nichts mehr übrig geblieben, womit ich die Wohnung hätte möblieren können. Ich besaß nur das Allernötigste, und für mich bedeutete dies damals einen Tisch, auf den ich meine liebe »Erika« stellen konnte, die Schreibmaschine aus der DDR, deren Tasten man derart kräftig anschlagen musste, dass unter meinen Fingern auch heute noch die Buchstaben aus der Laptop-Tastatur springen. Schlafen konnte ich auf dem Boden. Um das Essen kümmerte sich meine Mutter, die sich jeden Morgen nach zweimaligem Wechseln der Straßenbahn mit den Töpfchen und Schraubgläsern voller Essen für ihren *Jungen* hier einfand. Zum Dank rümpfte ihr *Junge* auch noch die Nase über das noch warme Reishuhn oder das Hackfleisch sowie die Ciorbă, die stets die Baumwolltasche bekleckerte.

Die einzigen Orte, an die ich ging, waren die Schule am anderen Ende der Colentina, wo die Straßenbahn Nummer 12 die Kehre macht und ich den Rumänischlehrer gab, sowie der Montagskreis mit seinen wöchentlichen Sitzungen, die mal in der Universität, mal in Preoteasa, mal in Tei, im dortigen Studentenwohnheim, und mal an Wunders welchem anderen Ort abgehalten wurden. Es war ein recht unsteter Kreis, denn die Kulturverantwortlichen, an der Spitze die legendäre Genossin Clătici, scheuchten ihn von hier nach da und von dort nach hier. Zu dem Zeitpunkt, da diese Geschichte beginnt – sie hat eben begonnen –, fanden die Treffen an einem wahrhaft malerischen Ort statt, und zwar im Museum der Rumänischen Eisenbahn neben dem Nordbahnhof, vor dem auf einem toten Gleis ewig eine gigantische Dampflokomotive herumstand. Dies, weil der dafür verantwortliche Student des Kreises Stadionsprecher in Giulești geworden war, und als großgewachsener und hübscher Junge, Siebenbürger wie eine Gebirgstanne, die Gunst der Frau des Transportministers errungen hatte, einer üppigen und wollüstigen Blonden, die auch uns andere schier die Fassung verlieren ließ. Denn bei allen drei Sitzungen, die insgesamt dort abgehalten wurden (bis die oben genannte Genossin uns auch dort in Giulești ausgemacht und unseren Laden endgültig geschlossen hatte), waren auch der Minister und seine Gattin mit anwesend und hörten sich unsere verrückten Verse sowie die fadenscheinigen Kommentare dazu an; doch wenn das Weib seine Hinterbacken auf den Stuhl knallte und den einen stattlichen Schenkel anhob, um die Beine übereinander zu schlagen, konnten wir ihr alle bis an den Hintern sehen. Aber nicht über ihre Spitzenwäsche will ich hier sprechen, ja nicht einmal über den Montagskreis. Es genügt, dass zu unseren literarischen Zusammenkünften auch ein Typ aus Bacău kam, der Prosa schrieb und bis auf den heutigen Tag Prosa schreibt, und der sich durch den Habitus eines Dorflehrers und einen kräftigen moldauischen Akzent auszeichnete (besser gesagt nicht auszeichnete). Mit diesem Typen, übrigens ein netter Kerl, Ciubotaru genannt, führte ich auch eine gewisse Korrespondenz, denn damals war für mich der Eingang eines Briefes in meinem verrosteten Briefkasten im Erdgeschoß ein Fest, von wem auch immer dieser Brief gekommen wäre. Ich war derart einsam und verlassen, dass ich mich sogar über die Stromrechnungen freute, die ich in dem üblicherweise leeren Briefkasten vorfand. Wenn ich mir mal ein Herz fasse und über Nuca schreibe, werden Sie eine Vorstellung davon bekommen, was ein Brief für einen einsamen Menschen bedeuten kann. Also schrieben wir uns Briefe, Ciubotaru und ich, etwa einen Brief pro Monat, literarische Angelegenheiten, die hier nicht am Platz sind. Wie hätte ich damals ahnen können, dass sich mit diesem stets zerknautschten und verschwitzten Typen zwei der wahnsinnigsten Tage – und vor allem Nächte – verbinden sollten, die ich jemals erlebt habe, übrigens die einzigen, die ich wahrhaft und ohne Übertreibung »halluzinatorisch« nennen kann?

Eines Tages gehe ich hinunter, um wie üblich nach meiner Korrespondenz zu sehen. Ich tat dies fünf- bis sechsmal am Tag, sogar wenn, nach der Mittagszeit, ohnehin klar war, dass der Postbote nicht mehr kommen würde. Aber vielleicht doch!, sagte ich mir und ging wieder hinunter, auch wenn der Fahrstuhl außer Betrieb war. Dann stieg ich enttäuscht wieder die acht Stockwerke hinauf. Ich habe vergessen, Ihnen das wichtige Detail mitzuteilen, dass ich kein Telefon hatte und dass sie mir dreizehn Jahre lang kein Telefon gaben, eine Zeit, in der ich völlig von der Welt abgeschnitten war. Vergeblich ging ich zur Telefongesellschaft in Audienz, denn dort geschah immerzu das gleiche: Ein Typ hörte mich mit undurchdringlichem Pokergesicht an und versicherte mir, man werde das Problem prüfen. Und das Problem wurde geprüft. Mit stets zunehmender Gründlichkeit.

Also, ich bekomme einen Brief von Ciubotaru, in dem er mich einlädt, nach Bacău in das lokale Kulturhaus zu einer Gedichtlesung zu kommen. Ich würde zwei Tage bleiben, und für diese Zeit würde er mit einigen seiner Kollegen, die zusammen das künstlerische Komitee der oben genannten Institution bildeten, mir noch ein Überraschungsprogramm organisieren, über das mir Ciubotaru freundschaftlich mitteilte, es werde »absolut spitzenmäßig« sein, »wirst sehen!« Es wäre nicht mehr nötig gewesen, mir auch dies noch mitzuteilen. Ich wäre hingefahren, auch wenn er mir geschrieben hätte, dass es »verrückt« sein würde, »absolut verrückt, wirst sehen!« (So naiv, wie ich damals war, hatte ich keine Ahnung, wie verrückt die Dinge sein können …) Ein Ausbruch aus dem Kreislauf Schule-Wohnung-Literaturkreis-Wohnung-Schule war für mich so wundervoll wie unerwartet. Ich fragte mich, wie die Zeit bis zu dem bestimmten Tag vergehen würde, an dem ich in den von ihnen bezahlten Zug steigen und in der fernen Stadt ankommen sollte, in der ich noch niemals gewesen war. Ich traf eine Auswahl aus den bis dahin veröffentlichten Gedichten (zwei Bände, die ich hier auch nenne, und zwar nicht, um für mich zu werben, sondern weil dies später einmal von Bedeutung sein wird: »Scheinwerfer, Schaufenster, Fotografien« und »Liebesgedichte«), rezitierte sie auch jeden Abend vor dem Badezimmerspiegel, wobei ich die Zeit stoppte und mir vorstellte, wie ich vor einem mich bewundernden Saal Klugheiten vortrug. Es würde ein Triumph werden, die Ausweitung meines frischen Ruhmes auf Roman, die Stadt von Bacovia*, denn in Bukarest, der Stadt des Lichtes, so meinte ich, hatte er mich zu umstrahlen begonnen.

Und vielleicht (aber diesen geheimen Gedanken wagte ich nicht zu Ende zu denken) würde ein scheues Mädchen mit strahlenden Augen auf mich zukommen und dabei eines meiner Bücher an die Brust drücken … Ich würde ihr etwas Schönes hineinschreiben und dann am späteren Abend sollten ein paar Stunden mit ihr in einer intimen Bar folgen. Schließlich, da wir beide in meinem Hotelzimmer ankommen, sollte sich das Mädchen als nicht so arg scheu erweisen …

2

Zwei Wochen vergingen mit Schule, den Schülern, samstags Methodik, wozu die Lehrer des Viertels sich versammelten, um ihre wissenschaftlichen Betätigungen zu entfalten. Eine solche Ansammlung von Schwachköpfen war mir in meinem ganzen Leben noch nicht begegnet. Es war monströs. Die

* George Bacovia, eigentlich George Andone Vasiliu (1881–1957), in Bacău geborener rumänischer Dichter. (A. d. Ü.)

Lehrerinnen trugen Referate vor, aus denen man erfuhr, dass Sadoveanu* »der größte Schriftsteller der *Gegenwart*« sei, dass Moromete** ein Schüler Sartres war, dass Eminescu die Sphärentrigonometrie erfunden habe, die Töpferei, das fünfte Rad am Wagen und so weiter. Da gab es nichts, das nicht verschnarcht, lächerlich oder peinlich genug gewesen wäre, als dass man es nicht beim Methodik-Kreis hätte vortragen können. Hatte man auch nur den geringsten Einwand, so lief dies auf eine tödliche Beleidigung der Vortragenden hinaus. Aber es war überhaupt nicht möglich, einen Einwand zu haben: Unmittelbar nach dem Ende des Vortrags, unabhängig davon, wie agrammatisch und halbgebildet er gewesen sein mochte, brachen alle in einen hemmungslosen Lobgesang aus. Ihn einfach nur »außerordentlich« zu nennen, war beinahe eine Injurie. Die Moderation (aber welche Moderation?) oblag einem libidinösen Kahlkopf, der sich vor allem auf die abgestandensten schlechten Scherze verstand. Wenn ich von dort wegging, wusste ich nicht mehr, ob ich lachen oder weinen sollte. All jene Menschen, die in Masse an Alzheimer erkrankt schienen, hatten einstmals die gleiche Fakultät absolviert wie ich, vielleicht waren sie mal Enthusiasten, vielleicht sogar intelligent. Aber Jahr für Jahr das gleiche »Das Küken«, die gleiche »Stunde im August«, die gleiche »Einsiedlerin«,

---

* Mihail Sadoveanu (1880–1961), bedeutender rumänischer Prosaschriftsteller und nach 1945 auch Politiker; 1961 mit dem Lenin-Orden für den Frieden ausgezeichnet. (A.d.Ü.)
** Ilie Moromete, ein Bauer, ist die Hauptperson in Marin Predas (1922–1980) 1955 erschienenem Roman »Moromeţii«; der zweite Band dieses Bauernromans erschien 1967. (A.d.Ü.)

der gleiche elende Lohn, die gleichen alltäglichen Erniedrigungen, die gleichen arroganten Schulinspektoren hatten diese lächerlichen Strohpuppen aus ihnen werden lassen, die nichts mehr lasen und nicht mehr denken konnten. Tausendmal zog ich den Samstagsunterricht dieser Art des »sich Vervollkommnens« im Methodik-Kreis vor. Immerhin hatten die Kinder ihre eigene Klugheit.

Schließlich war auch der Sonntagvormittag angebrochen, an dem ich früh aufwachte und glücklich war, dass mein Lebensweg wenigstens zwei Tage lang einen anderen Lauf einschlagen würde als üblich. Am Abend davor war ich dermaßen überreizt von der Vorstellung, nach Bacău zu fahren, dass ich nichts mehr gegessen hatte. Ich hatte mich redlich bemüht, wenigstens ein bisschen zu schlafen, aber das führte lediglich dazu, dass ich mich die ganze Nacht auf dem Laken um und um gedreht und mir dabei einen Saal voller Menschen vorgestellt hatte, die alle gekommen waren, um meinen Gedichten zu lauschen, dass ich mir ihre Fragen vorsagte und an die vielen Widmungen dachte, um die man mich bitten würde. Vom Hörensagen wusste ich, wie die Schriftsteller in der Provinz empfangen werden, an langen gedeckten Tafeln, mit endlosen Gelagen, Trinksprüche über Trinksprüche zu ihren Ehren. Es würde ein Triumphzug werden, alles wies darauf hin. Gegen Morgen hatte ich sogar geträumt, ich säße an einem langen Tisch, wie eine Hochzeitstafel, der überladen war mit Forellen in Weinblättern, Spanferkelbraten in Rotweinsoße, Geflügel mit Knoblauchsoße und Maisbrei. Der Bürgermeister, die örtlichen Notabilitäten, die ortsansässigen Autoren saßen je nach ihrem Rang mit am Tisch, alle den Blick auf mich gerichtet, den Dichter aus der Hauptstadt, die Hoffnung des rumänischen Schrifttums.

Der Nordbahnhof war zu jener Zeit in seinem verkommensten Zustand. Tatsächlich ein Raum der Wunder. Hielt man sich bloß fünf Minuten dort auf, so war man imprägniert von Qualm und schwerem Pechrußgestank. Die Kneipe beherbergte die gesamte Säuferschaft, die zur Sperrstunde aus den Kaschemmen der Stadt vertrieben worden war. Herumstreunende Kinder, Bettler mit je einem entblößten und grässlich wund entzündeten Bein sowie Bauern mit geflochtenen Körben, aus denen Porreestangen herausragten, wuselten dort Tag und Nacht wie Maden durcheinander. Züge, an denen alles kreischte und schepperte, rollten ein und fuhren ab, und die fetten, schwarzbraun gebrannten Bahnbediensteten würdigten einen keines Blickes, wenn man ihnen eine Frage stellte. Zwanzig Minuten vor der Abfahrt des Zuges stieg ich ein. Vor Angst, den Zug zu verpassen, hatte ich es nicht einmal geschafft, mir etwas zu essen zu kaufen – und am Bahnhof gab es ohnehin nichts. Lass gut sein, sagte ich mir, es wird schon einen Speisewagen geben, und entspannte mich auf der Sitzbank aus verdrecktem Kunststoff, die mit Taschenmessern aufgeschlitzt und des gelben Schaumstoffs beraubt worden war. Der Reihe nach tauchten nun die Taubstummen auf mit ihren Kugelschreibern und kleinen Plüschbären, die Bettler unterschiedlicher Spezies, die Zeitschriftenverkäufer mit *Die Frau* und *Rebus*, doch schließlich fuhr der Zug los.

Die erste Stunde verbrachte ich auf dem Flur und schaute mir abwechselnd die beklagenswerte Landschaft draußen an – unglückselige Erdhütten, kleine alte, mit Teerpappe ge-

deckte Bruchbuden, den Müll, der entlang der Gleise herum-
lag, ruinierte Wasserschlösschen, Gebäude mit zerschlage-
nen Fensterscheiben, Unkraut, in dem man weder das Pferd
noch den Reiter hätte erkennen können – und auf den Hintern einer Frau, die aus dem Nachbarabteil herausgetreten
war und sich ans andere Fenster gelehnt hatte. Bald aber begann mein Magen zu knurren und mich zu mehr Aktivität
anzuspornen, schließlich hatte ich seit gestern Mittag nichts
mehr gegessen. Also begab ich mich auf die Suche nach dem
Speisewagen und durchmaß unter erheblichen Schwierigkei-
ten sechs überfüllte Waggons, deren Gänge vollgestopft waren mit Koffern und nervösen Reisenden, um zu erfahren, dass
es keinen Speisewagen gab. Eine urbane und unter den Reisenden verbreitete Legende besagte jedoch, nach zwölf Uhr
werde ein Bahnbediensteter mit Hörnchen, Keksen und Fla-
schenbier vorbeikommen, also durchlief ich noch einmal die
Hindernisstrecke bis zu meinem Abteil, wo ich eben rechtzeitig eintraf, um den Gevatter anzutreffen, der meine Fahrkarten begutachtete. »Keheeksehee?« erwiderte er auf meine
bescheidene Frage gerade so, als hätte ich nach dem Schnee-
menschen Yeti oder sonst etwas Ausgefallenem gefragt. »Was
denn für Kekse, Chef? Wir verkaufen keine Kekse, das fehlte
uns gerade noch.« Ihm fehlten, wie man sah, die richtigen
Informationen, denn kaum waren zehn Minuten vergangen,
tauchte der Mann mit den Keksen auf, der sich nur schwer
seinen Weg durch die Reisenden bahnte. Erfreut kramte ich
in meinen Taschen nach dem Geld und überlegte, mir von
den großen und teuren in der goldglänzenden Packung welche zu kaufen, die Dănuț hießen. Fünf, sechs Stück davon

hätte ich wie nichts verschlungen. Der Mann, der wie ein Obdachloser aussah, streckte seinen Kopf durch die Abteiltür. »Rahova-Bier, wer mag noch mal!« Sonst hatte er nichts, hatte er auch nie gehabt. Sie können sich meine Enttäuschung vorstellen, ich war halbtot vor Hunger. Da ich jedoch wusste, dass das Bier einen erheblichen Nährwert hat, beging ich den großen Fehler, mir eine Flasche zu kaufen und sie sogleich auszutrinken, ohne zu merken, wie sauer das Bier war.

Das hat mich dann tatsächlich fertig gemacht. Der Alkohol hat mich betäubt, und mein Magen hat peinlich zu grummeln angefangen, sehr viel lauter als zuvor, sodass ich mich fragte, wie ich die nächsten etwa drei Stunden bis nach Bacău überstehen würde. Die Märtyrer fielen mir ein, die man in irgendeinem verlassenen Turm hatte Hungers verrecken lassen, die Anachoreten, die endlos fasteten … Aber Gott sei Dank war dies nicht mein Fall. Auf mich wartete gleich nach meiner Ankunft ein köstliches Mahl, denn der Zug traf genau zur Zeit des Mittagessens am Zielbahnhof ein. Stoisch wartete ich ab. Jenseits des Fensters zogen die gleichen Hügel vorbei, die gleichen Lehmhäuser, die gleichen je zu einer Seite geneigten Strommasten.

3

Am Bahnhof erwartete mich weder eine Blaskapelle noch ein roter Teppich. Schlimmer aber war, dass mich überhaupt niemand erwartete! Können Sie sich vorstellen, wie dreckig, wie grau, wie deprimierend der Bahnhof von Bacău in den achtziger Jahren war? Eines ist gewiss, so viel Vorstellungskraft sie auch haben mögen, die Wirklichkeit übertraf sie spielend. Ein Soldat mit einem Holzkoffer, eine Zigeunerin mit Zöpfen, in die sie rote Bänder eingeflochten hatte, und zwei kahlgeschorene Zuchthäusler waren die einzigen Gestalten auf dem zugemüllten Bahnhof. Der Kiosk mit Keksen und Säften war selbstverständlich geschlossen. Solch eine Ödnis hatte ich seit Tarkowskis »Stalker« nicht mehr gesehen, und ich zweifelte tatsächlich daran, dass ich einigermaßen sicher zwischen jenen von schleimiger Spucke und widerwärtigen Graffiti verdreckten Betonwänden würde hindurchgelangen können. Ich erstarrte auf der Stelle, und der Magen klebte mir vor Hunger buchstäblich an der Wirbelsäule. So verharrte ich etwa eine Dreiviertelstunde und fragte mich die ganze Zeit, was ich wohl tun würde, wenn letztlich niemand auftauchte, um mich abzuholen. Ich hatte nicht einmal mehr das Geld, um nach Bukarest zurückzufahren, denn meine Freunde sollten mir hier erst die Herfahrt erstatten und eine Rückfahrkarte kaufen. Ich würde mich mit dem Schaffner verständigen müssen oder es würde Ärger geben und eine Strafe fällig werden, das hatte mir gerade noch gefehlt. Als dann endlich Ciubotarus verdrießliche Gestalt mit ihrem nach Dorfgendarm aussehenden Schnurrbart beim selbstverständlich stillgelegten Wasserspender um die Ecke bog, hatte ich nicht einmal mehr die Kraft, mich zu freuen. Ebenso wie Charlot in »Goldrausch« sah ich ihn in Gestalt eines riesigen Huhnes, gerade recht, um es mitsamt den Federn und allem Drum und Dran zu verschlingen. »Entschuldige, Alter, ich habe mich beim Lesen des Fahrplans geirrt ... hoffe, du wartest nicht schon lange …« Wir küssten uns, wie es damals alle jungen Schriftsteller taten, als wären sie Mitglieder einer Geheimbruderschaft, und brachen gemächlich auf zu einem Restaurant. Herrgott, wie vornehm dieses Wort klang! Immerhin waren die Restaurants auch sonntags geöffnet, und selbst wenn es auch damals schon kein Fleisch gab oder dieses durch einen ungenießbaren Braten in Blut ersetzt worden war, müssten sie dort wenigstens einen Krautsalat und etwas Brot haben. Besser wäre jedoch eine Kuttelsuppe mit Rahm, Knoblauchöl und etwas Essig gewesen, wie man sie in der Provinz und also wie bei Muttern machte. Auch ein paar kross gebratene Würstchen mit rundum bräunlich angebratenen Kartoffeln hätte ich nicht abgelehnt. Seit mehr als vierundzwanzig Stunden hatte ich nun nichts mehr gegessen. Der Koffer aus Lederimitat, auf den ich recht stolz war, sprengte mir schier das Schultergelenk, denn ich hatte ihn vollgestopft mit meinen Gedichtbänden, etwa dreißig Exemplare von jedem, nicht um sie zu verkaufen, sondern um sie bei meiner abendlichen Lesung in die Menge zu werfen. Damit sich meine Poesie, wie der Goldregen über die antike Danae, über sie ergieße.

Vorerst aber machte dieser Regen mich bucklig. Zum Glück stand mir mein Freund hilfreich bei, indem er mir allerlei literarische Intrigen aus Bacău und über Personen erzählte, von denen ich noch nie gehört hatte, und mich auf die Pfützen und Löcher auf unserem Weg hinwies, vor allem, nachdem ich schwer stapfend in eines hineingetreten war und mich bis ans Kinn verdreckt hatte. Als käme es darauf an! Ich machte mir vor, schon den Geruch leicht angebrannter, aber mit dem dazu passenden Senf noch gut essbarer Mititei* zu riechen. Ausschließlich von dieser Geruchsillusion geleitet, ging ich eine geschlagene Stunde durch das Bacău der Arbeiter, das sich am besten mit einem unrasierten und volltrunkenen Tagelöhner in Arbeitsmontur vergleichen ließe.

Aber wie ein Eldorado am Ende einer heldenhaft durchmessenen Wegstrecke hatte sich eben zwischen zwei Kiosken (Zeitungen und Lotterie) das Frontispiz eines Lokals abzuzeichnen begonnen, das (wie sonst?) »Der Tuchmacher« hieß, und von dem ich viel, sehr viel erwartete. Ich merkte, dass auch die Schritte meines Freundes fester wurden beim Anblick des Firmenschildes, das ihm nicht unvertraut schien, und nun konnte ich, meinen Koffer durch den Staub schleifend, kaum noch Schritt halten mit ihm. Was musste auch er für einen Hunger haben! Vielleicht hatte auch er vor Aufregung über mein Eintreffen nichts gegessen. Beide traten wir durch die Flügeltüren, die ebenso verdreckt waren wie der Bahnhof, und befanden uns in …

… einer Bar. Einer verkommenen dunklen Bar mit hohen Stühlen, einem Tresen mit einer widerwärtigen Braut, die hinter sich auf den Glasregalen ein paar Flaschen mit Kognak, *Tomis* und *Ovidiu*, sowie autochthonen Whisky, *Ceres*, und Schnaps, *Zwei blaue Augen*, stehen hatte. Keinerlei Essen. Weder eine Brezel noch eine Brotrinde. »Ich gebe einen aus, Alter«, sagte Ciubotaru und stakste breitbeinig zum Tresen. »Ein Herr ist ein Herr, und läge er auch im Straßen-

---

* Mititei oder Mici: Hackfleischröllchen, die auf dem Rost gegrillt werden. (A. d. Ü.)

graben …« Auch ich kletterte auf einen Stuhl und begann, fiebrig die Situation zu bedenken. Okay, der Bursche hatte mich erst einmal in eine Bar geführt, denn das gehört sich so, damit wir mit einem Willkommensgläschen anstoßen. Wir würden hier etwa zehn Minuten bleiben und dann, das Herz mit einem Apéritif ein bisschen aufgewärmt, aufbrechen zum wirklichen Restaurant, wo uns an einem reservierten Tisch, lang wie eine Hochzeitstafel, schon die örtlichen Schriftsteller, die Notabilitäten usw. erwarteten. Und dann würde die Schlemmerei folgen, ein Gelage wie jene, von denen solche wie Fănuș Neagu*, Ahoe**, Pucă*** und ihresgleichen im Restaurant des Schriftstellerverbandes erzählten: Zigeunerbraten, geräucherter Bergkäse, Eier mit Mayonnaise, ganze Ferkel, die Schwarte am Rücken aufgeplatzt, Kapaunkeulen in roter Soße, Zander umringt mit Zitronenscheiben, Crêpes mit Konfitüre, all dies benetzt von allerbestem Cotnari-Wein, denn schließlich war das Weingut gleich nebenan …

Der Prosaautor kam mit zwei Kognakgläschen, und wir stießen an: »Gesundheit und Willkommen!« Nach einer halben Stunde wiederholte er dies und dann nach einer weiteren halben Stunde noch einmal, und so verrannen sechs halbe Stunden, die wir in der Bar zubrachten, auf einem hohen Stuhl kauerten und hintereinander weg je ein am Rande an-

---

* Fănuș Neagu (1932–2011), rumänischer Schriftsteller und Drehbuchautor. (A.d.Ü.)
** Ahoe war der Spitzname des rumänischen Dichters und Übersetzers Tudor George, eigentlich Tudor Georgescu (1926–1992). (A.d.Ü.)
*** Florin Pucă (1932–1990), rumänischer Dichter, Zeichner (Illustrator) und Schauspieler, wie Tudor George der Bukarester Dichter-Bohème zugehörig. (A.d.Ü.)

geschlagenes Glas leerten, wobei ich mich immerzu fragte, wann wir endlich zum wirklichen Lokal aufbrechen würden. Als es so weit war, vergaß ich meinen Koffer neben dem Stuhl, sodass wir torkelnd noch einmal umkehren mussten.

»Jetzt, Alter, gehen wir zum Kulturhaus, wo du lesen wirst. Es ist zwar noch etwas früh, aber da setzen wir uns hin und plaudern noch ein bisschen ... Wirst sehen, was für ein scharfer Saal das ist!« Als hätte ich bis dahin unter einem merkwürdigen Zauber gelebt, fiel mir erst in diesem Augenblick der Himmel auf den Kopf. Wie das? Und das Essen? Wenigstens ein Abendessen, wenn schon das Mittagessen dahin war ... Herrgott nochmal, hatte der tatsächlich vor, mir nichts zu essen zu geben? »Aber sollten wir nicht etwas essen gehen?«, wagte ich schließlich zu fragen. »Ich hab keinen Hunger, Meister«, antwortete Ciubotaru fröhlich. »Meine Frau hat dafür gesorgt. Du kennst doch Creangăs Spruch: Das Essen ist bloß Trockenfick, Trinken ist das wahre Glück!«

Ich kannte das Zitat. In den Grammatikstunden benutzte ich es als Beispiel für einen prädikativen Satz.

4

Als wir beim Kulturhaus ankamen, senkte sich der Abend herab. Ciubotaru war heiter und redselig, ich aber konnte kaum mehr meine Beine und den Koffer durch den Staub schleppen. Eines stand fest, Bacovia konnte nur aus Bacău stammen, nun verstand ich ihn vollkommen. Wo auch immer er sonst gelebt hätte, es wäre ihm unmöglich gewesen zu schreiben: »Wie Edgar Poe kehre ich zurück nach Haus / oder Verlaine, vom Saufen kraus ...« Ich hatte in der verdammten Bar enorm viel getrunken, eine Schweinerei von Kognak, die auch jemanden platt gemacht hätte, der in den letzten siebenundzwanzig Stunden etwas gegessen hatte, geschweige denn mich. Hätte ich mich nicht vor den Kindern geschämt, die schreiend mitten auf der Straße im wirbelnden Staub spielten, denn gegenüber meinem literarischen Freund empfand ich nur noch Ressentiments, ich hätte mich in einen Straßengraben gelegt, die Augen geschlossen und mir vorzustellen versucht, ich sei zuhause in meinem Apartment auf der Nada Florilor und hätte nicht die Torheit begangen, auf Einladung irgendwelcher Spinner irgendwo hinzureisen, wo der Teufel seine Großmutter hinverbannt hat. Aber sei's drum, im weitläufigen und öden Foyer des Kulturhauses befand ich mich wieder in der Zivilisation. Wenngleich ohne deren Errungenschaften. Die winzigen, hyperkonzentrierten Speisen der Astronauten – ich erinnerte mich an »2001, Odyssee im Weltraum« – waren mir stets kleinlich vorgekommen. Es lohnte nicht, sich mit Raumschiffen und Laboratorien im Weltraum herumzutreiben, wenn das Essen dermaßen knauserig bemessen war, von anderen Genüssen zu schweigen. Jetzt aber hätte ich mir ihre Tabletten mit der flachen Hand in den Mund geschaufelt, doch die Raumstation des Kulturhauses, wo wir uns in Erwartung der anderen auf eine Tischkante gesetzt hatten, verfügte über keinen derartigen Spender. Nichts als Holz und Marmor, so weit das Auge reichte. Mein Magen knurrte mehr als vernehmlich, da konnte ich noch so fest mit beiden Unterarmen gegendrücken.

So gegen sieben Uhr begannen die »Jungs« einzutrudeln, die mich am Bahnhof hätten erwarten müssen, aber sieh, hier hatte es den einen Hinderungsgrund gegeben, da den anderen ... Beim Dramatiker (ein Kerl um die fünfzig, dick und grauhaarig, mit dem beachtlichen Ehrgeiz, sich über jede seiner Äußerungen selber belustigt zu zeigen) war ein Cousin zum Essen hereingeschneit, den beiden ortsansässigen Dichtern war das Auto kaputt gegangen, mag sein, auch nur dem einen ... Gut, dass sie wenigstens jetzt zur Lesung erschienen waren. Untereinander sprachen sie höchst eindringlich, und so sollten sie es während meines gesamten Aufenthaltes tun. Ich war nur der Vorwand, der sie zusammenbrachte. Ihre Unterhaltungen waren für mich äußerst lehrreich und erzieherisch. Ich könne von großem Glück reden, dass sie und nicht andere mich eingeladen hatten, denn sonst wäre ich unweigerlich in die Hände irgendwelcher gescheiterten Existenzen, Hochstapler, Gauner, Politruks, Homosexuellen, Hurenböcke, Spitzel oder Diebe am öffentlichen Eigentum geraten – Gestalten, die offenbar jenseits von ihnen selbst das literarische Leben von Bacău bestimmten. Auch in Bukarest verhielte es sich so, vor allem unter den jungen Schriftstellern, die allesamt Nullen, Hochstapler und Aufschneider seien, selbstverständlich mit meiner löblichen Ausnahme. Wir betrachteten uns mit großer Zuneigung. Welch eine glückliche Fügung, dass an diesem Abend die Creme der rumänischen Literatur zusammengefunden hatte! »Nach der Lesung haben wir etwas für dich«, flüsterte mir der Dramatiker ins Ohr und zwinkerte dabei den anderen zu. Und alle grinsten: »Lass, Mann, wart halt damit, verdirb nicht die Überraschung ...« Sie krümmten sich vor Lachen und hieben sich leicht mit den Fäusten an die Schultern. Als ich schon mindestens eine halbe Stunde lang geschwiegen hatte, ohne dass sie es auch nur gemerkt hätten, wagte ich wiederum eine Anspielung auf ein Restaurant. Sie schauten mich ungläubig an, war ich etwa nicht ganz bei Trost? Wollte ich sie provozieren? Unterbrach ich da etwa ihre hochkulturelle Diskussion über symbolische Werte und literarische Strategien aufgrund vulgärer Bedürfnisse meines Leibes? Sie gaben sich nicht einmal die Mühe, mir zu antworten, auch wäre es jetzt nicht mehr angebracht gewesen, denn eine Gruppe Studenten war soeben gemächlich in den finsteren Saal gegangen, womit auch das Publikum anwesend war.

Es bestand aus drei Mädchen und vier Burschen. Wir auf der Bühne, das Präsidium, waren ebenso viele. In dem leeren, finsteren Saal ergriff als erster Ciubotaru das Wort und sprach vergeblich in das tote Mikrofon. Er trug eine lange Tirade vor, worin er sich einerseits gegen ältere Schriftsteller, senile und altmodische Profiteure auf allerlei gutdotierten Posten wendete und andererseits die junge Generation hervorhob, zu der wir, die Anwesenden, gehörten (»Ja, auch der große Dramatiker, der hier unter uns ist, trotz seines grauen Haars, denn das Alter bemisst sich nicht nach dem Eintrag im Ausweis, sondern danach, wie man sich fühlt und was für eine Literatur man schreibt.«). Die junge Generation trat dafür ein, dass die Literatur hinabsteige auf die Straße, wollte die Sprache demokratisieren. Sie brachte neuen Wind in die rumänische Literatur und eine neue Sensibilität. Nicht nur der Theatermann war groß, auch wir waren groß, manch einer größer als andere. Was aber ihn selbst betraf, den Redner, so überließ er das Urteil über sich bescheiden anderen. Und zu meiner Verwunderung stand auch sogleich einer der Dichter auf (ich werde sie nie unterscheiden können, alte Lederjacken, struppige Bärte, zahnlos) und gab sein Urteil kund. Von ihm erfuhr das Publikum, dass tatsächlich auch der Prosaschriftsteller groß sei, einer der größten Gegenwartsschriftsteller. Zum Beweis las er einen schier endlosen Artikel über ihn vor, der in einer Zeitschrift irgendwo bei Focșani erschienen war. Darin wurde der Romanautor Ciubotaru mit Thomas Mann verglichen und – merkwürdigerweise – mit Sergiu Nicolaescu*. Ich hatte nichts gegen diese Einführung einzuwenden, die etwas über eine Stunde dauerte und in der jenseits einer Anspielung, dass auch ich groß sei, an keiner Stelle von mir die Rede war. Schlimmer war es, wenn sie schwiegen, denn dann war meinem Bauch zum Reden zumute. Und er tat dies ehrlich und freimütig und aus Leibeskräften.

Bis die Reihe an mir war, meine Produktionen vorzulesen, war es halb neun geworden. Dann erst fand ich Zeit, die Massen an Büchern aus meinem Koffer herauszukramen, die ich ins Publikum hatte streuen wollen. Aber in welches Publikum? Zwei Mädchen und zwei Jungs hatten sich schon lange davongemacht, nachdem sie eine Weile auf ihren Stühlen gedöst hatten. Wahrscheinlich hatten sie keine Kinokarten mehr bekommen und gemeint, sie könnten sich auch hier begrapschen. Übrig geblieben war nur noch ein pickeliges Mäd-

* Sergiu Nicolaescu (1930–2013), rumänischer Schauspieler, Regisseur und Politiker. (A. d. Ü.)

chen, das sich hin und wieder etwas notierte, sowie zwei Jungs, die in der ersten Reihe unverschämterweise Kreuz-und-Kreis spielten und hin und wieder losprusteten. Schließlich sah sich der Moderator des Abends veranlasst, sie hinauszuwerfen. Folglich las ich für jenes eifrige Mädchen, das sich immerzu Notizen machte, und meine Kollegen, die jungen ortsansässigen Schriftsteller. Man nennt das halt lesen. Ich habe vielmehr meine Gedichte auswendig vorgetragen, denn die gedruckten Buchstaben konnte ich nicht mehr sehen, teils vor Hunger und teils wegen der Funzelbeleuchtung (es war zur Zeit des Stromsparens). Bei meinem zweiten Gedicht geschah das Unvermeidliche: Die Tür am Ende des Saales ging auf, und die Hauswartsfrau brüllte uns zu, wir möchten den Saal verlassen, sie wolle schließen. Das überraschte mich überhaupt nicht. Das Gleiche geschah uns stets auch bei den Sitzungen des Montagskreises in Preoteasa. Mit eingezogenem Schwanz schlichen wir uns davon, und meine Freunde verfluchten der alten kulturfeindlichen Vettel alle Knochen. Ich sammelte enttäuscht und in aller Eile meine Büchlein ein, schloss mit Gewalt den Koffer und ging hinaus ins Foyer. Ich hatte genau fünf Minuten gelesen.

Im Foyer erfüllte sich mein zuhause ersonnener Traum teilweise. Das Mädchen mit Pickeln an Wangen und Kinn (was heißt hier Pickel, es waren veritable Furunkel!) kam auf mich zu, um mich scheu um ein Autogramm zu bitten.

5

Als wir gingen, war es dunkel geworden. Keine Sterne am Himmel, über Bacău gehen wahrscheinlich nie welche auf. »Und in der Vorstadt kommt die Nacht mir schwärzer vor«, gingen mir die Verse des großen Lokalpoeten durch den Sinn, als wir uns in einem Gassengewirr verloren hatten. Aus dem einen oder anderen schiefen und baufälligen Haus trat eine Frau und kippte ihre Schüssel mit Spülicht in den Kanalrost. In einem Hof spielten zwei Rentner bei Kerzenlicht Tavla, denn in jenem Teil der Stadt schien der Strom unterbrochen zu sein. Auch in den Häusern sah man Kerzen, die sich gespenstisch von einer Stube in die andere bewegten. Ich hatte keine Hoffnungen mehr auf ein Restaurant. Nun wusste ich es besser, hier, in diesem Tal der Tränen sollten meine Knochen vermodern. Mittlerweile war ich nicht mehr in der Lage, meinen Koffer zu tragen, ermuntert von den örtlichen Schriftstellern, die allesamt doppelt so groß waren wie ich und mir hin und wieder auf die Schulter schlugen – lass mal, es ist nicht mehr weit! –, zerrte ich ihn hinter mir her durch den Dreck. Aber es zog und zog sich hin. Die Jungs beglückwünschten sich zum gelungenen Abend, wieder war ein Punkt auf der Agenda ihrer Vereinigung abgehakt. Letztlich war es ja gar nicht so schlecht gelaufen: Zur letzten Veranstaltung mit einem unglückseligen Autor aus Cluj war überhaupt niemand gekommen! Verglichen mit ihm hatte ich, wie es scheint, einen gewaltigen Erfolg. Dann begannen sie über den Autor aus Cluj zu lästern: eine Null, wenn man es recht bedachte. Er hatte nicht den Rang, um nach Bacău eingeladen zu werden.

Wir kamen mindestens an drei Restaurants vorbei, allesamt geschlossen. Wozu sollten sie auch sonntags geöffnet halten, ohne elektrischen Strom, ohne Gas, ohne Fleisch, ohne alles? Als ich ein Ladenschild mit der Aufschrift ȚESĂTURI sah, las ich dies wie in Trance TE SATURI* und das Herz hüpfte mir in der Brust: Hier musste man das Versprechen zur Aufschrift gemacht haben. Gleichviel, ob es nun Textilgeschäft oder Speiselokal war, es war wie überall sonst geschlossen.

Ich glaubte, wir würden die ganze Nacht so weiter dahin ziehen, und schlief schon beim Gehen ein, als ein paar zufriedene Aufschreie zu vernehmen waren und die Gesellschaft plötzlich anhielt: Wir hatten das Ziel erreicht. Besser gesagt, ein Etappenziel, das sich uns in Gestalt eines uralten ARO-Jeeps präsentierte, der im Müll hinter einem großen verlassenen, mit Teerpappe gedeckten Bauwerk geparkt war. Das Auto wirkte wie versteinert, aus wer-weiß-welcher erdgeschichtlichen Zeit stammend, so verdreckt und eingestaubt war es. Der Dramatiker erwies sich als glücklicher Besitzer dieser Schrottkiste, deren Vordertür er mit sichtlichem Stolz aufschloss. Dann entriegelte er auch die Hecktür und warf meinen Koffer über einen atemberaubend nach Petroleum riechenden Kanister und ein paar löchrige Wanderschuhe. Im Auto herrschte ein übler Gestank. Verschiedene Gerüche hatten sich ineinandergemengt, von denen ich jenen nach verdorbenem Sauerkraut, in Essig umgekippten Wein, saure Lumpen und vor allem menschlichen Schweiß ausmachen konnte. Ich ertrug diesen Gestank erst, nachdem ich zwei-, dreimal

* Țesături: rum. Tuchwaren; te saturi: rum. du sättigst dich. (A.d.Ü.)

hastig ausgestiegen war und mir unter Gestöhne rülpsend den Magen gehalten hatte. Zum Glück gab es da nichts, was ich hätte erbrechen können. Auch ein ganz und gar leerer Magen ist mitunter zu etwas gut.

Und das Auto brach auf in die Nacht, man wusste nicht, wohin. Das Programm stand unter dem Siegel der Verschwiegenheit. Von den Freunden war darüber nichts zu erfahren, sie taten geheimnisvoll. »Hehe, diese Nacht wirst du nicht vergessen: Du wirst eine ganze Reihe von Überraschungen erleben, Alter, die eine größer als die andere«, flüsterte mir Ciubotaru zu und fingerte an seinem Schnurrbart herum. »Vor allem eine!«, fügte der Dramatiker hinzu, wobei er in ein hysterisches Lachen ausbrach, in das die beiden örtlichen Dichter zahnlückig einstimmten. »Maul halten!«, wandte sich stirnrunzelnd der Prosaautor zu ihnen um, aber auch er konnte sich nicht beherrschen. Sie wälzten sich schier auf dem Boden, erschütterten das Auto vor Lachen. Ich zweifelte nicht mehr daran, dass ich irgendwelchen gefährlichen Irren in die Hände gefallen war, aber mein Magen schmerzte so sehr, dass es mir letztlich egal war. Sollen sie doch irgendwo auf dem Feld anhalten und mir den Hals aufschlitzen, sagte ich mir, damit ich es endlich hinter mir habe. Aber es kam noch schlimmer.

Der Dramatiker, der wie ein Irrer fuhr, die Kurven schnitt, kein einziges Mal auf die Bremse trat, drehte sich immer öfter zu uns um und verharrte mehrere Sekunden lang mit dem Rücken zur Straße, bis schließlich auch die fröhliche Runde verstummt war. Dies hatte er bezweckt, denn nun begann er, selber die verschiedenen Rollen sprechend, seine Theaterstücke vorzutragen, und zwar speziell für mich (denn die anderen hatten sie schon unzählige Male anhören müssen und kauerten sich jetzt abgewandt in die Ecken, versuchten, nichts mehr davon zu hören). Es war absolut grotesk. Er imitierte die dröhnende Stimme des Protagonisten, dann die piepsige Stimme der Protagonistin, die heisere Stimme einer Nebenrolle, das Stottern einer weiteren Nebenrolle und dann wieder von vorne, bescheuerte Dialoge ohne Sinn und Verstand … Oftmals konnte er vor Lachen nicht mehr weitersprechen, dann wiederum kamen ihm die Tränen. Als er dann nach zwei Stunden, so gegen Mitternacht, plötzlich stehen blieb, genau zeitgleich mit dem Schlusssatz seines Stückes, als hätte er beide Zeitstrecken genauestens aufeinander abgestimmt, brachen alle in Beifallsklatschen aus, glücklich, der doppelten Gefahr mit dem Leben entronnen zu sein.

Es war der finsterste Augenblick der Nacht. Wir entstiegen dem Auto bei den Lichtgarben der Scheinwerfer, die außer dem Weg noch zwei spektrale Bäume beleuchteten. Ringsum offenes Feld, so weit das Auge reichte. Etwa zwanzig Meter entfernt war die Silhouette eines Steinkreuzes zu sehen. Finstere Stille, Grabesstille, sodass man sich aufgefordert fühlte, im Flüsterton zu sprechen. Als auch die Scheinwerfer ausgeschaltet waren, standen wir in völliger Dunkelheit, man hätte sie mit dem Messer schneiden können. Die fröhlichen Burschen zündeten ihre Feuerzeuge an und an diesen ihre Zigaretten. Standen etwa eine Viertelstunde so da, ans Auto gelehnt, und rauchten schweigend. Dann wandten sie sich bedrohlich (so kam es mir damals vor) mir zu. Sie bildeten einen Kreis um mich und schauten mich merkwürdig an. »Erkennst du das Kreuz?«, fragte mich einer der Dichter mit finsterem Glanz in den Augen. Ich verstand nicht sogleich, ob seine Frage den Sinn hatte, mich als Ungläubigen, als zynischen Verächter der christlichen Symbole zu entlarven oder ob er sich auf das konkrete Kreuz vor uns bezog. »Welches, jenes?«, stammelte ich. »Welches denn sonst?«, mischte sich Ciubotaru ein. »Das ist die erste Überraschung, Alter, die wir dir zu bieten gedenken. Komm, lass uns näher ran gehen.«

Unter einem Himmel, der lediglich um eine Nuance heller war als der Boden, auf dem wir uns bewegten, gingen wir auf den Steinmonolithen zu, der, wie ich dachte, mein Opferstein werden sollte. Ciubotaru hatte sein Feuerzeug angezündet. Damit beleuchtete er das Kreuz, auf dem etwas Unverständliches geschrieben stand, von oben bis nach unten. Und sprach dann aufgewühlt ins würdige Schweigen der anderen: »Wir sind in Mărăşeşti*, Alter!« »Hier vor uns wurde die berühmte Schlacht im Ersten Weltkrieg geschlagen, hier ertönte die berüchtigte Formel *Hier kommt man nicht durch!*«, sprach pathetisch der andere Dichter. »Lasst uns einen Augenblick lang der Helden gedenken, die auf diesem Gelände gefallen sind!«

Und alle erstarrten sie in meditativen Haltungen.

---

* Mărăşeşti, Kleinstadt in der Südwestmoldau im Karpatenvorland; Ort einer großen Schlacht zwischen deutschen und rumänischen Truppen während des Ersten Weltkriegs (Juli-August 1917), die mit dem rumänischen Sieg endete. Ein Mausoleum bewahrt die sterblichen Überreste von 5073 rumänischen Soldaten. (A.d.Ü.)

6

Waren das Idioten? Hatten die mich zwei Stunden lang mit ihrem unglückseligen und nach Kotze stinkenden ARO durch die Gegend gefahren und mit dem Text eines hirnrissigen Theaterstücks gequält, während mein Magen vor Hunger brüllte, um mir die Stelle zu zeigen, an der die Schlacht bei Mărășești stattgefunden hatte? Von der man ohnehin nichts als das Steinkreuz mit etlichen Namen von Helden darauf sehen konnte? Oder hielten sie mich für einen Idioten? Aber nein, sie machten weiter mit ihrer Geschichtsstunde, mit der Darstellung der Kämpfe, mit den unverzichtbaren Berühmtheiten, indem sie der Reihe nach oder alle gleichzeitig auf mich einredeten, damit auch ich endlich begriffe, welch ein Wunder sich dort ereignet hatte, und mit welchen Tugenden unser Volk schon von Geburt an ausgestattet ist. Wenn wir den von Männeken Piss oder sonst einem Hampelmann angeführten Deutschen sogar die Unterhosen versohlt haben … Während sie so emphatisch daherschwadronierten, konnte ich es nicht vermeiden, an ein dümmliches Liedchen aus meiner Kindheit zu denken, das ich mir diese ganze Stunde, die wir dort zubrachten, innerlich vorsang, um den Hunger zu vergessen: »Die Spartaner in schwerer Zeit / Waren auch in Unterhosen kampfbereit, / Jetzt, da ihnen gar nichts mehr zu tun geblieben, / Wird sich hingehockt und Schwanz gerieben.« Ich hatte schon seit sechsunddreißig Stunden nichts mehr gegessen.

Nach diesem literarisch-musikalischen Moment stiegen wir wieder ein, um uns zum nächsten Punkt unseres Ausflugs zu begeben, der ebenso mysteriös war wie dieser. »Aber bringt mich nicht auch noch nach Mărăşti und Oituz,* denn sonst beginne ich zu toben!«, sagte ich mir, ohne zu ahnen, was mich erwartete. Der Dramatiker am Lenkrad war anscheinend verrückt geworden. Wir schaukelten in alle Richtungen, wie ein trunkenes Schiff. Wenn er mal bremste, purzelten wir alle übereinander. »Wo fahren wir jetzt hin?«, fragte ich halbherzig und tat dabei völlig gleichgültig, aber überraschenderweise antwortete mir ein gewaltiges Gelächter. »He-he, die zweite Überraschung, Alterchen!« »Wir fahren nach Moi… nach Moi…« »Nach Mut…«, brüllte einer der Dichter und hielt sich den Bauch, während er sich im allgemeinen Gelächter auf dem Boden des Fahrzeugs wälzte. Ciubotaru legte mir eine Hand auf die Schulter, sah mich brüderlich an und sagte sanftmütig: »Ärger dich nicht über sie, auch sie freuen sich, dass wir beisammen sind und alles nach Programm verläuft. Warum sollten wir es noch in der Hinterhand behalten, wir fahren nach Moineşti, Alter.« »Aha, Tzaras Stadt«, ging mir auf. »Haben die dort ein Gedenkhaus?« »Ja, ja«, grinste der Dramatiker, der sich wieder ganz zu uns umgedreht hatte, mir zu, »genau das, ein Haus … eine Gedenkstätte!« »Und was für eine Gedenkstätte!, ha-ha-ha, hi-hi-hi! Ja, Tzara** …

* Mărăşti und Oituz: In Mărăşti fand zwischen dem 22. Juli und dem 1. August 1917 eine Schlacht zwischen den rumänisch-russischen Truppen und der 9. deutschen Armee statt; sie endete mit einem taktischen Sieg der Rumänen und Russen. Eine weitere Schlacht fand zwischen dem 8. und 20. August in Oituz statt. (A. d. Ü.)

** Tristan Tzara, eigentlich Samuel Rosenstock, geb. 1896 in Moineşti, Rumänien, gest. 1936 in Paris. Rumänisch und Französisch schreibender Dichter; Mitbegründer des Dadaismus. (A. d. Ü.)

Bauernmädel, Bauernmädel ...«, trällerten sie dubios vor sich hin. »Hei-hei, so wie's Bauernmädel grade ist / hätt der Herr sie gern geküsst ...« Ich gab jeden Versuch auf, etwas verstehen zu wollen. Diese ganze Nacht war ein schlechter Film, der in einem verschlossenen Kino lief. Dem konnte ich nicht entkommen.

Wir fuhren in eine Stadt hinein, die völlig in der Dunkelheit versunken war. Irrten durch stockfinstere Straßen. Die Wohnblocks der Arbeiter waren bloß als gedrängt beieinander stehende schwarze Monolithen zu erspähen. In irgendeinem Hof heulte ein Hund schier um sein Leben. Schließlich hielten wir vor einem der Blocks an. Die Jungs stiegen aus und streckten sich nach Leibeskräften. Wir betraten das Treppenhaus, unser Atem dampfte in der Kälte der Nacht. »Mal sehen ... ob sie sich wohl schon hingelegt hat?« »Wer?«, fragte ich, aber es achtete keiner auf mich. Beim Licht des Feuerzeugs klopfte Ciubotaru leicht an die Tür im Erdgeschoß. »Wart, Mann, das ist nicht hier. Wir sind im falschen Treppenhaus gelandet.« Wir drängelten hinaus und traten durch den nächsten Eingang, hier war es genauso verdreckt. Und auch hier roch es scharf nach Spülicht. »Liliaaanaaaaa!«, riefen die Dichter leise. »Lilicaaa!«, bequemte sich der Dramatiker zu säuseln.

Das ging zu weit. Ich nahm mir ein Herz und packte den Prosaschriftsteller am Kragen: »Wartet mal. Was geht hier vor? Wo gehen wir hin?« Auch Ciubotaru merkte, dass die Dinge aus dem Ruder liefen. Eine Erklärung musste her. »Geht ihr hinein, wir kommen dann nach«, sagte er ihnen, und wir verzogen uns seitlich zu den Briefkästen. Wieder flammte das Feuerzeug auf, und ich konnte nahe vor mir den konspirativen Schnurrbart des Schriftstellers sehen. »Schau mal … Hier wohnt ein sehr gutes Mädchen, sie heißt Lili. Wir kennen sie alle, sie hat sogar den Literaturkreis besucht … Die liest sogar, weißt du, das ist kein dummes Mädel … Und als wir uns überlegten, dich einzuladen … was sagten wir uns da? Der Kerl ist jung … er schreibt gut … Liebesgedichte und so … verstehst?« Da beschlich mich ein seltsamer Verdacht: »Ihr habt mich zu einer Hure gebracht?«, fragte ich ihn eisig. Der Prosaautor schwieg, schluckte trocken und fand erst nach einer Weile wieder die Sprache. In der Finsternis des Hauseingangs, die hin und wieder flackernd vom Feuerzeug durchbrochen wurde, schauten wir uns in die Augen, zur Stunde des Geheimnisses, wie Dimitri Karamasow und Starez Zosima. »Nun komm, nimm's nicht so … Bleibst hier im Nestchen, und wir sehen zu, dass wir wegkommen. Morgen Mittag holen wir dich wieder ab. Wirst schon sehen, wie du dich mit dem Mädchen verständigst. Wenn du was machen willst, machst es, wenn nicht, nicht … Liegt ihr eben im Bett und sagt euch Gedichte auf. Alles ist im voraus bezahlt, damit du's weißt, du kannst auch die ausgefallensten Sachen …« »Sieh mal. Ich bleibe nicht hier bei dieser Braut.« »Na wieso denn nicht, Meister? Wo doch alles arrangiert ist …« »Ich bleibe nicht. Ich gehe zurück zum Auto. Fahrt mich zurück nach Bacău!« Ciubotaru erwog einen Augenblick lang die Situation. Und ein Funken Interesse leuchtete in seinem Auge auf. »Gut«, sagte er, »du bleibst nicht, das ist dein gutes Recht. Ich aber sag dir, dass du solch einem Mädel nicht noch einmal begegnen wirst. Wenn ich dir sage, dass sie liest … sie hat sogar meine Sachen gelesen … Aber wie du willst. Doch lass uns nur kurz reingehen, uns aufwärmen, wir trinken einen Kaffee … wirst sehen, was für ein feines Mädel die Lilica ist. Was, als müsstest du sie unbedingt …« Dabei packte er mich am Ärmel und zerrte mich mit ungeahnter Kraft zur grün gestrichenen Tür ohne Spion, hinter der die anderen schon verschwunden waren. Es war eine Einzimmerwohnung der Komfortstufe vier (ich glaube, das waren die schlechtesten), in der es streng nach Mäusegift roch und eine ländliche Leuchte mit Docht, Schirm und Spiegel an einem Nagel an der Wand ein trübes Licht verbreitete. Ein Kruzifix mit einem grünlich phosphoreszierenden Jesus leuchtete schwach in einem Winkel. Drei Viertel des Zimmers nahm ein großes Bett ein, in dem bis zur Hüfte von einem Leintuch bedeckt, eine … nun ja, ein Mädchen in einem nachlässig geschlossenen Morgenrock mit türkischen Motiven saß. Das rasante Lampenlicht von der Wand her ließ ihren miserablen Teint schier reliefartig erkennen, die Pickel um den Mund und auf der Brust, sodass sie mir wie die Zwillingsschwester des Mädchens mit dem Notizheftchen aus dem Kulturhaus vorkam. Ihr Haar war rötlich gefärbt und zeichnete sich vor der als Wandteppich dienenden flauschigen Decke mit Tigern bestens ab. Als wir eintraten, sagte Ciubotaru zeremoniell »Küss die Hand«, und die Dichter sowie der ausufernde Dramatiker machten uns höflich Platz auf der Bettkante, wo sie sich alle niedergelassen hatten. Im Zimmer gab es noch einen Sessel, in den sich der Prosaautor hineinfläzte.

Auf einer Ablage am Kopfende des Bettes stand zwischen ein paar Püppchen in Baumwollröckchen eine Vase, in der rosa und morgenblau gefärbte Federn steckten. Ebenfalls dort lagen, mit ausgeklügelter Nachlässigkeit hingeworfen, zwei Bücher, die einzigen Bücher im Zimmer des Mädchens, das »las und sogar den Literaturkreis besucht hatte«. Ich brach in ein nervöses Gelächter aus: Diese beiden Bücher waren »Scheinwerfer, Schaufenster, Fotografien« und »Liebesgedichte«! Die armen Bücher, die ich bislang veröffentlicht hatte.

7

Wie zum Teufel sollte ich nicht lachen? Sogleich fiel mir die berühmte Geschichte mit Victor Eftimiu* ein. So wiederholt sich eben die Geschichte, erst als Farce, dann als Drama, um es mal so zu sagen. Es heißt, dass Eftimiu in der Zwischenkriegszeit eben auch wie alle Welt zum Steinernen Kreuz gefahren ist. Dort hatte er stets die gleiche Pensionswirtin, der bekannt war, was der Meister überaus zu schätzen wusste. Eines Abends kommt er wie üblich ins Zimmer der Wirtin, sie kniet vor ihm nieder, knöpft ihm die Hose auf und beginnt ihren Dienst zu verrichten. Plötzlich beginnt Eftimiu zu lachen, lacht und lacht, kann sich nicht mehr beherrschen. Das Mädchen hält inne und fragt verwundert: »Ist etwas passiert, Meister? Gefällt Ihnen nicht, wie ich es mache?« »Nein, nein, das ist's nicht, sei mir nicht böse, du machst es wunderbar ...« »Und dann?« Und tränend vor Lachen sagt Eftimiu: »Schau, ich sehe, du hast ein Buch von mir auf dem Nachtkästchen ...«

---

* Victor Eftimiu (1889–1977), rum. Dramatiker und Dichter. (A.d.Ü.)

Gekränkt antwortet das Mädchen: »Wieso denn, Meister, glauben Sie, dass ich, nur weil ich eine Nutte bin, keine Seele habe und nicht auch lese?« »Doch, schon, mein liebes Mädel, das ist's nicht ... Aber weißt du, als wir Kinder waren, pflegten wir an die Zäune zu schreiben: Der Schwanz des Schriftstellers im Mund des Lesers!«

Der Prosaschriftsteller mit dem Eisenbahnerschnurrbart neigte sich zu den anderen und flüsterte ihnen etwas zu, wobei er ständig auf mich zeigte, wie in den alten Komödien. Es war klar: Er unterrichtete sie über meinen Entschluss, nicht bei dem »Fräulein« zu bleiben. Man konnte dies an ihren sogleich beseelteren Gesichtern erkennen, und an der Art, wie sie stumm darin wetteiferten, mit ihren Hintern näher an die Schenkel der Braut unter dem Leintuch zu rücken. Die sich jedoch bald erhob, auf allen Vieren zwischen den beiden bärtigen Dichtern hindurch aus dem Bett kroch (Gelegenheit, ihr Höschen zu sehen, gewiss, nur für einen Moment, denn als sie sich aufrichtete, raffte sie dezent die Schöße ihres Morgenrocks zusammen) und das Zimmer hinter eine Draperie verließ. Von drüben war Tassen- und Gläsergeklimper zu hören, fließendes Wasser, das lange gurgelnd abfloss ... Allein im Zimmer geblieben, gaben sich die Bacăuer Schriftsteller enthemmt. Flüsternd, aber sehr erregt, besprachen sie, wer bei Lili bleiben würde. Als ihnen die Argumente ausgegangen waren (»Bist du verrückt, Mensch, was wird deine Frau sagen?« »Fickt dich die Sorge nach meiner Frau?« »Diesmal bleib ich, du bist letztes Mal geblieben, als wir mit dem aus Cluj ...«), begannen sie sich herumzuschubsen und zu beschimpfen. Lili kam genau in dem Augenblick mit dem

Tablett mit Kaffee, als die beiden Dichter sich an den Bärten gefasst hatten. Sie erstarrten unter den Augen des Mädchens wie in einem allegorischen Bild. Dann taten sie so, als wäre es Spaß gewesen.

Und so tranken wir in nachdenklicher Stille unseren Ersatzkaffee. Ciubotaru versuchte mit Lili, die sich ins Bett zurückgezogen hatte, zu scherzen, und sie lachte wie gekitzelt. Auch ich wurde ihr vorgestellt, selbstverständlich, als der große Dichter aus Bukarest – der sich zufällig zum gegenwärtigen Zeitpunkt nicht recht wohl fühlte –, und ich fragte mich, ob sie zum Kaffee nicht vielleicht noch ein Scheibchen Sandkuchen oder wenigstens eine Brotrinde habe, während die Küchenschaben wie der Fürst durchs Meldekraut über den Teppich spazierten. Das Mäusegiftmiasma hatte zugenommen und wirkte auf manche Empfindungen wahrscheinlich aufputschend (denn die Dichter hatten sich schon je ein Bein der Braut geschnappt, das sie schamlos unter der Decke bis oben hin streichelten), als völlig ankündigungslos ein tiefes Stöhnen zu hören war, als hauchte jemand seine Seele aus. Alle horchten auf und spitzten erschrocken die Ohren.

»Ich sterbe, Brüder ... Ich sterbe ... Brüder ... das Herz ...«, krächzte der Dramatiker und drückte sich mit der Hand auf die Brust. Ich sprang auf, packte ihn im Nacken, mühte mich, ihm den Kragen zu öffnen. Was für ein Unglück, der arme Mann hatte ausgerechnet jetzt einen Anfall! Ich legte ihn aufs Bett, den Kopf auf Lilianas Schoß, und versuchte mich daran zu erinnern, wie man im Falle eines Infarktes mit beiden Händen auf den Brustkorb zu drücken hatte, als ich merkte, dass ich der Einzige war, der dem Unglücksraben beigesprungen ist. Die anderen hatten ihren Hintern nicht bewegt und grinsten wie im Zirkus. »Der hat einen Anfall, wir müssen etwas unternehmen«, stammelte ich. »Ja, der Ärmste hat mal wieder eine Krise. Jedesmal, wenn er bei Lili ist, kriegt er's am Herzen, damit wir ihn bloß hier lassen ...« »Ja«, stöhnte der Moribunde, »lasst mich bei Lili, Brüder ... habt Mitleid ... mein Herz ...« Und auch Lili lachte wie die Närrin auf dem Jahrmarkt: »Komm hoch, das hat keinen Sinn ...« Aber der Theatermann kroch mit dem Kopf noch tiefer zwischen ihre Schenkel, als wühlte er dort nach etwas mit seinem dreifach gewulsteten Nacken: »Kommt, Leute, ehrlich, ich fühle mich nicht wohl ... nu lass mal, wenigstens diesmal noch ...« »Nein, Monsieur, wenn es darum geht, dass es diesmal umsonst läuft, ziehen wir Lose. Was, mein Schw... (pardon, Lili), wenn wir sowieso bezahlt haben ...« »Wenn wir so blöde waren, im voraus zu bezahlen ...«, mischte sich nun auch einer der Dichter ein. Und wieder ging der Streit los, das Herumgeschubse ... Lili schaute unglaublich gelangweilt von einem zum anderen. Ließ sie eine Weile herumargumentieren und machte dann plötzlich eine bestimmende Handbewegung, für uns die Gelegenheit, ihre langen Fingernägel mit abblätterndem Lack zu sehen: »Schluss jetzt, was zankt ihr da fortwährend? Schaut, ehrlich, ihr legt jeder noch fünfzig Lei drauf und bleibt alle hier, was zum Teufel!«

Alles hatte seine Grenze. Ich stand auf und ging entschlossen auf die Tür zu, während die Dichter in ihren Taschen kramten und der Dramatiker, aus seinem Anfall auferstanden, den Vorschlag des Mädchens erwog und ihr dabei zwischen die Titten starrte. Ich ging hinaus ins Treppenhaus, war entschlossen, eher meinen Geist auf irgendeinem Müllhaufen von Moineşti auszuhauchen, als jemals wieder mit dieser irren Clique etwas zu tun zu haben.

Draußen herrschte ein Frost, dass die Steine barsten. Ich sah mich gezwungen, im Foyer des Blocks und in der Dunkelheit zu verharren, war so benommen, wie ich mich noch niemals sonst gefühlt hatte. Unter den Briefkästen setzte ich mich auf den Boden und wartete. Es war die entscheidende Nacht meines Lebens. Schier ohnmächtig vor Hunger, ohne Geld, in einer fremden Stadt, in die der Teufel seine Großmutter verbannt hatte. So um drei, vier Uhr nachts. Vor der Wohnungstür einer pickeligen Nutte. Aus der Wohnung waren Schreie und Flüche zu hören. Die Jungs waren untereinander wieder handgreiflich geworden. Schließlich erklang die Kontra-Alt-Stimme der Braut über dem Gelärme; ein paar Flüche und Verwünschungen, dass einem die Ohren abfielen. Und sogleich ging die Tür auf, der Lärm wurde ein paar Grade stärker, und die Schriftstellergruppe stob, begleitet von Faustschlägen und Fußtritten der graziösen Bewohnerin, heraus. »Geht zum Teufel, wenn ihr euch nicht einigen könnt, denn ich hab um diese Uhrzeit keine Zeit mehr zu verlieren!«

Als sie mich dort zusammengesunken auf dem Steinboden sahen, umringten sie mich geläutert: »Kommt halt mal vor, Alter ... Diesmal sollte es eben nicht sein. Aber in Mărăşeşti war's schön, nicht?« Sie halfen mir auf die Beine, und eine Minute später war ich wieder im dem verdreckten ARO, in dem nun auch die Luft eiskalt geworden war. Die Jungs aber waren nun abgelenkt und lustlos. »Fahren wir jetzt zurück nach Bacău?«, fragte ich schließlich. »Nein, Meister, wir haben noch eine Überraschung … da kommst du nicht einmal im Traum drauf …«, warf mir der Prosaautor hin.

Ich wandte mich zur Tür, um aus dem Auto zu springen.

8

»Ehei, du hast keine Ahnung, was es heißt, ein kulturelles Ereignis zu organisieren … wie viel Verantwortung das erfordert, Alter … Der Gast muss zufrieden sein … das Ereignis sich ihm unauslöschlich einprägen. Unser Kunde, unser König! Wenn etwas nicht gut läuft, muss man zwingend etwas anderes im Ärmel haben. Hat Plan A nicht funktioniert? Gehen wir zu Plan B über! Wir hatten uns schon ungefähr gedacht, dass du, ein braver Junge aus Bukarest, nicht gerade zu Lilica marschieren wirst. Und was sollten wir dann tun? Mit eingezogenem Schwanz nachhause schleichen, damit du uns verfluchst? Nein, Väterchen, nun gehen wir, wie gesagt, über zu Plan B. Was sagt ihr, Jungs, haben wir einen Plan B oder sind wir ein paar Hosenscheißer, die keine Ahnung haben, wie man ein kulturelles Ereignis organisiert?« Die Dichter und der Dramatiker – der nun vor Gesundheit nur so strotzte – antworteten zweideutig, aber enthusiasmiert: »Jaaa, wie denn nicht!«

Lilis Ersatzkaffee hatte mir gerade noch gefehlt. Ich hätte sonst wenigstens versuchen können, ein wenig zu schlafen. So aber hatte er mir meinen Magen, leer und rein wie der einer Plastikpuppe, noch stärker irritiert, nun hatte ich schreckliche Krämpfe. Ich erinnerte mich an Márquez, der tagsüber in einem Pariser Bistro das Geschirr spülte und nachts schrieb, »um den Hunger zu vergessen«. Auch ich hätte geschrieben, wenn die Umstände es erlaubt hätten, bis zum Morgen. Wie hießen noch mal die Kerle in Dantes »Inferno«, die man verhungern ließ? Die im Eisblock Eingeschlossenen, die am Nacken dessen nagten, der sie im Turm eingesperrt hatte? Einen Augenblick lang dachte ich mit Heißhunger an den dreifachen Nacken des Dramatikers: Was für eine schmackhafte Schwarte zeigte sich da unter dem schuppenbedeckten Haar! Das Auto fraß die Kilometer, in seinen Scheinwerfern tauchte niemals etwas anderes auf als stets die gleichen fahlen Bäume, mitunter durchquerten wir in der Finsternis versunkene Dörfer ... Schon lange wusste ich nicht mehr, wer ich war noch wo, als wir vor einem weißen Tor anhielten, neben dem sich ein riesiger Kompressor befand. Bis man uns öffnete, dauerte es etwa eine Viertelstunde, währenddessen der Chauffeur seine Handfläche ununterbrochen auf der Hupe hatte liegen lassen. Eine schlaftrunkene Dienstfrau oder Köchin im Morgenrock und mit zerzausten Haaren kam an und öffnete uns wortlos das Tor. Das Auto fuhr in den weitläufigen Hof eines gedrungenen, frisch getünchten Gutshauses. Unmittelbar vor dem Gutshaus stiegen wir aus. »Warst du schon mal hier, Alter? Weißt du, wo wir sind?« Ich hatte keine Ahnung. »In Tescani, Großväterchen. Davon musst du gehört haben. Hier hat Enescu* gewohnt, Mihail Jora ... Wirst sehen, die

---

* George Enescu, geb. 1881 in Botoșani/Rumänien, gest. 1955 in Paris. Rumänischer Komponist, Geiger und Dirigent. Mihail Jora (1891–1971), rum. Komponist. (A.d.Ü.)

haben auch irgendwo eine Geige von Enescu. Sie ist einzigartig auf der Welt, wir dachten, es könnte dir Freude machen, sie zu sehen.«

Was bei allen Teufeln suchten wir in dieser Nacht, die nicht mehr aufhören wollte, gegen fünf Uhr früh in Tescani? Was ging in den Köpfen dieser Kerle vor, mit denen ich mich aus krasser Blödheit eingelassen hatte? Stand mir der Sinn nach Enescus Geige, da ich nunmehr seit etwa vierzig Stunden nichts mehr gegessen hatte? Ich mich kaum noch auf den Beinen hielt? Vor hilfloser Wut hätte weinen können? Sollen sie sich doch alle reihum Enescus Geige in den Hintern stecken, sagte ich mir mit allem Respekt vor dem großen Musiker. Aber ich fand sogleich wieder zu freundlicheren Gefühlen zurück, als Ciubotaru ein Engelchen aus seinem Mund flattern ließ: »Aber erst einmal in den Speisesaal, es ist an der Zeit, etwas zu futtern«, sagte er und bog, ohne sich darum zu kümmern, ob wir ihm folgten, um die Ecke des Gebäudes. Das war auch nicht nötig, denn wir folgten ihm wie mit einem Schlag zahm gewordene Lämmchen.

Nun würde ich essen, ich konnte es nicht glauben! Ich hatte mich schon damit abgefunden, dass ich irgendwo in Ohnmacht fallen und zur künstlichen Ernährung gefahren würde, wenn überhaupt ein Rettungswagen in diese Wildnis kam. Wieder ging mir das Bild des großen Gelages durch den Kopf: Das Festessen sollte hier stattfinden, in Tescani. Hier erwarteten uns die Schüssel voller Würste und gebratenem Fleisch, die dicken Presssackscheiben, die blassen Würste aus Innereien, die nach Schweineleber riechen. Hier waren die Töpfe voller Krautwickel, die Berge von Maisbrei, deren Gipfel bekrönt waren mit frischem Rahm, der scharfe und gelbliche geräucherte Käse, die Körbe voll braunen, schwammigen Brotes mit krosser Kruste und noch nach Backofen duftend … Speichel überschwemmte mir den Mund, und einen Augenblick lang überwältigte mich die Halluzination einer schweren Duftmischung: Gulasch, Geflügelfrikassee, Ciorbă mit Fleischklößchen … Hefezopf mit Mohn und Rosinen, Sahne- und Schokoladetorte … Aber eigentlich roch es noch nach gar nichts, und wenn, dann nach Frost und Einsamkeit.

Etwa zwei Glühbirnen beleuchteten den hinteren Teil des Gebäudes, wo sich der Zugang zum Speisesaal befand. Wir zwängten uns in einen kleinen Vorraum und probierten es an einer Tür. »Verdammt, es ist abgesperrt!«, musste Ciubotaru zugeben. »Das kann nicht sein, sind die verrückt? Wir haben ihnen doch gesagt, dass wir kommen!« »Aber nicht um fünf Uhr früh«, ergänzte stoisch der Dramatiker. Jenseits der Fenster in der Tür konnte man nichts erkennen: Dunkelheit wie draußen. Wir gingen hinaus und fragten uns, was zu tun sei, als die Köchin auftauchte und uns die Situation erklärte. Der Schlüssel zum Speisesaal war irgendwo liegen geblieben, und bei dieser Dunkelheit konnte sie ihn nirgends finden. Erst wenn es Tag sei, würde sie versuchen, nachzusehen, wo er war. Aber wir möchten in die Küche kommen, denn dort habe sie noch etwas zu essen, es sei zwar nichts Besonderes …

Wir umrundeten den getünchten Anbau und gelangten in eine düstere Küche mit ein paar Kochgeräten und gusseisernen Pfannen. Dort ließen wir uns auf Bänken um einen Tisch mit zerschnittenem und angebranntem Tischtuch nieder, und die Frau brachte uns, was sie an Essen noch hatte.

Tatsächlich nichts Besonderes. Das Festmahl dieser Nacht würde aus einem einzigen Gang bestehen: Pilzen. Eine gewaltige Schüssel – wie aus einer Offiziersmesse – mit abgeplatztem Emaille, halbvoll mit einer Art Pilzgericht, nicht von solchen Pilzen, wie man sie im Restaurant bekommt, *Champignons* in der Form jener Kartonpilze, nach denen wir in der ersten Klasse das Zählen lernten, sondern schiefe und krumme schwarze Schwammerl, die allein dem Namen nach zu den Pilzen zählen mochten, schwammen in einer braunen Sauce. Schwämme, allerlei Schwellkörper, weiß der Henker, denn auch die Frau konnte uns nicht aufklären. Die Kinder sammelten sie im Wald und verkauften sie am Straßenrand. Brot hatte sie keines dazu, es tat ihr leid … Eigentlich wie im Witz mit Ion und Maria; sie hatten nichts, nichts, nichts. Weder Salz noch Pfeffer, noch irgendein Getränk, bloß Wasser vom Wasserhahn.

Und nun ran, Väterchen, reingehauen die gegarten Pilze aus den Blechtellern. Ich jedenfalls weiß, dass ich etwa zwei Kilo verdrückt habe. Ich hätte auch den Löffel noch verschlucken können. In meinem ganzen Leben war ich noch nie so hungrig, und ich würde es auch nie wieder sein. Ich habe nicht einmal gemerkt, wie sie schmeckten. Auch meine Freunde mampften still, platt vor Müdigkeit. Wir erhoben uns nicht vom Tisch, bis nicht auch das allerletzte Krümelchen jenes schwärzlichen Gekrümms aus der Schüssel verschwunden war, die erst jetzt, im leeren Zustand, ihre volle Größe offenbarte. Wir dankten der Frau, die freundlicherweise bei uns geblieben war, und wandten uns mit schweren Schritten und kaum mehr einen Schnaufer von uns gebend den Schlafräumen zu. Mir als Gast hatten sie den Schlüssel zu den abgetrennten Apartments im rechten Flügel des Gebäudes gegeben, wo ich Räume und Betten im Überfluss vorfand, alle waren sie schön eingerichtet und dufteten frisch. In den Öfen war Feuer angemacht worden, und ich konnte mir den Schlafplatz aussuchen, den ich wollte. Ich schloss die Tür hinter mir ab und schlüpfte unter die Decke. Lange konnte ich nicht einschlafen. Hinter den Lidern zogen mir Straßen mit fahlen Bäumen dahin. Endlich aber versank mein Geist im Nichts.

In jener Nacht besuchte mich Maruca.

9

An die Ängste meiner Kindheit kann ich mich kaum erinnern. Als ich etwa fünf Jahre alt war, träumte ich von einem gewaltigen Bären, der sich auf zwei Beine aufgerichtet hatte und mich verschlingen wollte. Schreiend sprang ich aus dem Bett und rannte durch das finstere Haus. Ich sah Licht im Badezimmerfenster und stieß, in hellster Verzweiflung nach meiner Mutter suchend, die Tür auf. Die Arme wusch morgens um fünf die Wäsche, bevor es Tag wurde. In dem engen Bad ragte sie hoch bis zum Plafond, und ihre Hände waren voller Schaum von der grünen, wie ein schmutziger Stein aussehenden Hausseife, mit der sie wusch. Ein andermal, wir waren in die Stadt gegangen, habe ich Mutter plötzlich nicht mehr sehen können und spürte, allein auf den Treppenstufen eines Zeitungskiosks, wie sich alle meine inneren Organe auflösten: Ich war allein und verloren in der weiten Welt. Ich schrie wie am Spieß, bis Mutter aus dem Kurzwarengeschäft kam, in das sie nur einen Augenblick lang hineingegangen war. Aber am meisten fürchtete ich mich, als ich lesen gelernt hatte, vor Gespenstern. Mit strenger Regelmäßigkeit kaufte ich mir Woche für Woche die Broschüren der Reihe »Wissenschaftlich-phantastische Geschichten«. Dafür ging ich bis ans Ende der Welt, über die Straße, jenseits des Selbstbedienungsrestaurants, bis zu einem legendären, runden und mit Büchern vollgestopften Kiosk. Ich stieg die Treppe hinauf und konnte kaum die Nase über den Tresen recken. Reichte das Geld hin und raste mit dem wunderbaren Faszikel mit märchenhaft illustriertem Titelblatt und Überschriften, die ich nie vergessen werde, nach Hause: »Oriana, ich und Gemmi 1, 2, 3«, »Eine verschwundene Welt«, »Die Xipehuden«, »Auf Umbriel geht die Sonne auf« … Einer der Bände hieß »Das Schloss der Widergänger« (von Ing. Edmond Nicolau), und der ließ mich schaudern. Ein Schloss wurde heimgesucht. Durch das Fenster drang eine dunstige Gestalt ein, die auf den vor Schreck erstarrten Jugendlichen zukam, der schließlich in Ohnmacht fiel. Obwohl man am Ende die wissenschaftliche Erklärung dafür erhielt – etwas Ausgedachtes mit Nebelkammern und Autosuggestion –, konnte ich vor Angst, auch durch mein Fenster, ob offen oder nicht, könnte eine neblige Gestalt eindringen, nächtelang erst im Morgengrauen einschlafen. Auch heute noch ziehe ich mir beim Schlafen die Decke über den Kopf.

Ich weiß nicht, was ich in jener Nacht in Tescani erlebt habe. Wie der heilige Paulus sagt: Ob es im Leib oder außerhalb des Leibes geschah, weiß nur der Herr. Ob es ein Traum war, Wirklichkeit oder Hyperrealität, weiß Gott allein. Als ich mich in jenes saubere Bettzeug in der Finsternis und völligen Stille von Tescani legte, wollte ich nichts als möglichst schnell einschlafen. Ich hatte enorm viel gegessen, und zwar einzig und allein Pilze, die mir schwer wie Wackersteine im Bauch lagen. Später fragte ich mich, ob jene phantastische Halluzination sich nicht irgendeinem Alkaloid aus den Pilzen verdanke, mithin ein künstlicher Traum war, wie jene, die von psychedelischen Drogen ausgelöst werden. In der Tundra der Inuits essen die Bauern einen bestimmten Pilz, *Amanita muscaria*, und trinken danach sogar einer des anderen Urin, damit kein Tropfen der Droge verloren gehe. Außerkörperliche Erfahrungen hatte ich übrigens schon gemacht: Infolge eines Anfalls von, wie ich meine, nicht-konvulsiver morphischer Epilepsie des rechten Hirnlappens (nach Arseni) erhob ich mich eines Morgens aus dem Bett und irrte durch das von rotem Sonnenlicht überflutete Zimmer – unsagbar melancholisch … Ich gelangte ins Wohnzimmer und schaute auf das Bett meiner Eltern, worin zu der Zeit nur Mutter, wie eine etruskische Statue ins Leintuch eingerollt, schlief. Dann kehrte ich zurück ins Bett, und erst dann wachte ich tatsächlich auf. Und erfuhr, dass Vater mitten in der Nacht aufgestanden und zu einer Dienstreise aufgebrochen war, was ich nicht hatte wissen können. Seit damals (und im Lauf der Jahre kamen noch weitere Erfahrungen dieser Art hinzu) zweifle ich nicht mehr daran, dass ich mitunter tatsächlich aus meinem eigenen Leib hinaustrete. Aber mir ist bei alledem, was ich bisher erlebt habe, nichts erinnerlich, das sich mit dem Eindruck vergleichen ließe, den ich in jener Nacht in Tescani hatte, als ich bei völliger Dunkelheit vom Knarren einer Tür erwachte und, zwar noch schlaftrunken, doch mit offenen Augen einen schmalen, messerscharfen Lichtstreifen sah, wobei ich mich aus Leibeskräften bemühte, festzustellen, wo ich mich befand. Da sah ich sie schon eintreten, nackt und schmal kam sie in mein Zimmer, dessen Tür ich, wie mir nun einfiel, abgeschlossen hatte. Die Frau wandte sich dem Bett daneben zu, wo es eigentlich überhaupt kein Bett gab, wo jetzt aber ... ich schlief. Ich lag auf dem Rücken und atmete regelmäßig, ich selbst, körperlich, berührbar, die Haut feucht vom Schweiß, die Muskeln mal heller und mal dunkler, je nachdem das Licht, das durch die Tür fiel, meinen Körper beleuchtete. Es war ein rötlich-goldenes Licht, wie Feuer, aber gleichmäßiger und diffuser. Und minutenlang – oder womit sollte ich sonst jene Zeit messen, in der mein Bewusstsein, das einzige Zeitmaß, völlig aufgelöst, fasziniert und absorbiert war von Dingen und Oberflächen – schaute ich zu, wie die Frau ihn (mich) mit delikaten und langsamen Bewegungen weckte, wie sie zu ihm (zu mir) unter die Decke schlüpfte, wie die Körper sich zu regen und zu suchen begannen ... Der junge Mann war völlig unabhängig von mir, hatte von mir bloß sämtliche Details seines Aussehens, jedes Muttermal und jeden Pickel auf der Stirn, ansonsten war er ein eigener fremder Körper, ich hätte ihn berühren können, wäre ich nicht ganz und gar paralysiert gewesen, nicht so, als hätte ich mich überhaupt nicht rühren können, sondern so, als hätte ich noch nie einen Körper besessen, und die Vorstellung einer Bewegung wäre mir völlig fremd. Ich sah mich selbst, wie ich mit jener Frau Liebe machte, ohne etwas von dem zu spüren,

was sich dort unter der (inexistenten) Bettdecke nebenan ab-
spielte. Und doch waren die beiden zutiefst in mir, irgendwie
so, als hätte ich mich von einem Menschen in eine Welt verwandelt, eng und schmal wie jenes nächtliche Zimmer, in der
er (ich) und sie sich unter den Faltenwürfen der Decke aneinander zu schaffen machten. Dann – sofern es eine Abfolge
gab – erhob sie sich, schaute noch einmal auf den träumerisch
und bis zum Bauch aufgedeckt im Bett liegenden Jungen und
verließ das Zimmer, das dann wieder in die totale Finsternis
zurück versank.

Aus dieser Finsternis erwachte ich am nächsten Tag mit
der intensiven und klaren Erinnerung an etwas, das nicht geträumt, sondern erlebt war, aber auch nicht wirklich erlebt,
an etwas, wofür ich keine Sprache und keine Sinneswahrneh-
mungen hatte, an etwas Gesehenes, etwas vielleicht unmittelbar mit dem Hirn Gesehenes. Selbstverständlich war die
Tür ebenso abgeschlossen wie in der Nacht, selbstverständlich gab es nur ein Bett im Zimmer, das, in dem ich geschlafen
hatte. Auch schwebte da kein seltsames Parfüm in der Luft
und lag keine getrocknete Blume vergessen auf dem Kissen.
Ich zog mich an und ging hinaus auf den eiskalten Flur (wie
warm und angenehm war es doch im Zimmer gewesen!), ver-
irrte mich zweimal auf dem Weg zum Speisesaal, der diesmal
glücklicherweise offen war, und sah durch das Fenster in der
Tür die zerzausten Köpfe meiner Bacăuer Freunde, die, flei-
ßiger als ich, schon von riesengroßen Tellern Spiegeleier und
gegrillte Rippchen aßen. Ich trat ein und ging direkt auf sie
zu, sie wurden laut und winkten mit den Händen: »He, sei ge-
grüßt, hast du gut geschlafen?«, als ich plötzlich spürte, dass

ich den Verstand verlor, dass mir das Blut in den Adern gefror: Vor mir an der Wand hing ein großes Gemälde, auf dem
die Frau, die in meinem Zimmer war, in einem reich verzier-
ten Kleid und in voller Größe abgebildet war. Da war auch
nicht der geringste Raum mehr für einen Zweifel, sie war es
ganz und gar, braunhaarig und bestimmend, schmal und elegant, ich kannte jeden ihrer Züge und jede Kurve ihres Leibes.
»Ah, ich wusste, sie würde dir gefallen«, vernahm ich wie im
Traum Ciubotarus Stimme. »Es ist Maruca, die schöne Frau.
Was sagst du dazu, sie war die Geliebte von Enescu und von
Nae Ionescu.* Nicht zu verachten, was?«

Auch heute noch weiß ich nicht, was damals vorgefallen
war, aber späterhin hörte ich, dass Maruca, Prinzessin Can-
tacuzino, sich im Laufe der Zeit auch anderen nachts in
Tescani gezeigt hatte.

10

Spiegeleier und Rippchen taten mir sehr gut, wiewohl mir
nicht gerade nach Essen zumute war. Ich stärkte mich etwas,
und das scheußliche Hungergefühl, »Blei und Gewitter,
Ödnis und Ende«, wie der gleiche Namensgott von Bacău
sagt, entfernte nach und nach seine Krallen aus meinem ge-
marterten Leib. Maruca, in Lebensgröße, hüllte uns ein mit
ihrem kalten Blick, in dem sich der vollendete Stolz der Edel-

---

* Nae Ionescu (1890–1940), rumänischer Philosoph. Nationalkonservativer
orthodoxer und antisemitischer Publizist und Agitator. (A.d.Ü.)

frau wiederfand. Ich konnte es nicht glauben, da war mir eine Geschichte mit einem Gespenst widerfahren ... Ein *finis coronat opus* dieser höllischen Reise. Wie geringere Teufelchen, Teile jenes Wesens, »das stets das Böse will und stets das Gute schafft«, waren Ciubotaru und die Seinen hinsichtlich meines Dramas völlig ahnungslos, und nachdem sie ihre Müdigkeit überwunden hatten, widmeten sie sich schon am Morgen ihren Gegnern, zu denen alle gehörten, die sich in der rumänischen Literatur sowie außerhalb derselben bewegten. Denn nachdem sie sehr bald mit der örtlichen Spreu, jener Stadt voller Dösköpfe, in der sie die Allerersten waren, abgeschlossen hatten, weitete sich ihr Blick, und sie widmeten sich den Bukarester Schriftstellern, allesamt Kapitalisten, eingebildet und gänzlich wertlos. Nun erfuhr ich von ihnen, die etwas älter waren und es besser wussten, dass weitgehend alle Autoren, die ich bewunderte, eigentlich von Lastern gebeutelte Hochstapler waren. Jener große Dichter? Ein Säufer, der nur noch deliriert. Dieser große Romanautor? Der hat seit dreißig Jahren nichts mehr geschrieben, hat sich an seine Leidenschaft für den Whisky verloren. Jener vielversprechende junge Autor? Ein Onanist. Der andere? Ein Paranoiker. Es versteht sich von selbst, dass alle Arschficker, Spitzel, Halunken, Arschkriecher und Raufbolde waren und die Schriftstellerinnen ordinäre Huren. In allen Einzelheiten wussten sie, wer mit wem ins Bett gegangen war und wie oft. Die eine mit dem Heizungsableser des Wohnblocks, in dem sie wohnte, eine andere, die auf keusch machte, mit Taxifahrern. Etwa nach einer halben Stunde sah das Feld des rumänischen Schrifttums aus wie nach der Bombe von Hiroshima.

Wie merkwürdig, dass wir uns bei diesem Frühstück begegnet waren und gemeinsam unsere Brote mit Butter bestrichen, die einzigen Wesen in diesem Land voller Gauner und liederlichen Schlampen, die tatsächlich Talent hatten. Übrigens, wie es schien, die einzigen im gesamten bewohnten Universum, denn beim Kaffee waren die Ausländer an der Reihe, ihren Weg der Schande und Ehrlosigkeit zu gehen. Wie einer der Zwillingsdichter mit von Marillenmarmelade beschmiertem Bart meinte, war Proust ein hohler Mythos, eine Erfindung der Juden, Thomas Mann eine Figur ohne Talent, trocken und bürgerlich wie alle Deutschen. Márquez? Ein Kitschier, der seine Stoffe aus Melodramen bezog. Hier hatte ich einen kleinen Einwand: »Immerhin, mir scheint, dass doch wenigstens ›Hundert Jahre Einsamkeit‹, nicht wahr ... ein Meisterwerk ...« Worauf mich alle überrascht und mitleidig anschauten. Wusste ich denn nicht, dass dieser südamerikanische Zigeunerlümmel eine Erfindung der französischen Kommunisten war? Oder beeindruckte mich sein Nobelpreis so sehr? Der auserwählte Club, in dessen Mitte ich meinen Kaffee trank, hatte für den Nobelpreis nur eine souveräne Missachtung übrig. Es schien, als gäbe es für einen Schriftsteller keine größere Schande als die Zuerkennung des Nobelpreises oder die Aufnahme in den Kreis derer, die man seiner für würdig hielt. Wusste ich denn nicht, dass alle Preise aufgrund von Beziehungen, Cliquen, lasterhaften Zusammenrottungen, wechselseitigen Gefälligkeiten verliehen wurden? Sieh, keiner von ihnen hatte je einen bekommen, und dies allein deshalb, weil sie stets konsequent ihre Würde bewahrt hatten.

Dies alles ausgesprochen, erhoben wir uns vom Tisch und

gingen hinaus in die strahlende Morgensonne, wo im Hof des Gutshauses die Rostlaube des Dramatikers auf uns wartete. Wir stiegen ein, und wieder drehte sich mir der Magen um von diesen ineinander gemengten Gestankschwaden: sauer gewordener Wein, frische Kotze, Benzin mit niedriger Oktanzahl ... Wir bogen auf die Landstraße ein und fuhren durch die moldauische Landschaft, stundenlang vorbei an baufälligen Hütten und Fahrradfahrern mit Mützen aus Schaffell, bis wir am Ende einer geschichtslosen Reise wieder in das schwarzutopische Bacău einfuhren – Beton und Staub, Ruin und Elend – und uns durch seine Gassen den Weg zum Bahnhof bahnten. Gott sei Dank würde ich immerhin lebendig nach Bukarest zurückkehren, wenn schon nicht eben unversehrt nach jenem verrückten Abenteuer. Ich küsste die Dichter und den Dramatiker (der mir bei seiner Umarmung beinahe die Rippen gebrochen hätte), und sie strebten mit dem Auto ihren Behausungen entgegen. Nun war ich allein mit Ciubotaru, der wie stets vergammelt und verzagt sich erkennbar danach sehnte, mich so schnell wie möglich loszuwerden.

Wir gingen zum Fahrkartenschalter. Stellten uns in die Reihe und warteten. Von der Toilette wehte ein widerwärtiger Gestank herüber. Worauf warteten wir vor dem Schalter? Ich weiß nicht, worauf Ciubotaru wartete, aber ich erwartete, dass er mir die Rückfahrkarte kaufe. Wir palaverten noch etwa zehn Minuten völlig entspannt. Leute gingen eilig zum Schalter, Bündel von Geld in der Hand, und mein Freund gewährte ihnen sehr höflich den Vortritt. Endlich fragte ich ihn nach den Fahrkarten. Als wäre er eben aus tiefem Schlaf erwacht: »Was für Fahrkarten? Hab ich dir denn nicht das Geld dafür gegeben? Ich wartete darauf, dass du dir die Fahrkarte kaufst, wunderte mich schon …« Dann schlug er sich mit der flachen Hand an die Stirn, und es hallte im ganzen Saal: »Ja, stimmt, Mensch, fick doch der … seine Mutter! Wir mussten dir ja die Fahrkarten kaufen!« Und er begann in den Taschen seines beigen Anzugs herumzusuchen. Immer und überall trug er diesen Anzug, als wäre er seine eigene Haut. Zwanzig Mal durchsuchte er jede seiner Taschen, kramte allerhand lumpiges Zeugs daraus hervor, aber keine Spur von Geld, nicht einmal die klitzekleinste Münze. »Schau, Mann, ich hab nichts. Was machen wir jetzt? Und du, hast du tatsächlich nichts, überhaupt kein Geld? Denn ich schicke es dir gleich mit der Post nach …« Eine Viertelstunde lang war es höchst peinlich. Das war die Höhe, nach all dem, was vorgefallen war. Ich war kurz davor, ihm Vorwürfe zu machen, möglicherweise sogar »mich meines Charakters zu entkleiden«, wie der Dramatiker gelegentlich gesagt hatte, doch da sah ich, wie sich das schnurrbärtige Gesicht meines Freundes entspannte. Ohne mir ein Wort zu sagen, rannte er zum Ausgang und rief »Nicu! Nicu!«. Und nachdem er eine Weile verschwunden war, tauchte er wieder auf, das Geld für die Fahrkarten in der Hand. »Zum Glück hab ich ihn am Bahnhof vorbeigehen gesehen, weißt, das ist mein Schwager, der Junge ist schwer in Ordnung …«

Die Fahrkarten kaufte ich in dem Gefühl, das die Lerche Woody so gut zum Ausdruck gebracht hatte: *»This time, nothing can go wrong!«* Bis zur Einfahrt des Schnellzugs nach Bukarest dauerte es noch eine Stunde. Wir gingen auf den

Bahnsteig. Der lokale Prosaschriftsteller war sichtlich nervös und verlegen, als säße er auf Nadeln. »Das war's, Alter, ich hoffe, es hat dir gefallen. Wir haben alles getan, was in unseren Möglichkeiten stand, damit du dich wohlfühlst, das Nützliche mit dem Angenehmen zu verbinden …« »Gewiss, ich danke vielmals«, sagte ich und schaute die Schienen entlang. »Von nun an komme ich zurecht. Du musst nicht bei mir bleiben.« »Tja, weißt du, Alter, ich würde ja gehen … du weißt, wie das ist …« Dann haben wir uns geküsst und lange die Hand geschüttelt. Nach einer halben Stunde, die ich auf einer Bank vor mich hin gedöst hatte, sprang ich plötzlich hoch. Mich hatte ein Schrecken gepackt, wie man ihn nur in den echten Träumen empfindet: der Koffer! Er war im Kofferraum des ARO geblieben! Wen konnte ich nun noch aufstöbern? Ich hatte weder eine Adresse noch eine Telefonnummer. Als der Zug einfuhr, stieg ich wie ein geprügelter Hund ein, ohne meinen so famosen Koffer aus Kunstleder, der vollgestopft war mit meinen armen Gedichtbänden.

Ich habe ihn niemals wiederbekommen.

INHALT